張廣海　著

政治與文學的變奏

中國左翼作家聯盟組織史考論

責任編輯　劉汝沁
版式設計　孫素玲
封面設計　吳丹娜

書　　名	**政治與文學的變奏**：中國左翼作家聯盟組織史考論
著　　者	張廣海
出　　版	三聯書店（香港）有限公司
	香港北角英皇道 499 號北角工業大廈 20 樓
	Joint Publishing (H.K.) Co., Ltd.
	20/F., North Point Industrial Building,
	499 King's Road, North Point, Hong Kong
香港發行	香港聯合書刊物流有限公司
	香港新界大埔汀麗路 36 號 3 字樓
印　　刷	美雅印刷製本有限公司
	香港九龍觀塘榮業街 6 號 4 樓 A 室
版　　次	2017 年 9 月香港第一版第一次印刷
規　　格	16 開（170 × 240 mm）240 面
國際書號	ISBN 978-962-04-4232-2

© 2017 Joint Publishing (H.K.) Co., Ltd.

Published & Printed in Hong Kong

凡例

1. 書中引文，悉依原文直錄。民國時字形、譯名等缺乏統一規範，若非確定的錯誤，本書不做校改。
2. 書中引文，若確定有誤，一般以括號在引文中校正，其中改錯字符號為〔　〕，補缺字符號為〈　〉。
3. 書中出現頻率極高的左聯、社聯、文委、文總等簡稱，除非出現於引文或特定情境中，不加引號。
4. 注釋中的文獻，第一次出現列出全部版權信息，其後只列作者、出處、頁碼等基本信息。

目錄

左聯研究的現狀及突破的可能

一、偏重組織史的左聯研究綜述

左聯研究一度是中國現代文學研究的重鎮，且擁有專門的研究機關——中國左翼作家聯盟成立大會會址紀念館。[1] 然而左聯研究的冷熱起伏也十分顯著。民國時李何林即開始著意搜集整理左聯資料，並用唯物史觀的眼光加以批評闡釋，所持立場與魯迅相近。[2] 相關文學史著也多半會論及左聯，但多是對左聯文學活動、文學主張的概要介紹。總體來看，對左聯的評價傾向於肯定和讚揚，但對創造社和太陽社的評價，則有逐漸降低的趨勢。[3] 新中國成立後相關研究和史料整理工作進一步拓展。左聯自然也成為文學史的重要論述對象，魯迅所代表的左聯一翼，獲得高度關注。20 世紀 60 年代初，湧現出左聯研究的一次高潮。一方面是對左聯文學和思想的探討，如南京大學中文系編輯出版了論文集《左聯時期無產階級革命文學》[4]；另一方面，為史料的搜集和整理，如丁景唐、瞿光熙編有《左聯五烈士研究資料編目》[5]，上海文藝出版社組織人力整理出版了《中國現代文學史資料叢書》，重印了 20 種左聯刊物及近 20 種同期其他革命文化刊物，保存了大批左聯資料。但政治鬥爭和文壇風向的不斷變動已經對研究產生深入影響。"文革"時，左聯在很大程度上成為 30 年代 "文藝黑線" 的產物，研究自然停滯；但此一時期各種革命組織對 "黑線" 的深挖及對相關當事人頻繁的內查外調，仍為後來的研究留下了諸多

---

1 本書所討論的 "左聯"，專指中國左翼作家聯盟上海總部，不涉及左聯各地分盟。

2 李何林編：《近二十年中國文藝思潮論：1917-1937》，上海：生活書店，1939 年。

3 比如王哲甫：《中國新文學運動史》，北平：傑成印書局，1933 年；王豐園編著：《中國新文學運動述評》，北平：新新學社，1935 年；李一鳴：《中國新文學史講話》，上海：世界書局，1943 年。這幾部文學史著，都對左聯設有專門章節。

4 南京大學中文系編：《左聯時期無產階級革命文學》，南京：江蘇文藝出版社，1960 年。

5 丁景唐、瞿光熙編：《左聯五烈士研究資料編目》，上海：上海文藝出版社，1961 年。

材料。比如近年披露的《馮雪峰外調材料》，便包含不少左聯回憶資料。[1] 惜乎這類材料，目前可以利用者還不多。"文革"後，已屆高齡的左聯盟員紛紛發表回憶文章還原歷史，有力帶動了研究興起。整個 80 年代的研究在史實輯考和理論溯源等方面有突出成績，如丁景唐、瞿光熙、陳漱渝、周國偉、朱正、陳子善等對左聯盟員和組織的考察，張大明和艾曉明等對左聯理論資源的發掘等。此一時期還出版了多部側重左聯研究的論文集。[2] 雖然此時段的研究對象多為寬泛的 30 年代左翼文學，而相對較少左聯專項研究，但因廓清了左聯的基本輪廓，仍堪稱奠定了左聯研究的基礎。港台學者也有突出貢獻。香港學者王宏志以左聯的組織結構及其與魯迅的關係為研究重點，台灣學者周行之則側重政治史的視角，梳理了魯迅與左聯及中共之間的分合，二人於1991 年在台灣出版了各自的左聯研究專著。[3] 進入 90 年代後，隨著社會思潮的多元化，研究迅速落潮，僅在左聯成立的周年紀念活動上有應景式活躍。在2000 年左聯成立 70 周年的紀念會上，與會專家皆以"冷清"來形容左聯研究的狀況，痛感左聯研究"人才凋零"，"專門從事'左聯'研究的人越來越少，最有學術能力的學者目前幾乎無人以'左聯'為專門的研究課題"。在研究成果方面，左聯會址紀念館的張小紅在寫作左聯研究綜述時備感"傷心"，"寫作過程中她查閱了近 20 年的學術期刊，發現關於'左聯'的研究論文非常少……20 年來，公開發表的關於'左聯'的論文不過 30 來篇。進入 90 年代以後，1992 年、1993 年還有一些——這是因為 1990 年紀念'左聯'成立60 周年的餘溫，可是到了 1995 年以後，關於'左聯'的專門論文就很難找到

1　馮烈、方馨未整理的《馮雪峰外調材料》（上、下），載於《新文學史料》2013 年第 1 期和第 2 期，兩期一共刊載了約四五萬字，而據編者説明，馮雪峰"文革"時期外調材料總計達 50 多萬字。

2　具體書名和篇名參見書末所附參考文獻。

3　王宏志：《思想激流下的中國命運：魯迅與"左聯"》，台北：風雲時代出版公司，1991年；周行之：《魯迅與"左聯"》，台北：文史哲出版社，1991 年。

了。"[1] 這一描述基本上是準確的。直到近十年來,左聯研究才有重新活躍的趨勢,探察視角開始趨於細密,並出現了多部研究專著。如姚辛對左聯史料的系統發掘辨析(姚辛的左聯研究起步很早,但其《左聯史》2006 年才發表),汪紀明對左聯組織機構的考辨,孔海珠基於新發現《文報》的左聯研究,張小紅對左聯與中國共產黨關係的研究,左文、陳紅旗對左聯期刊的研究,朱曉進對左聯政治文化的研究,王錫榮對左聯成立和組織系統的詳細考察,等等。

日本學者對左聯研究也有不少貢獻。中國左翼文學研究,向來為日本中國文學研究之重鎮,其中自然涉及左聯處甚多;但是專門的左聯研究(尤其偏重左聯的組織和制度),日本學者似沒有太多論及。最值得一提的,是小谷一郎、近藤龍哉、蘆田肇等編輯出版了輯刊《左聯研究》,前後共出版了五輯(1989-1999),在東京左聯、北方左聯以及左聯籌建等方面有精細研究。

左聯研究雖已獲得重要進展,仍存在有待深入探掘的學術地帶。突出的表現集中於兩方面。一,目前的研究還大體集中於左聯內部,幾乎完全沒有突破內部研究的視角,未能將左聯與廣闊的政治環境聯繫在一起。而大量史料可證,左聯是高度政治化的團體,左聯自己也反覆宣稱其並非作家的同業組合,其領導成員及政策的幾經調整,皆和共產黨的政治活動有直接關係。史家便注意到:"他們(指左聯——引者)所形成的一個又一個決議,特別是關於形勢的分析和政治任務的規定,幾乎全是對中共中央文件的摹寫。"[2] 然而,對左聯與政治權力之間的親密關係,至今罕見細緻梳理。史學界研究此一時段黨史被大量使用的若干大型叢書,左聯研究由於受文學研究範式的制約,極少利用。反而是史學界已有學者使用與左聯相關會議檔案史料進行政

---

1 祝曉風:《"左聯"研究陷入停頓》,《中華讀書報》,2000 年 3 月 15 日。按,張小紅所查找的"左聯"研究論文當指以"左聯"為論述核心者,而非指泛泛的 20 世紀 30 年代左翼文學研究。

2 楊奎松:《中國近代通史》第 8 卷《內戰與危機(1927-1937)》,南京:江蘇人民出版社,2007 年,第 207 頁。

治文化史研究。因為缺乏了必要的外部參照系,左聯研究缺乏取得突破的支撐,對左聯的組織機構和運作方式因此不能獲得更深入的認識。二,目前的左聯研究對數量巨大的左聯回憶資料,缺乏細緻的辨偽與考證。20 世紀 70、80 年代之交集中出現的左聯盟員回憶,由於回憶者年事已高等因素,其中的細節存在大量含混與抵牾,研究者常莫衷一是,但未見太多細緻的甄別考辨。正因有上述缺陷,導致對左聯諸問題的探討,常陷入疑團而難獲推進。最突出的表現或就是左聯的籌建及組織形態至今面目不清。

其實,以上兩方面的缺陷彼此關聯,其克服亦需齊頭並進:將左聯置於具體政治史的脈絡中考察,不能不大量運用相關左聯回憶資料,而具體考辨左聯回憶資料的真偽,又不得不廣泛採用歷史實證文獻。本書便致力於以左聯的籌建和組織系統為研究中心,在以上方面有所突破。

既有的左聯組織和制度研究雖然已有不少成果,但就利用史料的廣泛性和發掘的深度來看,尚較為薄弱。對左聯組織機構所做的考察,立論還基本限於左聯自身。對此一問題做過較專門研究的學者主要有王宏志、周國偉、姚辛、張小紅、張大偉、汪紀明、王錫榮等。王宏志曾做長篇論文《"左聯"的組織與結構》探討這一問題,大致理清左聯組織結構的輪廓,但所採用的史料主要集中於《左聯回憶錄》,所採取的也主要是靜態剖面式研究,對左聯六年間的組織變遷涉及相對較少。因其創作於 20 世紀 80 年代,對 90 年代初期又公開發表的許多左聯回憶資料自然也未能加以利用。周國偉對左聯的實證層面也有考證,論文《"左聯"組織系統史實考》廓清了許多迷霧,但該文僅約五千字,雖則提綱挈領,所論範圍畢竟有限。姚辛是專攻左聯研究的學者,對左聯的幾乎方方面面均有系統研究。作為一名家境貧寒的普通工人,他憑藉對左聯的熱情,數十年自費奔波全國各地尋訪左聯史料,撰成包括《左聯詞典》和《左聯史》在內的共計數百萬字的左聯研究著作。[1] 雖然令

1　對姚辛事跡的概述參見陳蘇:《姚辛:生為左聯》,《嘉興日報》,2011 年 1 月 28 日。工人姚辛對左聯的激情,也折射出左聯的底層訴求所內蘊的超越時空的精神能量。

人敬佩，然而也不必諱言，姚辛作為民間學者，因為缺乏足夠的學術訓練，導致其左聯研究常常熱情有餘、而專業性不夠，過多的情感判斷常掩蔽深入的學理探討。自然，姚辛在左聯史料整理方面的貢獻仍然堪稱巨大，由於其自 20 世紀 70 年代中期以來便親自訪問了 90 多位左聯盟員，而這批盟員已基本辭世，所以他於 2011 年的去世無疑是左聯研究的重大損失。在左聯的組織制度史研究方面，姚辛亦有梳理考辨[1]，但還基本限於若干具體史料，而缺少系統性的鑒別和歸納。左聯會址紀念館張小紅的《左聯與中國共產黨》是在政黨背景下系統考察左聯的專著，也有專門的章節處理左聯的組織結構問題[2]，但該著亦屬扼要，長於輪廓梳理，而疏於資料勾稽與辨析。以左聯的組織結構為研究重點的博士論文目前亦有兩篇。一為復旦大學中文系張大偉的《"左聯"文學的組織與傳播（1930-1936）》（2005）、一為中國社會科學院文學所汪紀明的《文學與政治之間：文學社團視野中的左聯及其成員》（2010），兩篇博士論文均已成書出版。[3] 其中張著以傳播學和行政管理學的視角切入左聯的組織和傳播研究，以一章的篇幅梳理左聯的組織結構，對左聯的內部組織和上級領導機關，分條縷析其功能和變遷。但問題在於面對史料分歧較少辨析、引證史料的來源同樣多限於《左聯回憶錄》，因而未能有更大突破。汪著也意識到左聯盟員的回憶矛盾重重，於是援引黨史資料作為參照，於是開拓了左聯研究的視野，其對左聯組織結構的考辨因而具有了較強的突破性。但其中仍存在許多有待深入探討的問題，其原因一是由於該著對左聯盟員的回憶相對忽視、似因畏難而卻步；二則由於該著固然注意到了左聯的政黨特性，但面對面目曖昧的左聯組織機構，卻忽視中共的組織規章以及社聯、劇

1　參見姚辛：《左聯史》，第 2 章第 1-2 節，北京：光明日報出版社，2006 年，第 6-12 頁。

2　參見張小紅：《左聯與中國共產黨》，第 2 章第 3 節，上海：上海人民出版社，2006 年，第 78-85 頁。

3　分別為張大偉：《"左聯"文學的組織與傳播》，呼和浩特：內蒙古人民出版社，2008 年；汪紀明：《文學與政治之間：文學社團視野中的左聯及其成員》，北京：中國社會科學出版社，2012 年。

聯等左聯兄弟社團的組織規章，而採用殊少政治色彩且誕生於數年前的《創造社會章》作為對比參照，相關論述因而出現局限。王錫榮 2016 年出版的專著《"左聯"與左翼文學運動》，對左聯籌建及其組織系統，做了系統梳理，許多方面都後出轉精，但對左聯盟員的回憶考辨仍嫌不夠，也較少借助必要的政治史料來輔助探討。[1]

表面來看，左聯的籌組和制度研究似乎只是左聯研究較為邊緣的一部分（畢竟在文學研究中左聯更多還是作為一個"文學"團體而存在），實則大不然。這由左聯的特殊屬性決定，而左聯的特殊屬性，其實也決定了"左聯研究"的特殊性。長期以來，"左聯研究"並不能很好地區分自己與寬泛的 30 年代左翼文學研究的關係，而這一區分，在進入左聯研究前，應該首先予以分疏。否則，所謂的左聯或左聯文學研究，可能與作為社團組織的左聯，關係幾乎全無。

這主要是由於，左聯固然一度是近於"第二黨"的組織，但畢竟是在國民政府和租界的管轄範圍內活動，左聯的政策變遷和具體命令，並不足以規約盟員的全部行為；即是說，盟員對左聯並沒有人身依附的關係。對魯迅和茅盾這樣的少數左聯盟員而言，他們在左聯組織中享有極高的自由度，左聯一般並不會對他們下達具體命令，反而常向他們彙報、請示工作。而對普通左聯盟員而言，他們的硬性任務，其實更多是散發傳單、張貼標語和飛行集會，至於發表文章、創辦刊物，只要不出格，一般也並不干涉。左聯盟員所享有的較大活動空間決定了，並不能籠統地把左聯盟員的行動統一歸入"左聯"的範圍之內；所謂"左聯研究"，也僅應該包含與左聯的政策變遷和組織活動等直接相關的內容，而不應該指向左聯盟員在左聯時期的所有活動。也正因為對"左聯研究"的界定存在混淆，便出現了兩種截然不同的說法，一是認為左聯研究在 20 世紀 80 年代以後便異常冷清，一則認為左聯研究一直是現代文學研究的最大領域。顯然，第一種概括更加符合"左聯研究"的

1　王錫榮：《"左聯"與左翼文學運動》，上海：上海人民出版社，2016 年。

實情。

倘若劃清了"左聯研究"的合理界限，則不難明白，左聯的組織制度研究，其實是左聯研究幾乎最基礎的環節；而要進入左聯的組織制度研究，不能不依賴對政治環境變遷的細密剖析。而既有從政治環境變遷角度對左聯所做的考察，更多還限於概要性論述，在考察視域及闡釋上也還均有拓寬與深入的空間。這一缺憾其實也直接導致了對左聯文學實踐的認識常不能更進一步。

二、左聯組織史研究的可能性

左聯無疑是高度政治化的團體，在 20 世紀 30 年代常有"第二黨"之稱。在 20 世紀 30 年代前中期，由於上海中共黨組織被破壞殆盡，以左聯、社聯為核心的左翼文化組織甚至一度擔負了維繫中共組織生命的任務。本來是群眾團體的左聯在內部設立了黨支部，接納了眾多與黨組織失去關係的非作家"黨員盟員"。1935 年，以周揚為核心的左聯盟員創建的新文委和 1936 年胡喬木等文總成員創建的"臨委"（江蘇省臨時工作委員會），實際上是中共在上海地區僅存的黨組織。以上無不揭示出左聯的活動與政黨活動之間高度的統一性，而這也說明，左聯及 20 世紀 30 年代上海的左翼文化研究須臾不可偏離對中共政治活動的考察。倘若進行的是左聯的組織變遷等制度層面的研究，則更是如此。

因此，對左聯的組織研究難免會涉及 20 世紀 20 年代後期至 20 世紀 30 年代中共在上海活動的檔案材料，否則許多問題將難免陷於泥淖。比如，中共在籌創左聯之前成立的文化黨團、文化工作者支部、第三街道支部、文委等組織或機構，它們的成立時間和彼此關係（甚至名稱）至今都眾說紛紜。具體到左聯問題上來，左聯召開的常委或執委會議以及其他各種會議，是否也有相關檔案材料可供查證？左聯所創辦的內部刊物，至今也不能完全看到。比如左聯秘書處創辦的《秘書處消息》，至今僅賴魯迅的保存而能見到一期；

曾惡化了魯迅與左聯關係的左聯後期機關刊物《文學生活》，亦賴魯迅保存而僅見一期。文總亦然，其機關刊物《文報》，學者孔海珠在檔案材料中尋獲到三期（兩期正刊一期副刊），其中包含不少有價值的內容，但《文報》僅正刊便至少出了十一期。以上刊物因為均係內部出版，對研究處於地下狀態的左聯等左翼文化團體的組織機構、政策變化等，具有十分重要的價值，惜乎或已失傳、或只能看到極少一部分。這給研究無疑造成了巨大障礙。那麼，在相關檔案中，是否還能有新的收穫呢？

答案自然是肯定的。但問題在於，30 年代的左翼文化檔案資料目前有多少存世？而存世的又有多少處於解禁可發掘的狀態？從現有的利用了此類資料所撰寫的官方成果來看，情況不容樂觀。比如由中共上海市委黨史資料徵集委員會、中共上海市委黨史研究室、中共上海市委宣傳部黨史資料徵集委員會合編的《上海革命文化大事記（1919.5-1937.7）》，其中涉及左聯的記事條目甚多，雖則對史料來源多半未注出處，但細察可知，絕大部分都源於左聯盟員的回憶，在盟員回憶晦暗不明處，"大事記"也多半晦暗不明；雖然對歧異之處也常有所考證取捨，但明顯可見，判斷的依據仍然並非確鑿的檔案材料，以致其中錯訛並不少見。而由中共上海市委黨史資料徵集委員會主編的《中共上海黨史大事記（1919.5-1949.5）》，對左翼文化資料的記事更加含混，甚至有自相矛盾之處。比如對藝術劇社的成立時間，先說成立於 1929 年 9 月，不遠處又說成立於 1929 年 11 月。[1]

眾所周知，左聯資料整理的最大推動力來自國家機器，甚至"文革"結束後左聯盟員紛紛發表回憶文章[2]，其實也是國家力量有意識推動的結果，其目標並不完全在於保存史料，更在於"撥亂反正"——為被"四人幫"抹黑的 30 年代左翼文壇恢復名譽，確立正統左翼文學的合法地位。當然，這也是國家意志和左聯盟員意志的一次完美結合。為了宣傳左聯，同時也為了搜集

1　參見該書第 218 頁、第 224 頁，上海：知識出版社，1989 年。

2　1982 年出版的《左聯回憶錄》便是這批文章最大規模的一次結集。

和整理左聯資料，並推動相關研究，國家還專門建立了中國左翼作家聯盟成立大會會址紀念館（1990 年 3 月 2 日正式開放）。左聯會址紀念館已經出版了多種左聯資料集和研究論文集，每逢左聯成立十周年便舉行大型紀念和研討活動。因此，左聯資料的搜集和整理工作，可以推想已經進行得十分深入和徹底，想從國家檔案中獲取全新的左聯相關資料，將極其困難。其實，早在"文革"社會失序時期，各地革命組織紛紛挖掘 30 年代左翼文壇"黑線"資料，倘若檔案資料中有任何蛛絲馬跡，自然不會被放過。而我們看到，革命組織深挖文壇"黑線"時固然查閱了大量歷史資料，並對相關當事人進行了數量密集的"外調"，但幾乎很少見到它們利用未公開的檔案資料。這可能並不能說明它們未曾利用，而只能說明，30 年代的政治文化檔案中，其實幾乎沒有左聯相關資料。

又如在"文革"結束後，許多左聯盟員重新成為國家領導人，享有較高地位，當他們撰寫回憶錄時，許多人也有條件調用檔案材料，但事實上也並未見任何人使用了這一"權利"。在他們的回憶錄中，仍然充滿了難以查證的片段。夏衍的《懶尋舊夢錄》對左聯有詳盡回憶，然而當面對左聯成立大會的參加人員這一問題時，他引用（並加以駁斥）了的檔案資料竟然來自國民黨方面。[1] 這一狀況，完全由 20 世紀 30 年代左翼文化及共產黨在上海所處的不斷惡化的地下境況所決定。環境的惡劣，使得 20 世紀 30 年代許多時段的上海地區中共革命檔案材料，幾乎損失殆盡。試翻由中共中央組織部、中共中央黨史研究室和中央檔案館編寫的大型叢書《中國共產黨組織史資料》，其中關於 20 世紀 30 年代上海市委乃至中共中央的組織機構及任職人員的記錄，與另一部由學者王健英獨立編撰的《中國共產黨組織史資料彙編：領導機構沿革和成員名錄》相比，尤其在任職人員方面，差別常常判若天淵。而

---

1 參見夏衍：《懶尋舊夢錄》，北京：生活·讀書·新知三聯書店，2006 年，第 104 頁。

身份更為民間的後者，在不少情況下記述反而更為細緻、準確。[1] 如果具體到上海各區，則資料匱乏的情形更為嚴重。如左翼文人最為集中的上海市閘北區，20 世紀 30 年代中共在該區的區委情況，也多無準確資料可稽。據《閘北區志》載，1933 年任區委書記的先後有小周和老王，顯然已經失考。[2] 其他區的區委書記中，也多有小曾、老帥、老曹等人名。[3]

筆者此前一直以為，目前從事左聯組織和制度史研究的時機尚不成熟，需等待檔案開放到一定程度方可進行。然而隨著閱讀材料的增多，此一觀點逐漸動搖。正如上所述，根據各種情形均足以推斷，現存的檔案資料中不會包含太多與左聯的組織和制度建設直接相關的內容，即便有，一則不知需要付出多少時間和精力才能獲得，二則也難以期待能夠對相關研究有關鍵性影響。所以，安於等待絕非目前從事左聯研究所該取的態度。更何況，現存的左聯相關資料，其實已經足以支撐研究。

確實，現存左聯資料多係盟員在"文革"後的回憶，由於盟員年事已高，同時也由於參加左聯具有極強的政治榮譽性、而相關評判標準仍然具有意識形態色彩 [4]，相關回憶難免有含糊不清或彼此矛盾之處，甚至難免存有修飾或偽裝。但是，如果細加統計，可知左聯盟員直接針對左聯的回憶資料已經遠超百萬字，其他對左聯有所涉及的回憶更不可勝數。這批資料以其內容的繁

1　參見中共中央組織部、中共中央黨史研究室、中央檔案館編：《中國共產黨組織史資料》第 2 卷，北京：中共黨史出版社，2000 年。王健英：《中國共產黨組織史資料彙編：領導機構沿革和成員名錄》，北京：中共中央黨校出版社，1995 年。二著對資料來源幾乎都未注明出處，但後者的初版則有注釋說明，顯示包含大量回憶資料。

2　上海市閘北區志編纂委員會編：《閘北區志》，上海：上海社會科學院出版社，1998 年，第 595 頁。

3　參見中共中央組織部等編：《中國共產黨組織史資料》第 2 卷，第 1247 頁。

4　最突出的表現或是對魯迅的態度，"文革"期間反魯迅是項極嚴重的罪名、同時也是 30 年代"文藝黑線"的主要罪狀之一。而在否定了"文革"之後的左聯盟員回憶中，仍謹慎地避免觸犯魯迅，並以表達自己對魯迅的擁護和愛戴為重要內容，而實際上，他們所表達的態度與他們在左聯時期的多半並不一致。當然，這一問題較複雜，不能完全歸因於意識形態的規訓性。

瑣和不確定性使人生畏，然而倘若能妥善利用，並參照以相關歷史檔案材料，無疑也是一座富礦。一個看似不可靠的細節可能無用，但當它們堆積到一起，歷史的脈絡往往就浮現了出來。

第一章

左聯籌建的政治宣傳動因

左聯的創建，常被視作中共在文藝領域施行統一戰線政策的結果，起碼也標誌著左翼進步力量實現了大結合。[1] 這一論斷自然有所依據。因為左聯係經由論爭而創建，是論爭中對立的數派力量捨棄分歧聯合而成，而中共在其中採取了積極的措施安撫並爭取黨外力量、消弭其顧慮。然而一個悖論性的歷史境況是，其時極左思潮正在黨內居統治地位。何以在此時竟能產生一個統一戰線或說 "大結合" 的組織呢？

　　這一 "悖論" 自然是以此後才逐漸興起的 "統一戰線" 概念來理解歷史的結果，其中涉及特定語境下革命經驗的生成、轉換或移置。[2] 那麼，左聯即便不是統一戰線的組織，又是否可算是左翼大結合的組織呢？本章將深入左聯創辦前後中共宣傳政策的變動，探討上述問題。

一、批判 "假馬克思主義" ——左聯籌建的直接動因

　　通行歷史敘事常以 "失敗" 來指稱國民革命的結果。這自然是以特定的史觀為觀察視角的，自有其合理性。不過也需要注意的是，"革命" 作為貫穿整個 19 至 20 世紀中葉、作為政治合法性重要來源的行動，其代表進步與

1　左聯係統一戰線組織的觀點，最初應當是來自馮雪峰 1946 年初發表的文章《論民主革命的文藝運動》（連載於《中原‧文藝雜誌‧希望‧文哨聯合特刊》第 1 卷第 1 期至第 3 期，同年 6 月由上海作家書屋出版單行本）。茅盾隨即撰文對這一觀點表達了非議，認為左聯初期並未採取統一戰線政策。參見茅盾：《也是漫談而已》，《文聯》第 1 卷第 4 期，1946 年 2 月 25 日，第 4-5 頁。新中國初期的文學史著大體沿襲了馮雪峰的觀點，如王瑤的《中國新文學史稿》（北京：開明書店，1951 年）、蔡儀的《中國新文學史講話》（上海：新文藝出版社，1952 年）、劉綬松的《中國新文學史稿》（北京：作家出版社，1956 年）等。在這些論述中，黨作為統戰主體，革命文學派作家基本上和魯迅處在相同的被統戰等級序列中。

2　對左聯統一戰線性質論說起源的考察，參見吳述橋：《"第三種人" 論爭與 "左聯" 組織理論的轉向——從 "左聯" 的宗派主義、關門主義問題談起》，《中國文學研究》2010 年第 2 期。

正義的功能，具有相當廣泛的意識形態跨越性；與之相對立的"反革命"（或"反動"），在此一時段的多數政治語境下，都是一個嚴屬的判斷。

　　具體到 1927 年國民革命結束後的中國，國共兩黨雖然分裂，然而革命的多數訴求（如反帝、反軍閥、反封建）仍然同時為兩黨所堅持。因此，單純從字面的宣傳上來看，國共兩黨的分裂並不像反動與革命的分裂，而更像革命本身的分裂。在此情形下，使得革命號召變得比從前艱難得多。革命，固然具有風靡人心的號召力，然而誰才是真正的革命代表？[1] 中共對此也有明確意識。比如對軍閥戰爭，中共雖然定性它們是"爭奪反革命領導權的鬥爭"，然而也意識到資產階級"一定要宣傳這次戰爭是'革命的'戰爭"。其危害是顯然的："這種宣傳特別在封建階級統治的地域中⋯⋯很容易助長群眾對資產階級的幻想。這種危險，可以使群眾不自覺的走到資產階級的領導之下"。[2]

　　而更嚴重的情形還在於，共產主義陣營自身此時也發生了嚴重的分裂。在歐洲，隨著第二國際的分裂與第三國際的建立，以蘇俄共產主義者為核心的馬克思主義者和以歐洲社會民主黨為代表的馬克思主義者之間決裂。歐洲社會民主黨蓬勃發展，宣揚勞資調和等改良主義主張，工農應和者無數；在英國，作為社會民主黨一支的工黨甚至取得了執政地位。而在中國，近似於社會民主黨的勢力也正躍躍欲試，第三黨（鄧演達、宋慶齡主導）、改組派（汪精衛、陳公博主導）、新生命派（陶希聖主導）紛紛建立，批判現政權，甚至前往歐洲向社會民主黨取經，大有接續革命正統之勢。在中國的工廠，黃色工會的影響力日益強盛，而赤色工會日漸衰微。形勢本已嚴峻，中國共產主義革命的後院又起大火。中共在國民革命時期的重大決策，基本由第三國際掌控，然而當革命失敗之後，由蘇共掌握的第三國際把失敗的責任全部推給了中共領導層，陳獨秀則成為最大的替罪羔羊，被剝奪了黨內領袖的職

1　依照政治學光譜，國民黨很難稱得上是右翼政黨，而是具有一定底層訴求的左翼政黨（尤其在經濟和社會領域）。當然，其保守甚至反動傾向也十分濃厚。

2　《中央通告第三十三號——軍閥戰爭的形勢與我們黨的任務》，中央檔案館編：《中共中央文件選集》第 5 冊，北京：中共中央黨校出版社，1990 年，第 72 頁。

位。[1] 在蘇聯內部，對中國革命失敗的反省也熱烈展開，並成為已然失勢的托洛茨基派向斯大林發難的強有力手段。陳獨秀此時看到了托洛茨基對中國革命失敗原因的理解，竟與自己不謀而合，好感大增，一番研讀之後，遂成為中國共產黨內的托派首領。陳獨秀素負革命聲望，托洛茨基對中國革命失敗原因的理解又頗具吸引力，大批中共原領導成員轉變為托派——甚至完全不經過陳獨秀的影響。托洛茨基反對派在中共黨內逐漸形成，另組黨支部，開展組織活動，風頭一時甚健。托派對中國共產主義革命陣營的衝擊之大更可以想像，因為他們不僅信仰馬克思主義，而且信仰列寧主義，信仰反帝反殖民的訴求和共產主義的革命理想。托派其時堅稱的中國革命已經落潮、資產階級統治相對穩固的現實理解，其實也比革命已然高潮的激進說法更具合理性，對一般革命群眾的誘惑力自然不小。肅托反托於是成為彼時中共的一項重要任務，陳獨秀、彭述之、鄭超麟等大批托派黨員被開除出黨。[2]

考察黨內宣傳文獻，不難發現彼時中共宣傳政策的重心在反對國民黨"反動派"之外，更在於反對社會民主黨等左派改良主義與"托陳取消派"。正是在此一宣傳導向下，中共醞釀籌創左聯及社聯等左翼文化團體，此後這些文化團體也十分積極地履行了此一宣傳任務。

1929 年 6 月中共六屆二中全會通過的《政治決議案》，在指出世界革命一觸即發的形勢之後，便特別強調了帝國主義最新的反革命手段："帝國主義者除掉以法西斯蒂方式壓迫屠殺工人群眾外，更一方面使社會民主黨和黃色工會與政府機關更加親密的合作，另一方面又豢養所謂左派社會民主黨（這是工人階級最奸險的敵人）的新工具來欺騙工人群眾，企圖在這樣左派改良

---

1 參見姚金果等：《共產國際、聯共（布）與中國大革命》，福州：福建人民出版社，2002 年，第 420-421 頁。

2 參見唐寶林：《中國托派史》，台北：東大圖書股份有限公司，1994 年，第 75-85 頁。

主義者聯合中解決這個任務。"[1] 雖然中央也指出改良主義已經來日無多，但還是指明了國內的狀況："很明顯的，在各處的群眾鬥爭中都還表現著對改良主義的幻想，黃色工會農會還在繼續加多，特別在北方欺騙了廣大的群眾，並且群眾主觀上還存在著許多弱點，黨在群眾領導力量還很薄弱，這都是改良主義還可以繼續發展的條件。……所以改良主義仍是目前革命的最危險的敵人"。[2] 因此六屆二中全會"決定政治局今後必須作一理論上的批評運動，去反對汪陳派與第三黨。雖然這些人物本身的影響很小，但他們現在一些學生與小資產階級群眾之中發生了影響"。[3] 對於托派，"全會指出最近托洛斯基反對派在中國黨內的活動，這一點值得整個黨之嚴重的注意"，認定"托洛斯基反對派在中國必然是一切反革命勢力的工具"。[4]

左聯的籌建，正處在此一輿論宣傳背景之下。中共六屆四中全會首次確立了開展系統的文化宣傳工作的任務，並決定組建文委等文化宣傳領導機構，左聯之籌建便是其成果之一。在大會通過的《宣傳工作決議案》中，特別強調"目前政治形勢之下宣傳工作特別重要"，原因即在於："我們的影響是逐漸擴大的，證明革命高潮必然不可避免的到來。但革命失敗的情緒與改良主義的影響，仍舊妨害群眾直接鬥爭的發展，改良主義並且正努力於建立其系統的理論，右傾的取消派的理論亦正與托洛斯基主義提攜著，甚至於影響到黨內一部分落後的黨員。黨的政治影響的擴大遠不能適應鬥爭復興中群眾的要求，尤其是因為黨以前對改良主義的宣傳沒有迅速的反應，沒有注意

---

1 《政治決議案——現在革命的形勢與中國共產黨的任務》，《中共中央文件選集》第 5 冊，第 181 頁。引文中括號及其中內容為檔案原件所無、而存在於當時公開發表的刊物上，從中也不難看出中共的宣傳指向。參見《布爾塞維克》第 2 卷第 9 期所載該文，1929 年 8 月 1 日。

2 《政治決議案——現在革命的形勢與中國共產黨的任務》，《中共中央文件選集》第 5 冊，第 195-196 頁。

3 《關於中央政治局工作報告的決議》，《中共中央文件選集》第 5 冊，第 177 頁。

4 《關於中央政治局工作報告的決議》，《中共中央文件選集》第 5 冊，第 175 頁。

系統的理論的鬥爭"。[1] 左聯在成立之後，作為黨直接領導的文化組織，必然會有意識地履行此一宣傳任務。在 1930 年 8 月 4 日左聯執委會通過的左聯第一份綱領式宣言中，在分析了具體的國際政治經濟形勢後，即這樣明確說道：

因此在這個世界經濟政治的局面之下帝國主義者為延長其奄奄一息的沒落運，企圖最後的掙扎，不能不運用他們所壟斷的一切文化機關，動員其豢養的走狗，發動一切仇視無產階級解放運動的思想。同時因為中國革命有偉大的國際連帶性的關係〈，〉於是一切反動思想也就要在中國擴張地盤撒播種子：傳達資產階級對工人影響的托羅茨基主義的秘密輸入，第二國際對中國的陰謀，社會民主主義的抬頭。[2]

不難發現，左聯所列舉的"反動思想"，在思想譜系上全部屬馬克思主義陣營。在左聯看來，當時殖民地和半殖民地的反殖民革命思想，也都墮落為了資產階級麻醉群眾的"精神的武器"，如甘地主義、甘爾文主義、孫中山主義。[3] 因而均是左聯思想鬥爭的重要對象。

在左聯與社聯合辦的機關理論刊物《文化鬥爭》上，不難看出左聯宣傳工作的重心何在。該刊計出二期，目錄如下[4]：

第 1 卷第 1 期（1930.8.15）

1. 潘漢年《本刊出版的意義及其使命》
2. 谷蔭《反對帝國主義進攻紅軍》
3. 谷蔭《取消派與社會民主黨》

---

1 《宣傳工作決議案》，《中共中央文件選集》第 5 冊，第 249-250 頁。著重號為原文所加。

2 《無產階級文學運動新的情勢及我們的任務》，《文化鬥爭》第 1 卷第 1 期，1930 年 8 月 15 日，第 7 頁。

3 《無產階級文學運動新的情勢及我們的任務》，《文化鬥爭》第 1 卷第 1 期，1930 年 8 月 15 日，第 7 頁。甘爾文主義即 Garveyism，意譯為黑人回非洲建國主義。

4 其中，谷蔭係朱鏡我，鬼鄒係李一氓，《動力》係托派刊物。

4. 社聯《擁護蘇維埃代表大會宣言》

5. 左聯《無產階級文學運動新的情勢及我們的任務》

6. 社聯《反社會民主主義宣傳綱領》

第 1 卷第 2 期（1930.8.22）

1. 赫林《參加九七示威》

2. 子貞《文化上的托羅茨基主義》

3. 谷蔭《〈動力〉底反動的本色》

4. 《中國左翼作家聯盟在參加全國蘇維埃區域代表大會的代表報告後的
   決議案》

5. 鬼鄰《對於反蘇聯戰爭的歐美著作家的態度》

6. 郎當《戰鬥的隨筆》

7. 史君《讀"中國文學的新史料"》

在第 1 期，有兩篇論文以反托派或反社會民主黨為論述核心（第 3 篇和第 6 篇），僅第 2 篇不含反托派、反社會民主黨、反改組派或反新生命派內容；在第 2 期，也有兩篇論文以反托派為論述核心（第 2 篇和第 3 篇），第 4 篇和第 6 篇也論及了反改組派、取消派和社會民主黨。在文委書記潘漢年所作的《本刊出版的意義及其使命》中，開宗明義提到了文化領域的鬥爭為"反馬克思主義的文化運動與正確的馬克思主義文化運動鬥爭的深刻化"。需要專門強調"正確的馬克思主義文化運動"，便可以想見此時馬克思主義正統的爭奪戰之劇烈了。潘漢年如此描述了當時文化界的思想鬥爭：

統治階級積極的指使一般御用學者，發揮其虛偽的曲解的合法的馬克思主義思想，（如新生命派，其實還說不上合法，帶上一個假馬克思主義的面具而已。）擁護提攜托洛斯基及機會主義的取消派思想以外，最近更是有計劃的提倡社會民主主義，（如鄧演達陳啟修等的什麼農工黨，中華革命黨宣言），以及民族主義的文學運動，（如徐蔚南，朱應鵬指導的什麼民族主義文學運動宣言，前鋒周刊等）企圖緩和消滅正在勃發高漲的無產階級文化運動。[1]

在當時的左聯盟員看來，統治階級由於在理論上不能戰勝馬克思主義、不能吸引青年讀者，於是便採取更狡猾的手段來曲解和利用馬克思主義，於是相較官方的三民主義、乃至民族主義，也就具有了更大的危險性：

同時那些書店老闆將接受那些假馬克思主義的托爾斯基主義派的書報代替過去一切馬克思主義的東西，因為既可以避免當局的禁止，同時又因為那些革命叛徒是剽竊馬克思主義的名辭，容易迷惑欺騙廣大的青年群眾，書店老闆在營業利益上是看得見托爾斯基主義好比外表漂亮堂皇的淌白，比較面目潰爛，梅毒第三期的野雞（三民主義的民族主義的）富於迷惑誘騙讀者的本事高得多。[2]

由上不難理解，為何在文委書記潘漢年所確定的四大鬥爭目標中（新生命派所代表的資產階級改良派、胡適和周作人所代表的資產階級自由派、托洛茨基機會主義取消派、鄧演達和陳啓修的第二國際社會民主主義），三個都是標榜馬克思主義的。

另一位左聯核心領導，時在中宣部工作、後來繼潘漢年之後成為文委書記的前創造社骨幹朱鏡我，對反對托派和社會民主黨更加熱心，論述也更為系統。在他看來，社會民主黨不過是資產階級的馴順工具，他們的改良主義在無產階級日漸左傾化、世界革命高潮即將來臨的時刻，已經不能發揮足夠

---

1 潘漢年：《本刊出版的意義及其使命》，《文化鬥爭》第 1 卷第 1 期，1930 年 8 月 15 日，第 1 頁。

2 潘漢年：《本刊出版的意義及其使命》，《文化鬥爭》第 1 卷第 1 期，1930 年 8 月 15 日，第 2 頁。

效力，於是蛻變為社會法西斯主義。而托派適時出現，因為他們"依舊守護革命的旗幟，依舊滿口是馬克思列寧主義的話說……它更能欺瞞無產階級底意識，更有麻醉無產階級底作用。"[1]於是便替代社會民主黨充當了更有效的資產階級麻醉工具。而這兩種資產階級的有效工具，在中國，也必然會被帝國主義積極利用，讓他們"攢進中國無產階級底陣營，來分裂，切斷，削弱革命的力量！"[2]在政治上，"他們將通過黃色工會來欺騙工人鬥爭，來破壞赤色工會所領導的罷工鬥爭"；而且，他們還將採取文化手段分裂革命：

> 他們當然要在文字上，口頭上，極力地來取消鬥爭，來分裂革命的隊伍。事實上社會民主黨已經刊行《現代軍人》和《窮漢三日刊》進行改良欺騙的工作，取消派人已經建立《動力》和《展開》進行反對中國無產階級文化運動底任務！無恥的取消派人，尤其彰明照〔昭〕著地濫抄馬克思，恩格斯，列寧底隻言片語來混淆革命戰士底意識，破壞革命的正確理論。這一無恥的勾當，是必須予以嚴重的打擊的！[3]

文化工作者的任務於是不言而喻。在左聯執委會通過的理論和行動綱領中，對"借馬克思主義的招牌""撒佈仇視共產主義的理論"的新生命派，對陳獨秀主義、對改組派、對社會民主主義，均有批判，並認為他們和封建思想、國家主義、狹隘的民族觀念一起形成了反動大同盟，構成中國社會科學運動和無產階級文學運動的鬥爭目標。[4]但對於以作家為主的左聯，反托派或者反社會民主主義、反改組派，實在並非他們所擅長。文委領導對此必然也能明瞭，所以又專門要求社聯制定出《反社會民主主義宣傳綱領》，計 16

1　谷蔭：《取消派與社會民主黨》，《文化鬥爭》第 1 卷第 1 期，1930 年 8 月 15 日，第 4 頁。

2　谷蔭：《取消派與社會民主黨》，《文化鬥爭》第 1 卷第 1 期，1930 年 8 月 15 日，第 4 頁。

3　谷蔭：《取消派與社會民主黨》，《文化鬥爭》第 1 卷第 1 期，1930 年 8 月 15 日，第 5 頁。

4　《無產階級文學運動新的情勢及我們的任務》，《文化鬥爭》第 1 卷第 1 期，1930 年 8 月 15 日，第 8 頁。

條。明確指出，第二國際直接領導中國的社會民主黨——第三黨——的鄧演達和譚平山等，散佈改良主義、發展黃色工會，甚至還抓住了國民黨和國民黨改組派，以實現其進攻蘇聯、取消中國革命的陰謀。中國的托派也必然會與其合流。故此，社聯號召，"每一個革命的馬克思主義者，應在文字上，口頭上，行動上，以革命的，正確的 '馬克思列寧主義'，來解剖他們的欺騙……指示給中國的工農勞苦群眾看"。社會民主主義，"是中國社會科學運動當前的敵人"。[1]

二、從左聯報刊看左聯前期的批判主旨

雖然進行社會學和政治學的理論批判，左聯遠不如社聯專業，但在左聯的刊物上，批判托派（"取消派"）、社會民主黨等改良派，仍然是理論工作的重心。下表所呈現的，便是在左聯成立前後刊行的與左聯有親密關係的八種刊物上[2]，所發表的反對托派取消派、以社會民主主義為核心的左翼改良主義的文章信息。這些刊物，基本是其時左聯刊物之全部，時間涵蓋 1929 年 11 月至次年 9 月，正是從左聯即將成立到其活動最為活躍的時期。其中《新思潮》主要是一種社會科學刊物，但由於係創造社主辦，作者也包含許多左聯盟員，一併納入考察。

1　中國社會科學家聯盟：《反社會民主主義宣傳綱領》，《文化鬥爭》第 1 卷第 1 期，1930 年 8 月 15 日，第 11 頁。

2　對於其時由中共文化宣傳機構人員創辦或主管的刊物，若非有聲明或包含文學性內容，很難辨清到底屬左聯還是社聯系統，因為這些刊物通常包含大批相同的作者；在多數情況下，稱它們為 "文總" 刊物或許更合適。所以本書也只能把與左聯有密切關聯的刊物視作 "左聯刊物"，這不妨礙它們同時也可被視作 "社聯刊物" 或 "劇聯刊物"。

左聯系統刊物 1929-1930 年所發表批判托派和左翼改良主義論文情況表

序號	刊物	卷期	發表時間	作者/譯者[1]	篇名	批判對象	涉及程度[2]
1		第 1 期	1929.11.15	狄而太	小資產階級論	改良主義	
2				子開	評《政治之基礎知識》	薩孟武（假辯證法的唯物論者）	核心
3				吳黎平	一九二九年之世界	社會法西斯主義（社會民主主義）、改良主義	
4				鄭景	評郭任遠博士《社會科學概論》	郭任遠（假科學主義）、假馬克思主義	論及
5		第 2-3 期合刊	1930.1.20	林非	《希臘哲學發展之三階段》譯者附誌	機會主義（考茨基、伯恩斯坦）	
6	新思潮			杜荃（郭沫若）	讀《中國封建社會史》	陶希聖（假馬克思主義）	核心
7				谷蔭（朱鏡我）	二本國家論的介紹	機會主義（社會民主主義）	核心
8				谷蔭（朱鏡我）	列寧小傳	取消主義（孟什維克、社會民主主義）	核心
9				李德謨（李一氓）	李布克內西與盧森堡之精神——紀念兩人死難之十一周年	社會民主主義	
10		第 4 期	1930.2.28	丘旭	中國的社會到底是什麼社會？——陶希聖錯誤意見之批評	陶希聖（假唯物主義）	核心
11				王昂（王學文）	反科學的馬克思主義？還是反馬克思主義的"科學"——駁郭任遠的《反科學的馬克思主義》	郭任遠（假科學主義）、第二國際	論及

1　作者／譯者情況不明確者，此欄空白。

2　"涉及程度"為批判托派或革命改良主義內容在整篇文章中所佔的地位，"核心"指為論述核心，"論及"表示簡單提及，空格表示一般性論述。

（續上表）

12				彭康	新文化運動與人權運動	胡適（改良主義）[1]	
13				谷蔭（朱鏡我）	領事裁判權"自動的撤銷"	假社會主義（英國工黨）	
14				吳黎平	馬克思主義之精粹	右派修正主義（社會民主主義）、左派修正主義（托派等）	
15				編者	編輯雜記	假馬克思主義、機會主義、折衷主義、社會愛國主義、取消主義（刊物鬥爭目標）	核心
16				潘東周	中國經濟的性質	中國托派	核心
17				吳黎平	中國土地問題	中國托派	核心
18				王昂（王學文）	中國資本主義在中國經濟中的地位其發展及其前途	中國托派	核心
19				李一氓	中國勞動問題	社會改良主義、國際勞工局、黃色工會	核心
20				向省吾	中國商業資本	托派（中國托派和拉狄克）	核心
21		第 5 期	1930.4.15	鄭景	中國歷史上兩次最大的農民暴動	改組派、第三黨、機會主義、取消派	論及
22				吳黎平	評《中國土地政策》	假馬克思主義（潘楚基）	核心
23				L	五一之革命意義	改良主義、黃色工會、社會民主主義	核心
24				李德謨（李一氓）	巴黎公社之政權教訓	機會主義（托派）	論及
25				編者	編輯後記	取消派	核心

---

1 其時左聯刊物對胡適的批判基調為批判其改良主義，雖然不會認定胡適為左翼改良主義，但或許由於其時胡適批判政府較為激進，一般也不會把他視作政府系統的改良主義。鑒於此，本表酌情收入對胡適的批判。

（續上表）

26				黎平	軍閥混戰的社會基礎	取消派、改組派	核心
27				谷蔭（朱鏡我）	改組派在革命現階段上的作用及其前途	改組派、機會主義、托派、社會民主主義	核心
28		第6期	1930.5.15	鄭景	《馬克思主義之批評》的批評	謝英士、第二國際、機會主義	論及
29				谷蔭（朱鏡我）	什麼是"民生史觀"？	新生命派、張廷休	核心
30				編者	編輯後記	改組派（刊物批判目標）	
31				鄭景	一條改良主義者的死路——關於胡適的《我們走那條路？》	胡適（改良主義）	
32				黎平	俄國革命中之托洛茨基主義	托洛茨基主義（左派偽馬克思主義）、社會民主主義（右派偽馬克思主義）	核心
33		第7期	1930.7.1	谷蔭（朱鏡我）	民族解放運動之基礎——關於民族解放運動之一個駁論	改良主義（陶希聖、薩孟武、楊幼炯）	核心
34				馬蓮	革命青年的暑假工作大綱	改組派、取消派、社會民主主義	核心
35				李果	中國是資本主義的經濟還是封建制度的經濟	取消派	核心
36				編者	中國社會科學家聯盟底成立及其綱領	機會主義、托洛茨基主義、社會民主主義（社聯綱領鬥爭目標）	
37	拓荒者	第2期	約1930.2.25	郭沫若	我們的文化	取消派、第三黨（鄧演達）	核心
38		第3期	約1930.3.25	潘漢年	左翼作家聯盟的意義及其任務	托派	論及

（續上表）

39			編輯部	我們所希望於《拓荒者》者	觀念論、機會主義、取消派（刊物批判目標）	
40		第4-5期合刊	建南（樓適夷）	激流怒濤中的最近日本普羅藝運	社會民主主義、梁實秋、豐子愷	
41			李一氓	柏林的五一演習	社會民主主義	核心
42			杉本良吉	柏林五一之流血	社會民主主義	核心
43			編輯部	編輯室消息	新月派、取消派（王獨清）（刊物預告批判內容）	
44	萌芽月刊	第3期 1930.3.1	A.特拉克廷巴克（侍桁譯）	巴黎公社論	社會民主主義、孟什維克	
45		第4期 1930.4.1	賀菲譯（作者不詳）	馬克思主義歷史家會議	社會民主主義	
46			莫靈（李春亭）	一九三〇年的"五一"	社會民主主義、取消派	論及
47		第5期 1930.5.1	雪峰譯	太平洋勞動組合在反戰反帝國主義鬥爭上的任務——一九二九年八月泛太平洋勞動組合會議底決議	階級調和（社會民主主義）	論及
48			思德	"革命家"取消鬥爭	取消派	核心
49				上海青年反帝大同盟鬥爭綱領	取消派（綱領鬥爭目標之一）	
50		第6期（本期題名《新地月刊》） 1930.6.1	Josef Lenz（賀菲譯）	為什麼我們不是和平主義者	社會民主主義	核心
51			盧波勒（倩霞譯）	文化問題	社會民主主義	論及
52			魯迅	"藝術論"譯序	孟什維克	論及
53			一劍	所謂"左派"	改組派	核心
54			木林	取消主義，甘地主義，國民會議，帝國主義	取消派	核心
55			石英	不打自招	取消派	論及

（續上表）

56				左翼作家聯盟的兩次大會紀略	改組派	論及
57			子西	中國社會科學家聯盟成立	社會民主主義、托洛茨基主義及機會主義（社聯鬥爭目標）	
58			雪峰	答王實味先生	取消派（陳獨秀）	核心
59	文藝講座	第1冊	1930.4.10	馮乃超	日本馬克思主義藝術理論書籍	社會民主主義	論及
60	巴爾底山	第1卷第2-3期合刊	1930.5.1	谷蔭（朱鏡我）	起來，紀念五一勞動節	社會民主主義	論及
61			廖非	去年柏林"五一"紀實	社會民主主義	核心
62			伯平	評《俄羅斯研究》第一號	托派	核心
63			鬼鄰（李一氓）	鬼鄰隨筆	改良主義（陶知行）、托派（王獨清）	
64			尊予	王獨清究竟是什麼詩人？	托派（王獨清）	核心
65		第1卷第4期	1930.5.11	乃超	胡適之底烏托邦	胡適、機會主義（托派）	核心
66			馬馬	看到寫起	黃色工會、托派（王獨清）、資產階級改良主義（胡適）	
67			赫林	五一屠殺與改組派	改組派	核心
68			列子	國民黨左派指揮下的大屠殺	改組派	核心
69			錫五（劉錫五）	格殺勿論	改組派	核心
70			鬼鄰（李一氓）	鬼鄰隨筆	改良主義、托派（陳獨秀）	
71			力竹	記左聯第一次全體大會	取消派（左聯決議鬥爭目標之一）	
72		第1卷第5期	1930.5.21	谷蔭（朱鏡我）	徘徊在十字街頭的，究竟是誰？	取消派	核心

（續上表）

73				靈聲	批評—謾罵 攻擊—挑撥	國家主義、資產階級、取消派	
74				秋士（董紹明）	周毓英的廣告術	托派（周毓英、王獨清）	核心
75	大眾文藝	第2卷第4-5期合刊	1930.5.1	歐佐起（尾崎秀實）	英國何以落後了？	社會民主主義	核心
76				白川次郎（尾崎秀實）[1]（鄭伯奇譯）	日本左翼文壇之一瞥	社會民主主義、取消主義	
77		第2卷第5-6期	1930.6.1	阿龍頭	電力工人鬥爭底經過	改組派	論及
78					哈爾濱通信	黃色工會、改組派	
79	五一特刊	第1期	1930.5.1	彭康	今年五一國際的意義	社會民主黨、國際取消派	核心
80				洪靈菲	擁護蘇維埃區域代表大會	取消派	論及
81				靈聲	五一紀念中兩隻"狗的跳舞"——王獨清與梁實秋	取消派（王獨清）、梁實秋	核心
82	世界文化	第1期	1930.9.10	谷蔭（朱鏡我）	中國目前思想界底解剖	改良主義（社會民主主義）、自由主義、取消派	核心
83				馮乃超	左聯成立的意義和它的任務	取消派	論及
84				梁平（吳黎平）	中國社會科學運動的意義	社會民主主義、取消主義、新生命派等	
85					蘇聯友誼社第一次國際大會	社會民主主義	
86					中國互濟運動的發展	改組派、取消派	論及

---

1 白川次郎及上一行之歐佐起均係尾崎秀實筆名的證據參見（日）尾崎秀樹：《三十年代上海》，賴育芳譯，南京：譯林出版社，1992年，第60頁。

（續上表）

87				賀非譯（作者不詳）	"蘇聯友誼社"的國際會議	社會民主主義	
88					中國社會科學家聯盟的現狀	社會民主主義、取消派（社聯綱領鬥爭目標）	
89					"中國左翼作家聯盟"	民族主義文學、取消派（左聯鬥爭目標）	
90					第二國際在遠東的陰謀	社會民主主義	核心

　　細察此表不難發現，此時段的左聯刊物幾乎每期都有相關批判內容，而且左聯刊物或左聯、社聯也多次把相關對象視作鬥爭目標；隨著時間推移，相關批判內容也有增多之勢。當然，許多左聯刊物常包含較多文學性內容，哪怕雜文也往往並無意識形態批評色彩，以致相關批判有時在整體刊物中所佔比重不算太大，不易像檢視《文化鬥爭》般看出整體批判活動的重心所在。但檢視其中的純理論批評刊物《新思潮》、《巴爾底山》，則不難發現相關批判在左聯活動中所佔的地位。《新思潮》除第 1 期外，幾乎每一期的重點理論文章都以批判上述內容為重點，第 5 期則幾乎為批判托派和社會民主主義專號。《巴爾底山》則除第 1 期沒有明確的批判外，此後幾期也均以批判托派和左翼改良主義為重心，第 4 期幾乎每篇文章都涉及相關批判。《五一特刊》和《世界文化》的核心理論文章也都以批判上述主張為重心。而核心批判文章的作者包括中共文化宣傳部門幾乎所有重要領導人物，如潘漢年、朱鏡我、吳黎平、潘東周、李一氓、彭康，以及雖非領導人員但地位重要的郭沫若等，他們自然也大都是左聯的領導人。從上表中的多篇譯文也可以推斷出，批判托派和社會民主主義也正是第三國際的理論工作重點，中共的理論宣傳在某種意義上可謂一種"應聲"。比如中國的"社會民主主義"，其影響力和作用還遠遠不能和西歐國家相比，甚至存在與否都成問題，似乎並不值得如此大張旗鼓地撻伐。

　　以上"左翼"批判內容自然不是左聯批判對象的全部，胡適、梁實秋和右翼系統的民族主義文學派也都是其時左聯的重要批判對象，但從上文所徵引的潘漢年、朱鏡我等人文字來看，來自"左翼"的威脅顯然要遠遠大於"右翼"。考察社聯成立時發佈的綱領，也可以看得明白。據綱領所揭載的社聯成立原因，即完全在於批判"偽"馬克思主義的急迫性。左聯綱領雖無如此明晰的表述，但同屬文委發起與管理之單位，其發起因由、宣傳任務亦當不外於此。社聯綱領云：

　　馬克思主義的勝利，就是資產階級也不得不承認了……資本階級用盡一切方法，想來破壞馬克思主義，它既不能以整個思想的體系，來和馬克思主義相對抗，於是就假冒馬克思主義竄改馬克思主義，拋棄馬克思主義的革命精髓，使之成為自由主義的學說。這種企圖，形成了各國的社會民主主義。

　　社會民主主義的影響，反過來，在馬克思主義者的內部引起了非馬克思主義的傾向，如取消派，托洛茨基派；他們想以表面"左傾"的辭句或明顯的機會主義理論，來塗改革命的馬克思主義。現時在全世界上，在中國，這都是對於革命的馬克思主義的一個切身的危險，革命的馬克思主義，是在反幼稚的"左傾"，及機會主義的右傾的鬥爭中鍛煉出來的；誰要是不和社會民主主義作鬥爭，不和社會民主黨影響下的托洛茨基派及機會主義派作鬥爭，那末，他就不是一個真正的馬克思主義者。

　　在這樣的形勢之下，革命的馬克思主義者，就決不能不有一種團結來光大和發揮革命的理論，以應用於實際，所以我們發起"中國社會科學家聯盟"……[1]

　　社聯貫徹意識形態批判的任務，當然會遠遠比以文學家為主的左聯得心應手。在其後關於中國社會性質問題的討論中，社聯盟員與托派、改組派、

1　《中國社會科學家聯盟底成立及其綱領》，《新思潮》第 7 期，1930 年 7 月 1 日，第 4-5 頁。

新生命派等展開激烈論戰，產生極大社會影響。中國的革命改良主義思潮雖然也算強盛，但正統社會民主主義，在中國則沒能形成氣候，一直被中共宣傳機關視作代表人物的鄧演達，也堅決不承認自己是社會民主派[1]，加上他不久即遭當局殺害，更使"社會民主主義"在中國的發展雪上加霜。不管是左聯還是社聯，進入 1931 年後對社會民主主義批判的力度均大為降低。而左聯盟員，面對熱烈的中國社會性質問題論戰，雖然也難免躍躍欲試（最突出的表現或是茅盾創作《子夜》以批駁托派[2]），然而知識結構的制約只能使他們大體選擇圍觀了。[3] 不過歷史還算公平，在幾年前轟轟烈烈的"革命文學"論爭中，他們中的許多人都做過主角。

　　通過以上梳理和探討，不難得出結論，左聯顯然不是後世之所謂"統戰"組織，也談不上左翼陣營的大結合，而且恰恰相反，其最初設定的主要批判對象，正與之同屬"左翼"陣營，其中差不多半數也正是後來"統戰"的重點對象。左聯是特定歷史情境下的產物，籌創之時確實有"合法主義"的傾向，這一傾向，用廣義的"統戰"思路來理解，倒也可以部分說通——只不過"統戰"的範圍實在狹窄，"關門主義"的提法或許更有說服力。顯然，左聯之所以有時會被理解為"統一戰線"，恐怕在很多情況下還是由於它包容了魯迅這位黨外人士。[4]

1　參見鄧演達：《忠告〈社會科學戰線〉底記者》，梅日新、鄧演超主編：《鄧演達文集新編》，廣州：廣東人民出版社，2000 年，第 346-347 頁。

2　《子夜》的反托派意蘊，在幾十年後仍被若干左聯盟員視作是其"最本質、最重大的意義之所在，也正是《子夜》最偉大的成就之所在"。參見林煥平：《從上海到東京——中國左翼作家聯盟活動雜憶》，中國社會科學院文學研究所《左聯回憶錄》編輯組編：《左聯回憶錄》（下），北京：中國社會科學出版社，1982 年，第 673 頁。

3　社聯在 20 世紀 30 年代初期的發展遠遠比左聯規模浩大、成績突出，此點屢次為左聯盟員提及並讚嘆。

4　左聯自身也會使用"統一戰線"的說法，但目的在於強調正統無產階級革命派的統一。另外，用"統戰"思路理解左聯包容魯迅，在很長一段時間的宣傳話語中並不具有合法性，但這又無疑是眾多左聯盟員的心聲。關於左聯的"統戰"論說，雖然經常並不明確宣稱魯迅為"統戰"對象，但非黨員魯迅顯然才是"統戰"的最主要目標。

第二章

魯迅何以加入左聯及其與早期左聯之關係

左聯因何包容魯迅、魯迅又為何加入左聯，這一一體兩面的問題，自民國開始便聚訟紛紜。一種較常見而又未必會被公開表述的說法是，左聯要利用魯迅的名聲，而魯迅企圖左聯給予的地位，於是被先打後拉，飄飄然如阿Q般做了盟主。學者王宏志對此類說法有較詳細的駁斥。[1] 確實，這類帶有陰謀論味道的論說，更多源於動機推斷，是高度簡化並難以實證的。一種有說服力的解釋雖然並不完全排斥心理及動機的分析，但絕不應該粗鄙而乏證據。魯迅之加入左聯，既牽涉中國共產黨早期文藝政策的變動，又關聯於魯迅後期思想的轉變，茲事體大，而既有論述多有陳陳相因、習焉不察之處，故而實有進一步詳加探究之必要。對於中共與魯迅的結盟到底如何實現，本章嘗試依據更豐富的資料，進行重新勘察，並進一步梳理和審視魯迅與早期左聯的關係。

一、"革命文學"論爭之外——魯迅與中共發生關係的另兩條線索

毫無疑問，"革命文學"論爭極大緊張了魯迅與中共之關係，批判魯迅的革命文學作家即便不是黨員，也與中共關係密切。也正因此，後來中共何以向魯迅伸出橄欖枝、而魯迅又為何接受邀請加入左聯，才會突出地成為問題。雖然革命文學作家的批判基本不是中共有意識策動的結果，但依據論爭持續的時間及激烈程度，中共對批判也難免有所推波助瀾。比如在論爭高潮的 1928 年上半年曾執掌中共宣傳部門、並具體指導了創造社活動的鄭超麟，即表示他當時認同批判魯迅，因其譏笑革命。[2] 而當 1928 年下半年後期創造社諸位新進成員相繼入黨、並陸續在黨內文宣等部門任職之後，批判魯迅也並

1　參見王宏志：《魯迅與"左聯"》，北京：新星出版社，2006 年，第 63-77 頁。

2　參見鄭超麟：《鄭超麟回憶錄》（上），北京：東方出版社，2004 年，第 286 頁。

未停止。後來的研究者常強調當左聯成立後，魯迅與批判他的多數主力人員消除了芥蒂、甚至締結了友誼，其實也有所誇張，雙方彼時的冷嘲熱諷並不少見。因此，魯迅願意與共產黨合作，基本理念的趨同固然是重要乃至決定性的因素，但在其與共產黨的交往方面，或還存在其他值得注意的內容。

1. 魯迅與中共廣東黨組織

在"革命文學"論爭之前，魯迅與共產黨的關係並不差。中共的兩位開創人物，陳獨秀和李大釗，都是魯迅的老朋友，而且獲得魯迅高度評價。但魯迅與他們的私人交往並不多，在陳獨秀擔任中共領袖的國民革命時期，魯迅雖然也奔赴了革命策源地廣州，也未見他與之有過交往。魯迅南下廣州，主要驅動力是愛情；但他之所以能到中山大學任教，很大程度上要歸功於中共廣東區委員會的運作。在 1926 年下半年，戴季陶雖是中大委員會委員長，但由於中大左派勢力強盛，為了掌控中大而尋求中共支持，於是廣東黨組織提出推薦名單以為交易條件。推薦名單中，即包括聘請魯迅接替已去前方北伐的郭沫若出任中山大學文學院主任。據時任中共中大總支書記的徐彬如（徐文雅）回憶，聘請魯迅的決議由中共廣東區委書記陳延年提出。[1] 沈鵬年採訪了相關當事人的調查報告稱，中共廣東區委曾在會議上專門討論延請魯迅的問題，陳延年對魯迅的革命性予以高度評價，認為他是"完全應該爭取，而且一定可以爭取過來的"。[2] 則難免有所誇張。據徐彬如回憶，陳延年當

1　徐彬如：《陳延年同志二三事》，中共中央黨史研究室編：《中共黨史資料》第 41 輯，北京：中共黨史出版社，1992 年，第 152 頁。但在另一處回憶中，徐彬如又稱提議聘請魯迅是"我們"（大體包括陳延年、惲代英、鄧中夏、畢磊、徐彬如等）一起提出的。參徐彬如：《回憶魯迅一九二七年在廣州的情況》，中山大學中文系編：《魯迅在廣州》，廣州：廣東人民出版社，1976 年，第 201 頁。根據其時陳延年對魯迅的認識，後一種説法或許更符合實際。

2　沈鵬年：《行雲流水記往（二記）》（下），上海：上海三聯書店，2011 年，第 447 頁。若此次會議發生在魯迅來穗之後，則較為可信。

時對魯迅的評價是"自由人"[1]，"對他並不怎麼重視，只是想利用他的聲望，到廣東來壯壯我們的聲勢"。當"爭取魯迅站到左派的觀點上來"的工作進展順利、"魯迅的態度還是比較好的"之後，陳延年才開始"對魯迅抱很大的希望，說他可以轉變"。自此，陳延年開始提倡"黨內用正確的態度對待魯迅"。[2]而這也說明，此前黨內對魯迅評價的主流基調並不積極。這也是契合引入魯迅的客觀情勢的，其"半紅不紫"的身份恰好能為國共雙方共同接受。陳延年並且開始號召"研究魯迅"，閱讀其著作，並經常問下屬："你們到魯迅那裏去了沒有？談了些什麼？"每當畢磊向其詳細彙報後，陳延年就很高興。[3]陳延年還特別指示要把中共主辦的刊物經常送給魯迅。[4]這些情節的主體應該並非基於意識形態的虛構。

魯迅1927年1月18日抵達廣州，中共不久就與其取得了聯繫，並委派畢磊為專門連絡人，後來又增加了陳輔國。畢磊當時既是中大學生，又是中共廣東區委領導的學生運動委員會副書記，是一位活躍的群眾活動領導。雖然魯迅日記僅有一次畢磊來訪、三次徐文雅來訪的記載，但其中失載頗多。據徐文雅回憶，他去過魯迅處十多次，第一次由畢磊帶去，日記失載。第二次去見魯迅為1月24日，載於魯迅日記。徐文雅說他首次見到魯迅，魯迅便似已對其身份有所瞭解。則可以推知，畢磊見到魯迅應該還要更早，應在魯迅抵穗後三四天之內。據徐文雅回憶，有段時間，"畢磊和陳輔國幾乎每天都和他見面"，畢磊還經常陪同魯迅去陸園茶室吃茶。[5]而其時與魯迅同居一處的許壽裳，後來也回憶說，當國民黨清黨後許多學生失蹤，魯迅奔走營救無

---

1 《陳延年同志二三事》中寫為"自由論"，依據徐彬如在他處的回憶，當係記錄者誤記，應為"自由人"。

2 徐彬如：《陳延年同志二三事》，《中共黨史資料》第41輯，第152-153頁。

3 徐彬如：《陳延年同志二三事》，《中共黨史資料》第41輯，第153頁。

4 徐彬如：《回憶魯迅一九二七年在廣州的情況》，《魯迅在廣州》，第205頁。

5 徐彬如：《回憶魯迅一九二七年在廣州的情況》，《魯迅在廣州》，第204頁。引文中"他"指魯迅。

效，"歸來一語不發"；並且時常提起："有某人瘦小精悍，頭腦清晰，常常來談天的，而今不來了"。許壽裳形容魯迅此時的遭遇為"創痛"。[1] 據魯迅《怎麼寫》中的描述，此人無疑是畢磊。而據歐陽山回憶，某晚十點多了，他去找魯迅，還看到"魯迅和畢磊正在熱烈次〔地〕談論著什麼"，二人"談得很得意的樣子、很高興的樣子，雖然事隔三十多年了，至今印象很深"。[2] 當魯迅抵穗後，中共廣東區委指示學生運動委員會創辦機關刊物《做什麼？》，由畢磊主編。據說，魯迅還曾為《做什麼？》捐了印刷經費，促成了該刊順利創刊。[3] 不僅如此，魯迅還為由中共主導的中大學生團體社會科學研究會捐錢數次[4]，並曾赴該會演講[5]，而畢磊也是該會幹事和主要負責人之一。據說，畢磊還帶領魯迅參觀了毛澤東主持的農民運動講習所舊址。[6] 畢磊確實給魯迅留下了較深印象，當其被害後不久魯迅作文寫道：

現在還記得《做什麼〔？〕》出版後，曾經送給我五本。我覺得這團體是共產青年主持的，因為其中有"堅如"，"三石"等署名，該是畢磊，通信處也是他。他還曾將十來本《少年先鋒》送給我，而這刊物裏面則分明是共產青年所作的東西。果然，畢磊君大約確是共產黨，於四月十八日從中山大學被捕。據我的推測，他一定早已不在這世上了，這看去很是瘦

1　許壽裳：《亡友魯迅印象記》，《許壽裳文集》（上），上海：百家出版社，2003年，第141-142頁。

2　沈鵬年：《行雲流水記往（二記）》（下），第457頁。

3　沈鵬年：《行雲流水記往（二記）》（下），第459頁。

4　魯迅日記載，3月31日和4月13日，各捐款10元。《魯迅全集》第16卷，北京：人民文學出版社，2005年，第15頁、第17頁。該會的組織情況，參見許滌新：《魯迅戰鬥在廣州》，廣東魯迅研究小組編：《論魯迅在廣州》，1980年1月，第299-301頁。中大學生許滌新也回憶了魯迅在社會科學研究會的演講，但混淆了中大學生會組織的魯迅歡迎會和該次演講。

5　據魯迅日記，時間為1月27日下午。《魯迅全集》第16卷，第4頁。

6　參見李偉江：《魯迅粵港時期史實考述》，長沙：岳麓書社，2007年，第113頁。出處不詳。

小精幹的湖南的青年。[1]

從中不難體會魯迅的惋惜之情。

中大學生黨員韓托夫則回憶，約在 3 月，中大黨支部還曾召集了一個少數活動分子的會議，黨的負責同志談及了中山大學的鬥爭問題，並“要求我們要好好團結和擁護魯迅先生”。自此，韓托夫便把魯迅視作了自己人。[2] 而這也說明，團結魯迅來自上層要求，而魯迅最初並未被中共視作“同志”，但當魯迅抵穗幾個月後，情況逐漸發生了變化。可以想像，畢磊等人在其中必然發揮了重要作用。若聯繫到正是在此一時期，魯迅與中共廣東區委書記陳延年會見，則更有意味。

陳延年為陳獨秀之子，魯迅對人稱呼其為“老仁侄”。[3] 會見陳延年，是魯迅主動提出的要求：

魯迅是很敏感的。他一到廣州就打聽共產黨的中央委員，問我們陳延年是不是你們黨內的負責人？開始我們不敢講。後來畢磊向延年彙報，說魯迅問起你，他在北京看到過你，說這小孩很有出息。意思是說延年還是我的晚輩。魯迅要求和延年見一次面，延年答應了，以後見面沒有，我不太清楚，但從延年以後的談話中好象他和魯迅見了面，談得很投機。所以我們黨最早做魯迅的工作並不是 30 年代以後的事，魯迅最早和我們黨正

1　魯迅：《怎麼寫——夜記之一》，《魯迅全集》第 4 卷，第 21 頁。

2　韓托夫：《一個共產黨員眼中的魯迅先生》，《文藝報》1956 年第 19 期，第 28 頁。據沈鵬年的調查記錄，黨內負責同志即為陳延年，參見《行雲流水記往（二記）》（下），第 461 頁。

3　徐彬如：《回憶魯迅一九二七年在廣州的情況》，《魯迅在廣州》，第 205 頁。

式接觸，陳延年是起主要作用的。[1]

　　據說會談持續了兩個多小時，一直到深夜才結束。[2] 魯迅主動找陳延年見面，很可能是對中共廣東黨組織在其來中大任職及其他事項上給予幫助的禮尚往來，而未必表明其對中共組織的嚮往。但考慮到陳的共產黨領導身份，此一會見也絕不能說毫無政治意味。會見據考證，發生於 3 月下旬，地點應是中共廣東區委機關的二樓會客室。[3] 而據徐文雅記憶，中共的區委機關並不對外公開，黨外同志只有魯迅和何香凝二人到過，這也可見對魯迅的重視。[4] 談話內容，並未有當事人的直接記錄留存，但據許壽裳家屬提供的材料，在 1931 年魯迅曾對許壽裳談起他與陳延年的談話：

　　當時陳延年談到毛澤東先生搞農民運動，轟轟烈烈，很有生氣。陳延年介紹了毛先生對農民運動的看法，強調中國革命要靠農民。我歷來也關心農民問題，正苦於找不到解決的方法。聽了毛先生的看法，很有啓

1　徐彬如：《陳延年同志二三事》，《中共黨史資料》第 41 輯，第 153 頁。另參見孫其明：《陳延年》，中共黨史人物研究會編：《中共黨史人物傳》第 12 卷，西安：陝西人民出版社，1983 年，第 31-32 頁。徐彬如在 1971 年還曾提及，安排陳延年和魯迅會見的人除了畢磊，還有當時據他說仍在世的陳延年秘書任旭。參見徐彬如：《回憶魯迅一九二七年在廣州的情況》，《魯迅在廣州》，第 205 頁。任旭在大革命後成為知名托派（改名任曙），1945 年又成為國民政府西康省黨部書記長兼秘書長（改名任映滄），1947 年去台灣，卒年不詳。參見沙文濤、谷艷梅：《〈大小涼山開發概論〉整理前言》，收入林文勛主編：《民國時期雲南邊疆開發方案彙編》，昆明：雲南人民出版社，2013 年，第 210-211 頁。揆諸常情，倘徐彬如完全虛構了這場會面，完全沒有必要把政治履歷在當時看來十分 "反動"、"現在還活著" 的任旭編織入敘述當中。

2　徐彬如 1973 年 5 月回憶材料，轉引自盧權：《畢磊》，中共黨史人物研究會編：《中共黨史人物傳》第 16 卷，西安：陝西人民出版社，1984 年，第 114 頁。

3　參見李偉江：《魯迅與陳延年的會晤——讀〈魯迅研究文叢〉札記之四》，《魯迅粵港時期史實考述》，第 261-265 頁。

4　伍木（徐彬如）：《值得懷念的地方》，《文物參考資料》1957 年第 5 期，轉引自《魯迅在廣州》，第 209 頁。

發，相信他的路子對頭。[1]

考慮到許壽裳和魯迅的親密關係，而且會見時二人正住在一起，這份來自許壽裳家屬的材料即便有誇張，應該也是有所依據的。

會談後，陳延年曾對徐文雅說，魯迅思想發展得很好，"已經是我們的人了"。[2] 不久後當陳延年即將離開廣州之際，還特別召集了畢磊和徐文雅，"指示如何繼續做魯迅的工作"[3]，並說："前一段我們對魯迅的工作做得有成效，以後還要繼續做好"。[4] 這同樣也說明，中共對魯迅的評價有個轉變的過程。而會談後，魯迅也接連寫作了數篇政治傾向明顯的論文，這種態度的積極化，也很難說和這次會談沒有關係。[5]

誠然，多半是孤證的回憶難免尚欠說服力。[6] 若結合其時廣州的中共刊物對魯迅的評價，則可證其時中共對魯迅的態度確實十分友好。由畢磊主編的《做什麼？》，2月7日的創刊號上即發表了畢磊的《歡迎了魯迅以後》，號召廣州的青年在歡迎魯迅之餘，對魯迅不要僅"因拜讀過大著而要瞻仰風采"、"為瞻仰風采而歡迎"，而要擔負起文藝的使命。並借用魯迅號召青年勇敢發聲的言論，號召文藝青年呼喊發聲："我們必須用全力來打破，用全力來呼喊，在這沉靜的沙漠上猛喊幾聲。魯迅先生這次南來，會幫助我們喊，指導

---

1 轉引自李偉江：《魯迅與陳延年的會晤——讀〈魯迅研究文叢〉札記之四》，《魯迅粵港時期史實考述》，第 265 頁。

2 徐彬如：《回憶魯迅一九二七年在廣州的情況》，《魯迅在廣州》，第 207-208 頁。

3 徐彬如：《回憶魯迅一九二七年在廣州的情況》，《魯迅在廣州》，第 207 頁。

4 《徐彬如談陳延年》（1980 年 5 月），轉引自孫其明：《陳延年》，《中共黨史人物傳》第 12 卷，第 32 頁。

5 參見李偉江：《魯迅與中大學生畢磊》，《魯迅粵港時期史實考述》，第 67 頁。

6 研究魯迅廣州時期與中共的關係，不能不主要依賴徐文雅的回憶，而其回憶也有時代的印跡，且多為孤證，應予慎重對待。但綜合多種情形判斷，可信度還是較高的，比如他並不為陳延年諱飾，坦言其最初只是想"利用"魯迅為中共壯聲勢，便顯示出較高的真實性。對於沈鵬年的回憶，學界有較大爭議，這裏也將慎重採用。

我們喊，和我們一起喊。"[1] 對魯迅可謂有高度評價和期許。

而共青團廣東區委的機關刊《少年先鋒》[2]，不久後也刊發了共青團宣傳部人員劉一聲撰寫的歡迎魯迅的文字。文章高度評價了魯迅的"論文"對封建社會的攻擊，認為除了共產主義者而外，"在中國的思想界中，像魯迅一般的堅決澈底反抗封建文化的理論，是很少的。因此，他比資產階級的思想更進了一步"。[3] 意即魯迅的革命性超過一般的資產階級革命派、而接近於共產主義者。雖然也指出了魯迅的缺點：小說只描寫陰暗面，論文戰法忽略群眾；但是——

雖然如此，魯迅終是向前的。他和我們一樣，是廿世紀時代的人。他不但在盧騷孟德斯鳩之後，並且在馬克斯列寧之後；不但在法國革命之後，並且在俄國革命之後。在這個新時代的巨潮中，他自然是受著震蕩的。所以他不但在消極方面反對舊時代，同時在積極方面希望著一個新時代。[4]

把魯迅置於盧梭、孟德斯鳩和馬克思、列寧之後，可見對魯迅之為大思想家的評價。而且，即便魯迅小說中的純陰暗面描寫，也被視為具有消極的反抗作用。這與不久後，革命文學家對魯迅僅有阻礙革命作用乃至為封建餘孽的評價，差別判若天淵。檢視《少年先鋒》全部 19 期刊物，給予了專文論述待遇的知識分子（且不說評價如此之高），也就魯迅一人。

這兩種刊物都曾贈送給魯迅，上述文章他應該看過。魯迅日記記載了幾

1　堅如：《歡迎魯迅以後——廣州青年的同學（尤其是中大的）負起文藝的使命來》，《做什麼？》第 1 期，1927 年 2 月 7 日。轉引自《魯迅在廣州》，第 198 頁。

2　此刊最初由李求實主編，1927 年初主編大概為惲代英。

3　一聲：《第三樣世界的創造——我們所應當歡迎的魯迅》，《少年先鋒》第 2 卷第 15 期，1927 年 2 月 21 日，第 364 頁。

4　一聲：《第三樣世界的創造——我們所應當歡迎的魯迅》，《少年先鋒》第 2 卷第 15 期，1927 年 2 月 21 日，第 365 頁。

次受贈中共刊物的事，如 1927 年 1 月 31 日："徐文雅、畢磊、陳輔國來並贈《少年先鋒》十二本"[1]；1927 年 2 月 9 日："徐文雅來並贈《為什麼》三本"[2]。魯迅所收到（或自購）的中共刊物並非只有這些。徐文雅還記得送過中共廣東區委機關刊《人民周刊》[3]。據考證，魯迅當時還看過共青團中央委員會機關刊《中國青年》。這些刊物中的若干文章引發了魯迅此後對革命較長時期的思索，並成為他思想資源的一部分。[4]

自然，中山大學的學生分派鬥爭情形十分嚴重，魯迅所面對的不僅有共產主義青年的"拉攏"，同樣少不了國民黨青年的"拉攏"。據魯迅日記，此段時間他接待的學生數量不少，政治傾向也不盡一致。但主要的政治立場也就國共兩派，那麼，魯迅在這兩個黨派之間是否有所偏倚？

綜合判斷，魯迅更加傾向於後者。韓托夫回憶，魯迅曾將國民黨方面陳公博、甘乃光等人的"'醜態'和送禮物的事"告知中共方面的聯絡人員，倘為事實便足以說明問題。[5]魯迅抵穗後，中共廣東區委指示創辦了《做什麼？》，而國民黨方面的革命文學社為了對抗該刊，創辦了《這樣做》。魯迅對《這樣做》的觀感並不佳：

那時偶然上街，偶然走進丁卜書店去，偶然看見一疊《這樣做》，便買取了一本。這是一種期刊，封面上畫著一個騎馬的少年兵士。我一向有一種偏見，凡書面上畫著這樣的兵士和手捏鐵鋤的農工的刊物，是不大去涉略的，因為我總疑心它是宣傳品。發抒自己的意見，結果弄成帶些宣傳氣味了的伊孛生等輩的作品，我看了倒並不發煩。但對於先有了"宣傳"

1　《魯迅全集》第 16 卷，第 5 頁。

2　《魯迅全集》第 16 卷，第 7 頁。按，《為什麼》為《做什麼？》之誤。

3　徐彬如：《回憶魯迅一九二七年在廣州的情況》，《魯迅在廣州》，第 205 頁。

4　參見李偉江：《魯迅與〈中國青年〉》、《魯迅與十五種廣東報刊》，《魯迅粵港時期史實考述》，第 142-177 頁。

5　韓托夫：《一個共產黨員眼中的魯迅先生》，《文藝報》1956 年第 19 期，第 28 頁。

兩個大字的題目，然後發出議論來的文藝作品，卻總有些格格不入，那不能直吞下去的模樣，就和雜誦教訓文學的時候相同。[1]

　　不難看出，魯迅暗指該刊為掛著宣傳招牌的宣傳品，並認為與自己"格格不入"。不久後發表的一篇文章中，魯迅指斥了指揮刀掩護下的"革命文學"[2]；後來，指揮刀掩護下的文學或文人活動，成為魯迅批判的一種"典型"。而"指揮刀"革命文學的最初所指，即是《這樣做》。[3] 而當畢磊等共產青年被殺害後，魯迅沉痛地說："殺戮青年的，似乎倒大概是青年，而且對於別個的不能再造的生命和青春，更無顧惜。"[4] 魯迅同時坦承自己做了"醉蝦的幫手"，為間接促成青年的被殺陷入自責和愧疚[5]，因此也不難想見，那些被殺的共產主義（或傾向於共產主義的）青年，其實被魯迅視作自己的精神傳人。

　　雖然廣州時期魯迅的閱讀興趣仍然十分古典化，與 1928 年之後差異明顯，這從其購書記錄中清晰可見；但馬克思主義的階級文化與政治理論，已經開始為其注意，並在很大程度上獲得了其認同，成為其思考當下現象的資源與工具。[6] 至於目睹青年分派互鬥，"或則投書告密、或則助官捕人"，因此轟毀進化論思路，更為人熟知。[7] 而進化論思路（老→新）的轟毀，為階級論（資產階級→無產階級）的接收，提供了對魯迅來說必要的思想前提。[8]

1　魯迅：《怎麼寫——夜記之一》，《魯迅全集》第 4 卷，第 20 頁。

2　魯迅：《革命文學》，《民眾旬刊》第 5 期，1927 年 10 月 21 日。

3　參見李偉江：《魯迅粵港時期史實考述》，156-160 頁。

4　魯迅：《答有恆先生》，《魯迅全集》第 3 卷，第 473 頁。

5　魯迅：《答有恆先生》，《魯迅全集》第 3 卷，第 474 頁。

6　最突出表現應該是魯迅對托洛茨基《文學與革命》的接受和認同。參見拙作《魯迅階級文學論述的轉變與托洛茨基》，《現代中文學刊》2011 年第 3 期；（日）長堀祐造：《魯迅與托洛茨基——〈文學與革命〉在中國》，王俊文譯，台北：人間出版社，2015 年。

7　魯迅：《三閑集·序言》，《魯迅全集》第 4 卷，第 5 頁。

8　當然，進化論思路的核心內容，也為接受階級論提供了階梯，這兩種理論都秉持"進步"的信仰，後者還更為激進。

同樣關鍵的是，相關中共黨員也給他留下了深刻印象，這直接決定了魯迅對中共黨組織的觀感與評價，埋下其後願意與中共合作的伏筆。甚至可以說，"合作"其實在魯迅到達上海之後很快就發生了。

2. 魯迅與中國濟難會

1927 年 10 月 19 日，魯迅到上海後剛半個月，據其日記載："晚王望平招飲於興華酒樓，同席十一人"。[1] 王望平又名王弼，是濟難會的主要負責人之一，曾任濟難會組織部長[2]，請客的目的在於為濟難會創辦刊物尋求支持。[3]

中國濟難會是 1925 年 9 月由中共和國民黨左派發起的組織，以救濟革命者（主要為政治犯）及其家屬為職任，最初以政治中立性為號召。1926 年 1 月 17 日，成立了濟難會上海總會。濟難會中包括許多知名作家，郭沫若、鄭振鐸、陳望道、豐子愷、沈雁冰等都是其發起人，但魯迅未曾參加。"四一二"政變後，濟難會活動轉入地下，變為完全隸屬於中共的政治團體。1929 年 12 月改稱中國革命互濟會。[4] 據參加了這次聚會的樓適夷回憶，他與會是由於錢杏邨邀請，"出面請客的王望平就是常常見面的王弼，他那時當濟難會幹事，旁邊還有一個真主人，是潘漢年，那時是黨中央宣傳部長李立三的助手，文化界的活動都歸他出頭。十一人中除上述五人加主客以外，現在記得的還有郁達夫夫婦，蔣光慈，別的人忘了。"[5] 所謂"上述五人"，從字面看

---

1 參見《魯迅全集》第 16 卷，第 42 頁。

2 參見黃靜汶：《我所知道的赤色革命互濟會》，中國人民政治協商會議全國委員會、文史資料研究委員會編：《革命史資料》第 3 輯，北京：文史資料出版社，1981 年，第 45 頁。

3 許杰：《回憶我和魯迅先生的一次見面》，《許杰散文選集》，上海：上海文藝出版社，1989 年，第 258 頁。

4 參見倪墨炎：《魯迅的社會活動》，上海：上海人民出版社，2006 年，第 125-135 頁；雍玲玲：《1925-1933：中國濟難會的產生、發展及其活動》，《中共黨史資料》2006 年第 2 期。

5 樓適夷：《我和阿英》，《適夷散文選》，北京：人民文學出版社，1994 年，第 103 頁。

指的應是：錢杏邨、樓適夷、王弼、潘漢年、李立三；"主客"則為魯迅。但這段回憶存在許多問題。第一，錢杏邨其時尚在蕪湖[1]，所以，邀請他的人不可能是錢杏邨，錢杏邨也不可能與會；第二，魯迅也並非唯一的"主客"，據許杰回憶，聚會邀請的黨外人士還有葉聖陶（未至）和郁達夫[2]，此二人身份可能並非純如樓適夷所言的"作陪"魯迅，後來真正幫濟難會創辦了刊物的也是郁達夫；第三，若李立三在場，潘漢年如何能被稱為"真主人"？實際上，此時李立三尚在香港。[3] 當然，樓文此處頗含糊，其本意或也未包括李立三。另外，雖然樓適夷說，此次聚會發生在其小說集《掙扎》出版之後，而《掙扎》是 1928 年 5 月出版，但此次聚會也不可能發生在 1928 或 1929 年上半年（樓適夷 1929 年 9 月離滬），因為魯迅此時與錢杏邨、樓適夷等正關係極度緊張。所以，聚會應僅此一次。聚會應該有潘漢年參加，不僅由於樓適夷回憶特別提到[4]，也因為潘漢年當時是中共黨內跨越政治界與文化界的人物，且為濟難會幹事[5]，若濟難會有意召集文人聚會，他是一個合適的中介人選。在樓適夷另一處回憶中也提到："阿英通知我去見魯迅，他說這是黨的意思，是潘漢年根據上級領導的指示，說魯迅到上海了，應該接待他。用濟難會的王望平名義。……我們把魯迅作為革命同情者去看他。"[6]"阿英通知"自

1　參見錢杏邨當時的日記《流離》，上海：亞東圖書館，1928 年。

2　許杰：《回憶我和魯迅先生的一次見面》，《許杰散文選集》，第 258 頁。

3　參見唐純良：《李立三全傳》，合肥：安徽人民出版社，1999 年，第 119 頁；李思慎、劉之昆：《李立三之謎 —— 一個忠誠革命者的曲折人生》，北京：人民出版社，2005 年，第 142 頁。

4　樓適夷在 1981 年的一次講話中，因潘漢年尚未平反，使用了代稱"中共江蘇省委宣傳部的一位同志"。樓適夷：《略談魯迅精神》，《魯迅研究論文集》，長春：吉林人民出版社，1983 年，第 16 頁。在此次回憶中，未提到有李立三，但提到有錢杏邨。另參見樓適夷：《從三德里談起》，《新文學史料》1982 年第 4 期。

5　參見《濟難會選舉新執委》，《民國日報》（漢口），1927 年 7 月 1 日。另外值得一提的是，王弼還是潘漢年的入黨介紹人。

6　樓適夷：《我談我自己》，上海魯迅紀念館、人民文學出版社編：《樓適夷同志紀念集》，北京：人民文學出版社，2005 年，第 15 頁。

是不確，但潘漢年和王望平約見魯迅等人，必有中共組織的推動。而魯迅，也被給予了特別關照，聚會的飯店是橫濱路興華樓，並不著名，之所以選定於此，即因該飯店離魯迅家近。[1] 據樓適夷講，和魯迅聚會後，感覺魯迅是"黨外同情者，願意同我們在一起"。[2]

此次召見魯迅等人，也是濟難會進行組織恢復工作的一項準備，次月濟難會即制定出了《濟難會工作計劃》和《中國濟難會群眾化計劃》，並將原有刊物《光明》改為《人道》發行（1927 年 11 月 1 日創刊[3]），《濟難》改為月刊出版。[4] 故此，王弼等應該就是為了刊物的創辦和發展而尋求魯迅等支持的。就在不久前，許杰曾為《人道》向郁達夫約稿，郁達夫致送《人權運動》一文。[5] 但魯迅似乎並未給濟難會刊物寫過稿。郁達夫則相對積極，1928 年 10 月他還和錢杏邨一起主編出版了濟難會刊物《白華》。但距此次聚會時間甚遠，可能並非此次聚會的直接結果。[6]

進一步勘察中共宣傳資料，會發現此次發生於 10 月 19 日的"招飲"可能還有更特殊的意味。此前不久，江蘇省委宣傳部痛感組織鬆弛與活動低效，新組建了更周密的組織機構，10 月 1 日又制定了詳細的工作計劃，在宣傳分工中，特別指出濟難會所應承擔的宣傳任務："濟難會的宣傳側重文藝性

---

1 樓適夷：《我談我自己》，《樓適夷同志紀念集》，第 15 頁。許杰回憶飯店在四馬路，或為北四川路之誤記。

2 樓適夷：《我談我自己》，《樓適夷同志紀念集》，第 16 頁。

3 李永璞、林治理：《中國共產黨歷史報刊名錄（1919-1949）》，濟南：山東人民出版社，1991 年，第 69 頁。

4 中共中央黨史研究室一室編著：《〈中國共產黨歷史（上卷）〉注釋集》，北京：中共黨史出版社，1991 年，第 198 頁。

5 參見郁達夫 1927 年 10 月 6 日日記，《郁達夫全集》第 5 卷，杭州：浙江大學出版社，2007 年，第 225 頁。許杰在《回憶我和魯迅先生的一次見面》和《郁達夫在記憶裏》中說，《人道》未能出版，當係誤記。但筆者尚未能見到《人道》，不詳其中是否有郁達夫該文。二文分別參見《許杰散文選集》，第 261 頁；蔣增福編：《眾說郁達夫》，杭州：浙江文藝出版社，1996 年，第 69 頁。

6 樓適夷：《我談我自己》，《樓適夷同志紀念集》，第 16 頁。

及在知識分子中的宣傳。"[1] 這也是唯一一項針對知識分子的宣傳分工。由此推斷，濟難會的此次活動，必然從屬中共宣傳部門的政策安排，而魯迅也在中共試圖宣傳影響並爭取的人物之列。

　　目前可以確定的是，魯迅在 1930 年之後，與互濟會有較多接觸，那麼在 1927 至 1929 年間，尤其在他與革命文學家關係緊張的時期，是否與濟難會也有較多交往？馮雪峰曾回憶說：

　　在二七年十月魯迅到上海後至二九年下半年醞釀成立左聯之前，我知道上海黨通過互濟會同魯迅有關係，互濟會方面有人幾次去找魯迅談話，魯迅捐過款給互濟會。我未曾聽魯迅本人或別人說過，在這期間曾經有黨的領導人（中央的或江蘇省委的或文化方面的）去同魯迅談過文化方面的問題。[2]

　　這段話後半段雖是馮雪峰所述個人聽聞，實際情況基本也是如此；關鍵在於前半段是否也屬實。馮雪峰又曾在別處回憶道：

　　我是一九二八年十二月開始和魯迅先生來往的……那時我初到上海，還沒有和黨的負責文藝上領導工作的同志接上關係……但那時，我們黨已經有別的同志在和他來往，主要的是經過 "革命互濟會" 這一環。我就記得有一天，我去看他的時候，他剛送走一個客人，這樣，他開頭就談起這個客人來，說："……革命互濟會的，來過三次了。人真老實，每次來都對我大講一通革命高潮。" 說了，他就爽朗地笑起來，在善意的諷嘲裏流露著對我們那位同志的愛。他到上海後不久，就和我們的 "革命互

1 《江蘇省委宣傳部組織及工作計劃》，中央檔案館、江蘇省檔案館編：《江蘇革命歷史文件彙集（省委文件）》（1927 年 6 月 -12 月），1984 年 4 月，第 149 頁。

2 馮雪峰：《一九二八至一九三六年的魯迅‧馮雪峰回憶魯迅全編》，上海：上海文化出版社，2009 年，第 247 頁。

濟會"發生了關係，捐過幾次錢。[1]

　　根據來人向魯迅頻繁提及革命高潮，而載於魯迅日記僅有的一次給互濟會捐款是在 1930 年 6 月 7 日、馮雪峰更是在當日拜訪了魯迅[2]，這使人不可避免地聯想到魯迅與互濟會的這些交往發生在 1930 年立三路線統治中共之時。但馮雪峰的回憶十分確定地指出，這些都發生在中共文藝部門未與魯迅直接發生關係的時期。許廣平也曾說："魯迅到上海以後，就參加了這個組織，多次捐款，和這個組織的同志保持聯繫。"[3] 那麼，1928 及 1929 年，濟難會使者有無可能向魯迅宣傳革命高潮呢？

　　其實，革命高潮的宣傳和鼓動，雖然具體內容頗有差別，但自大革命失敗以後，一直統治著中共。比如 1927 年 11 月召開的中央臨時政治局擴大會議通過的決議案即多次主張："現在剛在重新爆發革命鬥爭的高潮"，而且是"無間斷"地從民權革命走向社會主義革命。[4] 因而，"黨的任務卻正在於努力鼓動各地城鄉革命的高潮"。[5] 到 1928 年 5 月，中央通告仍然指出："最近時局的狀況是……城市群眾反帝國主義的革命高潮正在起來。"[6] 中共中央 6 月的一份文件更指出："這些事實，只是證明中國革命運動快要走到一個新的高潮！"[7] 當然，共產國際也開始修正中共的高潮認識，在 1928 年 2 月通過的關

1　馮雪峰：《一九二八至一九三六年的魯迅‧馮雪峰回憶魯迅全編》，第 213-214 頁。

2　據魯迅 1930 年 6 月 7 日日記，《魯迅全集》第 16 卷，第 199 頁。

3　許廣平：《"黨的一名小兵"》，《許廣平文集》第 2 卷，南京：江蘇文藝出版社，1998 年，第 330 頁。

4　《中國現狀與黨的任務決議案》，中央檔案館編：《中共中央文件選集》第 3 冊，北京：中共中央黨校出版社，1989 年，第 452-453 頁。

5　《中國現狀與黨的任務決議案》，《中共中央文件選集》第 3 冊，第 458 頁。

6　《中央通告第四十八號——"五三"以來的形勢與深入反帝鬥爭》，中央檔案館編：《中共中央文件選集》第 4 冊，北京：中共中央黨校出版社，1989 年，第 209 頁。

7　《中國共產黨中央委員會為國民黨軍閥攻下京津告全國工農兵及勞苦群眾》，《中共中央文件選集》第 4 冊，第 281 頁。

於中國問題的決議案中，便指出："現在還沒有全國範圍的新的群眾革命運動之強有力的高潮。但是，許多徵兆，都指示工農革命正走向這種新的高潮。"[1] 明顯可見，共產國際的修正尚十分有限，僅僅是否定了革命高潮已經或將立即形成，因而，"這一切形勢，可以確定主要的黨的策略路線，黨應當準備革命之新的浪潮之高潮。"[2]

中共六大對革命高潮的認識則做了較大修正，在其《政治決議案》中，明確說明："現時的形勢，一般說來是沒有廣泛的群眾的革命高潮，中國革命運動發展底速度是不平衡的，亦就是現時形勢的特徵。"[3] 但也指出，"仍有許多根據指出新的廣大的革命高潮是無可避免的"[4]，"最初的薄弱的新的革命高潮之徵象，已經可以看見"。[5] 正因高潮的徵象仍然是"薄弱"的，所以"不可以過分估量上述的這些現象，因為即使這些現象綜合起來，也還不能形成真正的高潮"。[6] 其後中共的宣傳確實不再強調革命高潮將立即到來，而多半只提為下次高潮的到來積極準備，但"革命高潮"的宣傳鼓動工作，其實並未有太大的放鬆。比如在同年 9 月的中央通告中，即強調，"現在的局勢，很有利於革命運動的發展，革命高潮必不可免的到來"，"黨的目前主要的任務在爭取廣大的群眾促進革命高潮更快的到來"。[7] 陳獨秀於 1929 年 8 月 5 日致中共中央的信，雖然肯定了中共六大對"革命高潮之盲目的肯定"的矯正，但也指出"現在的中央的政策"，"一點也沒有改正"過去的錯誤。[8] 盲動主義仍然

---

1 《共產國際關於中國問題的決議案》，《中共中央文件選集》第 4 冊，第 758 頁。

2 《共產國際關於中國問題的決議案》，《中共中央文件選集》第 4 冊，第 759 頁。

3 《政治決議案》，《中共中央文件選集》第 4 冊，第 310 頁。

4 《政治決議案》，《中共中央文件選集》第 4 冊，第 311 頁。

5 《政治決議案》，《中共中央文件選集》第 4 冊，第 312 頁。

6 《政治決議案》，《中共中央文件選集》第 4 冊，第 313 頁。

7 《中央通告第三號 —— 目前革命形勢與黨的戰術和策略》，《中共中央文件選集》第 4 冊，第 594-595 頁。

8 《陳獨秀關於中國革命問題致中共中央信》，中央檔案館編：《中共中央文集選集》第 5 冊，北京：中共中央黨校出版社，1990 年，第 725 頁。

存在，而其直接原因之一，便是“革命高潮過分的估量與宣傳”。[1]

由此，完全可以推斷，1927 年底到 1928 年上半年、甚至一直到 1929 年，濟難會人員完全有可能向魯迅多次“大講一通革命高潮”。至於馮雪峰所言為“互濟會”，而其時應為“濟難會”，但二會實為一體，後來的回憶用更知名的互濟會來指稱濟難會，並不奇怪。

自然，由於濟難會在此時期的組織資料大部分滅失，進一步考察魯迅與濟難會之關係尚有困難。但仍然有一些線索指向魯迅在此一時段和濟難會有較多交往。比如馮乃超曾回憶：“魯迅在‘左聯’成立以前，就和黨所領導的各種工作，有過多方的接觸和參與。……例如‘赤色救濟會’（它後來改名為‘中國濟難會’和‘中國革命互濟會’）的工作，本來也是屬文化黨團這個系統的，開始由潘梓年等人在搞。魯迅在 1928 年春季開始就曾多次給它捐款。”[2] 馮乃超所言的“文化黨團”，成立於 1928 年 5 月，為中共在上海各文化團體（如創造社和太陽社）中設置的機關[3]，這或可說明，1928 年濟難會也曾歸文化黨團管理，聯繫到濟難會中包含許多文人，這也有一定可能。而潘梓年負責濟難會不知始於何時，若果大革命後“一開始”就負責，那麼當於 1927 年下半年即已開始。而潘梓年此時也在負責編輯與魯迅淵源甚深的《北新》雜誌（從 1927 年 11 月第 2 卷第 1 期到次年 5 月第 2 卷第 12 期）。雖然“革命文學”論爭開始之後，潘梓年也發表了批判魯迅的文章，雙方關係破

---

1 《陳獨秀關於中國革命問題致中共中央信》，《中共中央文集選集》第 5 冊，第 734 頁。

2 馮乃超：《革命文學論爭‧魯迅‧左翼作家聯盟——我的一些回憶》，《新文學史料》1986 年第 3 期，第 30 頁。

3 詳見本書第三章第二節相關論述。

裂；但在 1927 年下半年，他有無可能代表濟難會與魯迅發生關係呢？[1] 這種可能似乎也不能完全排除。

而 1928 年中期之前具體負責中共宣傳工作的鄭超麟，在談到江蘇省委制止攻擊魯迅時，更是說道："江蘇省委制止它們的攻擊，不是出於是非，而是出於利害，即出於現在說的'統戰需要'。魯迅是共產黨的朋友，他同濟難會的關係很好，幫了很大的忙，不應當攻擊他"。[2] 鑒於鄭超麟身份的特殊性，其宣稱魯迅與中共是"朋友"，更加值得重視。但所謂"幫了很大的忙"，到底具體何指，仍值得探究。

綜上所論，在魯迅被邀請加入左聯之前，其與中共確實存在直接的交往，雖然這些交往至今未能有充分證據證明已經達到比較深入的地步，但這些交往，尤其在廣州時期的交往，對魯迅的精神世界還是產生了一定觸動，也使魯迅對中共積累了良好觀感，中共信奉的若干理論也開始成為其思考的資源。當然也須承認，魯迅的思想世界，此時並未因與中共的交往而發生顯著變化，其思想轉變的最大刺激還是來自"革命文學"論爭。[3] 不過，決定魯迅與中共聚合的因素不會僅在於思想方面的趨同，對政黨的感性認識在其中必也扮演著重要角色。可以設想，倘若畢磊和陳延年——尤其是已調任中共江蘇省委書記的陳延年——未曾遇難，"革命文學"論爭雖也難免發生，但對

1　魯迅日記載有 1927 年 10 月 5 日與潘梓年等聚餐信息，但此次聚餐由李小峰邀集，應該主要和北新書局及《北新》雜誌有關。1927 年 12 月 13 日魯迅日記又載有潘漢年來訪的信息，但潘漢年係陪同鮑文蔚前來，談及政治問題的可能極小。參見《魯迅全集》第 16 卷，第 40 頁、第 51 頁。另有一說是，潘漢年亦曾代表濟難會和魯迅聯繫，依據除上則日記外，便是夏衍曾說潘漢年負責濟難會、而樓適夷也說潘漢年是王弼的領導。潘漢年負責濟難會的可能較大，但是否曾代表濟難會與魯迅有多次交往，未見證據。參見張苓華：《魯迅與濟難會》，北京魯迅博物館魯迅研究室編：《魯迅研究資料》（14），天津：天津人民出版社，1984 年，第 91 頁。

2　鄭超麟：《鄭超麟回憶錄》（下），第 179-180 頁。

3　對"革命文學"論爭如何以反向的機制，促成了魯迅與中共的合作，參見張廣海：《"革命文學"論爭與階級文學理論的興起》，第四章相關論述，北京大學博士學位論文，2011 年。

魯迅的衝擊當可大大減小、甚至避免，魯迅與中共的結盟或提前即可達成。[1]

二、哪位中共領導促成了魯迅與革命文學家結盟？

當擬議中的"左聯"決定以魯迅為領袖時，成功團結魯迅無疑成為創辦左聯的最重要前提。[2] 至於是哪位中共領導下達了團結魯迅的命令，說法紛紜，但主要集中在周恩來、李立三和李富春三人身上。雖然說團結魯迅、籌建左聯的決策不可能單純源於領導個人意志，而只可能來自中共審時度勢的文藝政策，但作為左聯成立的關鍵環節，更準確地考察出哪位領導在左聯籌建過程中起到了重要的作用，仍然具有意義。

或許是由於周恩來德高望重且富有統戰經驗，學界如今較普遍地認為，團結魯迅的最高命令由周恩來發出，李立三和李富春倘若曾下達相關命令，也是負責傳達。周恩來要求團結魯迅的說法主要來自楚圖南聽人轉述，據其回憶：

一九二八年秋，黨的六大在莫斯科閉幕後，一部分代表經西伯利亞，在綏芬河附近晝伏夜行，秘密過境，並陸續到達哈爾濱，由組織安排，分別住在一些同志的家裏。安排住到我家的是王德三同志……

當時在哈爾濱和王德三同志碰頭商量的有周恩來等同志，還有羅章

1　應該提到的是 1928 年開始的魯迅與柔石、馮雪峰的交往，但柔石 1930 年 5 月才加入中共，而馮雪峰 1928 年 11 月離開義烏到上海後即失去黨關係，次年 9 月才經馮乃超和朱鏡我介紹，由江蘇省委恢復組織關係。馮雪峰在 1928 年 12 月開始與魯迅交往時，魯迅也不知其為黨員。

2　左聯在擬議時並未定名為"左聯"，最初計劃的名稱是"無產階級文學同盟"。參見馮乃超：《訪問馮乃超談話記錄──關於三十年代初期文學運動的點滴回憶》，上海師大中文系魯迅著作注釋組編：《魯迅及三十年代文藝問題》，1977 年，第 22 頁。從最初的命名可推知，一開始籌劃"左聯"時應該並未把魯迅納入"統戰"範圍。可參見本書第四章第一節相關論述。

龍。王德三也要我向他介紹和彙報國內情況，文化界，尤其是上海文化界的情形，我即將我所知道的情況作了彙報，並著重講了魯迅和任國楨通訊中所反映出來的問題。據王德三說，恩來同志的看法是，如果事情真是像魯迅在來信裏所講的那樣的話，圍攻和責怪魯迅是不對的，應該團結、爭取他。魯迅在國內文化界及青年學生中有相當影響，魯迅對社會現實不滿，又一時找不到正確的出路，要把他爭取過來，為革命鬥爭服務。並說，回到上海後，對魯迅的工作是會有考慮和安排的。[1]

　　關於周恩來要求團結魯迅的說法基本都以楚圖南為據。現在可查到的楚圖南最早表達此說法是在 1977 年 6 月 28 日，公開出版在 1980 年 5 月[2]，但錢杏邨在 1977 年 2 月 10 日（出版在 1980 年 2 月）即有此表述："革命文學論爭之後，我們常聽中央來的同志說（來人是為了調和創造社、太陽社與魯迅的關係），周恩來同志說，我們要同魯迅團結，搞好團結，象小孩成長，不摔跤是不可能的，一下子希望成熟是不可能的。"[3] 這倘為錢杏邨的獨立回憶[4]，則二人說法互相印證，周恩來曾過問團結魯迅的可能便大大增加。[5]

1　楚圖南：《魯迅和黨的聯繫之片段》，《魯迅研究月刊》2000 年第 12 期。

2　參見復旦大學《魯迅日記》注釋組：《訪問楚圖南同志》，北京魯迅博物館魯迅研究室編：《魯迅研究資料》（5），天津人民出版社，1980 年。

3　吳泰昌記述：《阿英憶左聯》，《新文學史料》1980 年第 1 期，第 14 頁。

4　此一可能極大。可確定的是，楚圖南的說法在 1980 年 5 月前並未公開發表，這因為 1976 年 1 月周恩來去世後，由魯迅研究室撰寫的長文《敬愛的周總理與魯迅》（《光明日報》1977 年 1 月 15 日）對此隻字未提；1978 年由北京市第二商業局七二一大學語文班等編輯出版的《周總理是捍衛毛主席革命文藝路線的光輝典範》，內含《關於魯迅》專章，對此亦未涉及；1979 年 6 月由上海魯迅紀念館編輯出版的《紀念與研究》第 1 輯，為"周總理與魯迅"專號，對此也隻字未提。這也說明，其時社會各界對楚圖南有此信息知者甚少，否則不可能不去專訪。

5　1977 年 7 月 20 日，陽翰笙在接受訪問時也曾說，周恩來可能指示李富春團結魯迅，但他也強調："只是我的推測"。參見復旦大學《魯迅日記》注釋組：《訪問陽翰笙同志》，《魯迅研究資料》（5），第 172-173 頁。明確表達周恩來曾過問團結魯迅的當事人，似乎只有楚圖南和錢杏邨。

據查，若周恩來曾表達楚圖南轉述的意見，應是在 1928 年 10 至 11 月間[1]，但此一意見離變為中共政策尚有較遠距離，又過了近一年，對魯迅的集中批判才算中止。周恩來 11 月中旬即到達上海，負責中央日常工作，11 月 20 日，中央政治局會議又決定周恩來、李維漢、康生等組成委員會，巡視上海工作，周恩來擔任主席。[2] 但是，1928 年 12 月 30 日成立於上海、由中共籌辦和領導的中國著作者協會，其中包含大量"灰色"作家，卻並未把魯迅納入"統戰"範圍。細察此一時段周恩來的活動，主要負責的是中央特科、軍事和組織工作，僅見其曾擔任中共中央機關刊《布爾塞維克》編委，但這個職務多半是象徵性的、幾乎所有高層領導都是編委，並未見其負責過文化宣傳工作。[3] 1928 年在中宣部工作的鄭超麟也回憶說，當時周恩來"也曾同我見了幾次面，從來不曾同我談起文化工作"。[4]

故此，楚圖南轉述的周恩來到上海後將要團結魯迅的承諾，固然很可能是真的[5]，但即便周恩來後來曾過問團結魯迅的問題，力度也極小。關於上級要求團結魯迅，陽翰笙的回憶較為詳細，向他下達命令的是李富春：

一九二九年秋天，大概是九月裏，李富春同志跟我談了一次話。地點

1　參見中共中央文獻研究室編：《周恩來年譜（1898-1949）》，北京：中央文獻出版社，1998 年，第 148-149 頁。

2　參見中共中央文獻研究室編：《周恩來年譜（1898-1949）》，第 150 頁。

3　周恩來在 1927 年底曾安排李一氓和陽翰笙加入創造社，但這一舉動更多是為了解決二人的生活問題，文化方面的考量也極小。可參見李一氓：《李一氓回憶錄》，北京：人民出版社，2001 年，第 101 頁。李一氓和陽翰笙加入創造社由郭沫若具體操作，但周恩來是背後決斷者，參見陽翰笙：《風雨五十年》，北京：人民文學出版社，1986 年，第 125 頁。鄭超麟也認為，這並非"為了便於發展文化工作"。參見鄭超麟：《鄭超麟回憶錄》（下），第 183 頁。

4　鄭超麟：《鄭超麟回憶錄》（下），第 183 頁。

5　據馮雪峰回憶，他曾聽說在 1928 年底或次年上半年，上海黨的領導人曾經指出攻擊魯迅是錯誤的，但他記不清是誰了。參見馮夏熊整理：《馮雪峰談左聯》，《新文學史料》1980 年第 1 期，第 3 頁。不知是否為周恩來，但若為周恩來，按常理馮雪峰不會忘記。

是在霞飛路一家咖啡館。李富春同志先問我：你們和魯迅的論爭，黨很注意，現在情況怎樣了？

……

李富春同志說：你們的論爭是不對頭的，不好的。你們中有些人對魯迅的估計，對他的活動的積極意義估計不足。……站在黨的立場上，我們應該團結他，爭取他。……我約你來談話，是要你們立即停止這場論爭……與魯迅團結起來……

李富春同志和我談話後兩天，我見到了潘漢年，他說他已經得到了這樣的通知。於是我們倆經過商量，先開個黨員會，傳達李富春同志的指示。當時決定找的人是：夏衍、馮雪峰、柔石，創造社方面的馮乃超、李初梨，太陽社方面的錢杏邨、洪靈菲，另外還加上潘漢年和我，一共九個人，這些都是當時黨內的負責人。開會的地點是在公啡咖啡館。會議是由潘漢年主持的……我傳達完了之後，很多同志都擁護李富春同志的意見。……也有個別的同志不表態……但到最後，經過反覆說明團結的意義，會上的意見一致了。[1]

陽翰笙作為關鍵的當事人，這個回憶的可信度極高。但據他講，李立三並未做出過團結魯迅的指示，"李立三當時是在中央宣傳部，不是省委宣傳部，作指示的是省委宣傳部的李富春同志。" 對於是否和周恩來有關，陽翰笙回答："我覺得有這個可能，不過，我還沒有具體事實來說明。"[2] 則可見，陽翰笙當時也並未接觸到任何與周恩來有關的命令。李富春於 1929 年 8 月 24 日由法南區委調回江蘇省委工作，9 月 9 日省委常委會決定由其負責省軍委，9 月 12 日成為省委常委之一，11 月底成為江蘇省委宣傳部長、軍委書

1　陽翰笙：《風雨五十年》，第 132-135 頁。

2　陽翰笙：《風雨五十年》，第 135 頁。

記。[1] 可見李富春約見陽翰笙起碼要在 9 月之後[2]，若果如陽翰笙所回憶的，命令來自省委宣傳部（此事按規則該由宣傳部負責），則要在 11 月底之後了。

據其時與魯迅交往最密的中共黨員馮雪峰回憶，在 1929 年約 10 月、11 月間，潘漢年找他去與魯迅商談，為左聯的創建做準備，而在此前，潘漢年等中共作家並未曾與魯迅有過商談。[3] 馮雪峰特別指出，潘漢年當時是中宣部幹事兼中央文化工作委員會書記，而中宣部部長是李立三。潘漢年自然不能做出團結魯迅、籌建左聯的決定，但這提示我們，命令的更高下達者或許是李立三。李立三當時不僅是中宣部部長，而且是中央政治局常委和中央秘書長，實際上更是中共的最高領導者。但對於潘漢年當時是在江蘇省委宣傳部工作，還是中央宣傳部工作，存在不同說法。[4]

據夏衍回憶，潘漢年當時是江蘇省委宣傳部工作人員。[5] 但這應係誤記。潘漢年傳記作者尹騏認為，1928 年冬，潘漢年負責的文化黨組（即文化黨團）劃歸中宣部管理。[6] 倘如此，潘漢年的人事關係即便未隨之轉到中宣部，也開始與中宣部有較多交集。到 1929 年 10 月，李立三主持的中宣部又以文化黨團為重要依託建立了文委[7]，潘漢年又任書記，此時的潘漢年基本可確定已在

---

1 參見陳志凌：《李富春》，中共黨史人物研究會編：《中共黨史人物傳》第 44 卷，西安：陝西人民出版社，1990 年，第 20-22 頁。

2 據陽翰笙的回憶，馮雪峰參與了相關活動，而馮雪峰是 1929 年 9 月與黨組織接上關係，也可知此次約談必在 9 月之後。參見陽翰笙：《風雨五十年》，第 134-136 頁。

3 馮夏熊整理：《馮雪峰談左聯》，《新文學史料》1980 年第 1 期，第 4 頁。

4 陶柏康的《潘漢年傳略》認為是在中宣部工作，參見中共上海市委黨史研究室編：《潘漢年在上海》，上海：上海人民出版社，1995 年，第 47 頁。

5 參見夏衍：《懶尋舊夢錄》，第 94 頁。另，夏衍從吳黎平處得知，潘漢年在宣傳部工作時並無"幹事"或其他職稱，和吳均為"工作人員"。

6 尹騏：《潘漢年傳》，北京：中國人民公安大學出版社，1996 年，第 70 頁。但未詳其所據。據參考了潘漢年檔案的劉文軍的說法，文化黨團於 1928 年 5 月成立後不久，便歸中宣部管理。劉文軍：《"左聯"成立前黨對文化工作的領導》，中共中央黨校碩士學位論文，1989 年，第 8-9 頁。

7 參見本書第四章第二節相關論述。

中宣部工作。據後來曾隨潘漢年工作的何炎牛的說法，潘漢年是 1929 年夏調至中宣部工作。[1] 所以，馮雪峰的說法是可靠的，當時潘漢年的直接上司是中宣部工作人員吳黎平，因此其活動即是秉承李立三的意旨。從陽翰笙的回憶也可推斷，當他接到李富春的通知時，潘漢年很可能已經接到通知了。潘漢年直接從吳黎平處獲得通知[2]，而通知經由江蘇省委傳達到基層，自然需要時間。那麼，這是否說明，團結魯迅的命令其實是李立三做出的呢？

答案是肯定的，陽翰笙的斷語並無根據。不過，李富春確也參與了相關活動。錢杏邨也回憶在 1929 年秋，李富春曾找原創造社和太陽社的黨員十來人開會，談與魯迅合作成立左聯的事，並認為這次會與陽翰笙有關，因其與李富春相識。[3] 馮乃超也回憶："1929 年李富春同志找文藝界的黨員談話，批評了我們的對待魯迅的態度的錯誤，也批評了創造社和太陽社之間的互相對立的錯誤。"[4] 馮乃超在另一處回憶中曾說："為什麼停止攻擊魯迅？好像聽潘漢年講，李立三（當時中央宣傳部長）轉達過黨的意見，不同意攻擊魯迅"。但是，李立三當時即是中央的實際負責人，"黨的意見"是否就是李立三的意見呢？但馮乃超的推斷是："我們估計是周總理的意見"。[5] 這一猜測的依據是郭沫若曾反對批判魯迅，而郭沫若與周恩來存在交往。[6] 但所謂郭沫若反對批判魯迅的說法，可信度接近於負數。所以，馮乃超推斷周恩來制止進攻魯迅

1　何炎牛：《從"小夥計"到擔任"文委"書記的潘漢年》，《上海黨史》1989 年第 8 期。

2　吳黎平：《潘漢年在反對文化"圍剿"的鬥爭中》，《潘漢年在上海》，第 89-90 頁。

3　吳泰昌記述：《阿英憶左聯》，《新文學史料》1980 年第 1 期，第 17 頁。據夏衍說，孟超也回憶過李富春提出停止攻擊魯迅。參見夏衍：《懶尋舊夢錄》，第 96 頁。

4　馮乃超：《革命文學論爭·魯迅·左翼作家聯盟——我的一些回憶》，《新文學史料》1986 年第 3 期，第 27 頁。

5　馮乃超：《左聯成立前後的一些情況》，李偉江編：《馮乃超研究資料》，西安：陝西人民出版社，1992 年，第 40 頁。

6　馮乃超的邏輯參見其《革命文學論爭·魯迅·左翼作家聯盟——我的一些回憶》，《新文學史料》1986 年第 3 期，第 27 頁。馮乃超最早表達這一邏輯是 1967 年 8 月接受採訪時，參見陳漱渝整理：《馮乃超同志談後期創造社、左聯和魯迅》，《魯迅研究月刊》，1983 年第 8 期。

的邏輯，不能成立。

夏衍也特別關注了到底是誰制止了進攻魯迅的問題，而且他在 1964 年親自問了李立三，李立三答說："他找魯迅談話和決定停止論爭，都是黨中央決定的"。[1] 這首先說明了是李立三執行了停止論爭的決定，但做出決定者被說成是"黨中央"。不過，黨中央當時不正是李立三主要負責嗎？[2] 但因為有楚圖南的回憶做指引，夏衍也得出了是周恩來制定了停止論爭決定的結論。[3] 這一結論同樣是缺乏證據支持的。其實，一個負有原罪的前領導人，身處岌岌可危的政治環境下，不承認正是自己曾團結了已為紅色聖人的魯迅，而把功勞歸諸"黨中央"，不過是明哲保身的策略，心曲不難理解。而李立三不說是周恩來制定的命令，而只說"黨中央"，其實就基本排除了周恩來的可能。

李立三做出了停止進攻魯迅決定的另一重要證據，是其時正在他手下工作的吳黎平的回憶：

現在回憶左聯的文章，談到我們黨的領導人發起成立左聯的經過，已經具體講到當時江蘇省委宣傳部長李富春同志的指示。這裏根據我親身的經歷要補充的是，李立三同志也確實就這個問題提出過意見，並且佈置我去做過一點工作。

⋯⋯

大概是在一九二九年十一月間，李立三同志到芝罘路秘密機關來找我，把中央的這些意思告訴我：一是文化工作者需要團結一致，共同對

1　夏衍：《懶尋舊夢錄》，第 96 頁。

2　李立三在 1960 年接受許廣平訪問時，也是把功勞歸諸"黨中央"："黨中央發現了這一問題之後，曾研究了魯迅在各個階段的鬥爭歷史，認為魯迅一貫站在進步方面，便指定我和魯迅作一次會面，談談這個問題。"這段話有較明顯的時代痕跡（所謂"一貫"如何），但其中透露的黨中央曾研究過魯迅、從而決定團結魯迅，當為事實。只不過"黨中央"在這裏也是一個被隱匿了所指的存在。參見《李立三的談話紀要》，收入許廣平：《魯迅回憶錄》，武漢：長江文藝出版社，2010 年，第 219 頁。

3　夏衍：《懶尋舊夢錄》，第 96 頁。

敵，自己內部不應該爭吵不休；

　　二是我們有的同志攻擊魯迅是不對的，要尊重魯迅，團結在魯迅的旗幟下；

　　三是要團結左翼文藝界、文化界的同志，準備成立革命的群眾組織。

　　李立三同志要我和魯迅先生聯繫，徵求他的意見。[1]

　　但據吳黎平的推測，團結魯迅、籌建左聯"這樣比較重大的文化戰線方面的考慮和安排"應該是中共中央集體制定的，"我認為這不是李立三同志個人的考慮，而應該是代表了黨中央的意見的"。並提出周恩來、任弼時、陳雲和李維漢等中央領導可能都有所貢獻。[2] 這一說法確實有其道理，團結魯迅並非僅僅意在魯迅，其最終意圖是在於建立包括左聯在內"左翼"文化陣營的聯合戰線，作為中共的一項重要決策，它確實不太可能由某領導完全憑個人喜好決定，而只可能由中共審時度勢的文藝政策使然。不過，仍然可能存在一位或幾位起到了主導作用的領導人。但查吳黎平提到的，除周恩來之外的其他三位領導人的回憶錄、年譜、傳記、研究論文等各種資料，均不能證明他們當時曾對文藝活動有特別的過問。1929 年初江蘇省委改組後，任弼時和李維漢都是江蘇省委主要負責人。任弼時任省委宣傳部長（後改稱宣傳委員會書記），並曾兼管軍事工作，8 月曾代理省委書記；而李維漢在 1929 年初曾任組織部長、代理省委書記，後任省委書記、政治委員會書記；陳雲在 1929 年 8 月也被派到江蘇省委常委工作，負責農委。陳雲此時一直負責政治工作，對宣傳工作似乎完全沒有涉及。任弼時在 1929 年主掌省委宣傳部近

1　吳黎平：《長念文苑戰旗紅──我對左翼文化運動的點滴回憶》，《左聯回憶錄》（上），第 74-75 頁。

2　吳黎平：《長念文苑戰旗紅──我對左翼文化運動的點滴回憶》，《左聯回憶錄》（上），第 75 頁。

一年，但細察其負責的宣傳活動，幾乎完全沒有涉及文學和文學界的內容。[1]
李維漢對此一時段在江蘇省委的工作有長篇回憶，但關於"文化工作"的部
分，簡明扼要，基本為文學史上的綱要性知識，且存在不少錯誤。從中不難
看出，李維漢當時應基本未直接接觸過文化工作。[2] 李維漢認為在 1929 年上半
年，黨中央就打算要和魯迅聯合，在夏秋之交由潘漢年和李富春傳達了黨中
央的意見。但在他的表述中，"黨中央"的所指也是語焉不詳的。中共六大選
出的政治局常委除周恩來外，還有向忠發、蘇兆征、項英和蔡和森，他們有
無可能做出團結魯迅的決定呢？蔡和森雖曾任中宣部部長，但 1928 年 10 月
即遭嚴重處分，次月被撤銷常委等職務（補入李立三）；向忠發是工人出身、
不諳文藝；蘇兆征主要負責工會工作，1929 年 1 月才回國，2 月病逝；項英
也主要負責工會工作。[3] 他們對文藝問題發表看法的可能都微乎其微。

　　因此，可以確定，李立三、李富春和潘漢年這三位中共文化界的領導人
物，曾具體負責團結魯迅的工作，而李立三為最初和最重要（甚至很有可能
為唯一）的決策者。[4] 李立三和潘漢年都是中宣部人員，而李富春在 1929 年 9
月至 11 月負責省軍委的工作，省委的宣傳工作由任弼時負責，依照常理，團
結魯迅的工作此時不該由李富春操辦。再考慮到任弼時的相關資料中對此完

1　以上重點參見：中共中央文獻研究室編：《任弼時年譜（1904-1950）》，北京：中央文獻
　　出版社，2004 年；中共中央文獻研究室編：《任弼時傳》（修訂本），北京：中央文獻出版
　　社，2004 年；中共中央文獻研究室編：《陳雲年譜（1905-1995）》（上），北京：中央文
　　獻出版社，2000 年；中共上海市委黨史研究室等編著：《陳雲在上海》，北京：中央文獻
　　出版社，2000 年。另參見蔡慶新、呂小薊主編：《任弼時研究述評》，北京：中央文獻出
　　版社，2002 年；朱佳木主編：《陳雲和他的事業——陳雲生平與思想研討會論文集》，北
　　京：中央文獻出版社，1996 年。

2　李維漢：《回憶與研究》（上），北京：中共黨史資料出版社，1986 年，第 292-293 頁。
　　其中錯誤不少，如說文委成立於 1929 年 6 月、把馮雪峰當作創造社代表及左聯第一任黨
　　團書記、認為文總成立於 1930 年 6 月等。

3　參見榮太之：《"制止論爭、清除對立、籌組左聯"考析》，中國左翼作家聯盟成立大會會
　　址紀念館、上海魯迅紀念館編：《左聯研究資料集》，1991 年，第 250 頁。

4　筆者的上述觀點和部分論證，曾發表在《文藝研究》2014 年第 7 期，題名《"左聯"籌建
　　問題的史料學考察》。

全沒有涉及，基本可以確定，團結魯迅工作的具體實施，必在 1929 年 11 月底之後，因為正是在 11 月 18-26 日召開的中共江蘇省第二次代表大會上，李富春才被任命為江蘇省委宣傳部長。另一重要證據是，據在江蘇省第二次黨代會召開後不久到任省委宣傳部副部長的黃理文回憶，他當時即聽說 "江蘇省第二次黨代會曾就創造社同魯迅之間的論戰問題作出決定：停止論爭，加強文化界進步人士之間的團結對敵的工作"。[1] 當然，中央層面政策的制定應該更早，或在 10 到 11 月間，李立三是具體決策者。政策的醞釀，在 1929 年上半年或已開始，但離明確化和具體實施，尚有較遠的距離。

其實，李立三自 1928 年下半年開始負責中共中央及中宣部工作後，就常和文學界人士交往。而此前的中共高層領導，對文學活動不僅不重視，反而頗多輕蔑。比如蔣光慈便因放棄黨內活動，而專事文學創作，為黨內高層所不喜。[2] 因此，李立三對文學活動的重視具有特別的意義。筆者曾考證推斷，後期創造社五位主力新成員的入黨很可能和李立三有直接關係。[3] 創造社成員馮乃超雖然在憶及李立三時語氣多有不屑，但也多次提過李立三常去找他們談話，並派潘東周和吳黎平指導他們活動、意圖拉攏，並且 "同意" 創建左聯。[4] 作為剛入黨的黨員，能獲得如此高的待遇，是完全不同尋常的。

創造社元老、當時負責創造社總務工作的鄭伯奇，雖然不是黨員，但也受到過李立三的接見：

1　黃理文：《一九三〇年江蘇省委和閘北區委的一些情況》，《黨史資料叢刊》1981 年第 3 輯，上海：上海人民出版社，1981 年，第 20 頁。

2　參見鄭超麟：《鄭超麟回憶錄》（上），第 188-189 頁、第 286-287 頁。

3　參見張廣海：《"革命文學" 論爭與階級文學理論的興起》，第一章及相關內容，北京大學博士學位論文，2011 年。當然，李立三對文學知識分子的重視也不能過度解讀，其時他的精力仍然集中於軍事和政治工作上，關注文學知識分子，更多也是政治宣傳的需要。

4　馮乃超：《革命文學論爭・魯迅・左翼作家聯盟——我的一些回憶》，《新文學史料》1986 年第 3 期，第 25 頁、第 32 頁；馮乃超：《左聯成立前後的一些情況》，《馮乃超研究資料》，第 41 頁。

我自己與黨的一些負責人的關係，曾見過李立三、瞿秋白和李富春。總理那時沒見過。當時李立三分批召集左翼作家談話，魯迅可能也在內。我是和田漢一起去的，在一家旅館裏見到了李立三。談話內容已經無法回憶，只記得總的精神是鼓勵我們，要我們繼續同國民黨鬥爭，並未提到攻擊魯迅的事。這次談話是在"左聯"成立以前，這點我還記得很清楚。李富春同志我是在王獨清家裏見到他的，他倆都是法國留學生，當時好像來往較多，這次見面談了些什麼也已記不起來了。與瞿秋白見面則是在"左聯"成立以後……[1]

　　據會談中"並未提到攻擊魯迅的事"，可判斷約發生在 1929 年底至 1930 年初。[2] 此時的李立三，在政治領域正積極籌劃實踐其革命高潮理論，與此前的中共領導不同的是，他同樣積極地謀求宣傳部門——尤其是文學界——的配合。對魯迅，李立三尤有興趣。在"革命文學"論爭極大緊張了魯迅與中共關係的背景下，李立三主動向魯迅伸出橄欖枝，固然服從於中共文藝發展的目標，仍然需要面臨不小的黨內壓力。確如鄭伯奇所推斷的，魯迅也被李立三約見了，而且也是在左聯成立前夕。據李立三回憶，魯迅在左聯成立大會上講話的大意便是二人商談過的。[3] 而且據馮雪峰回憶，左聯的命名也是李立三提出的，而且是李立三讓他去向魯迅徵求對此命名的意見。[4] 命名權顯

1　鄭伯奇：《鄭伯奇談創造社、"左聯"及其他》，《鄭伯奇文集》，西安：陝西人民出版社，1988 年，第 1339 頁。

2　張向華編的《田漢年譜》把會見定在 1930 年 1、2 月間，北京：中國戲劇出版社，1992 年，第 145 頁。

3　參見唐純良：《李立三全傳》，第 149 頁。李立三這一回憶應該是可信的。據 1946 年任李立三秘書的藍漪回憶，李立三當時曾向其表示，特別喜歡魯迅《二心集》中的作品，其中《關於左翼作家聯盟的意見》、《中國無產階級革命文學和前驅的血》、《黑暗中國的文藝界的現狀》等篇，"從前我都能背出來"。參見藍漪：《李立三二三事》，《大公報》（香港），1980 年 3 月 31 日。而《二心集》所收，正為 1930 至 1931 年間魯迅的作品。

4　《馮雪峰同志關於魯迅、"左聯"等問題的談話》，魯迅研究室編：《魯迅研究資料》（2），北京：文物出版社，1977 年，第 167 頁。

然是最高權力的表徵，而命名權的外放，則充分顯示出對魯迅的高度重視。左聯的命名，因此也可以說是李立三和魯迅協商的產物。在左聯成立後不久的 5 月 7 日，李立三再度約見了魯迅，據參與會見的馮雪峰說，談話持續了四五十分鐘，李立三期待魯迅發表宣言擁護他的 "'左'傾機會主義那一套政治主張"，被魯迅婉拒。[1] 現在已經很難判斷，李立三之所以會對魯迅發表宣言抱有期待，是否也緣於自己曾有功勞於他了。[2]

三、風起於青萍之末——魯迅與早期左聯盟員之關係

以李立三為代表的中共最高領導層對魯迅確實是重視的，左聯在籌建及最初運行的過程中，均充分尊重了魯迅的意見，並隱然將領袖的位置交給了他。但魯迅與左聯在最初的關係卻不見得十分融洽。那麼，為什麼會選擇魯迅執左聯之大旗呢？除開可能有李立三個人興趣的因素之外，或許還有客觀的原因在。左聯的成立，源自於合法主義在黨內的抬頭。左聯的盟主，因此必須既有聲望、又有公開活動的能力。考察左聯名單可以發現，其所擁有的享有聲望的資深作家，只有魯迅、郭沫若、茅盾和郁達夫（後被開除）。郭沫若固然卓有聲望，也一直和革命文學家處在同一戰線，按理該是左聯的首領人物，但當左聯籌創之時他正在日本，且被政府通緝，難以公開活動；隨著興趣轉移，他也正逐漸淡出文學圈。而茅盾，雖然與革命文學家之爭已逐漸平息，其時也正在日本休養，而且也被通緝，又常被革命文學家視作第三黨在文學領域的代表，既難以服眾，也難以替左聯公開活動。而魯迅，雖與革命文學家產生了激烈論爭，但其在 1929 年轉向馬克思主義的趨勢十分明顯，

1　馮雪峰：《在北京魯迅博物館的談話》，《雪峰文集》第 4 卷，北京：人民文學出版社，1985 年，第 496 頁。

2　李立三在黨內是一位無背景和根基的領袖，在其掌握中共的短暫期間，連領導的名分也沒有。大概正因此，他才特別重視文化領域的工作，意圖從中招攬人才、尋求輿論支持。

且與革命文學家共同狙擊梁實秋，創辦以宣傳馬克思主義為重心的刊物，如此與時俱進，在青年中的影響力自然倍增，當然會引起中共文宣領導的注意。而且，魯迅不是黨員，為左聯公開活動有難得的便利。能夠直接參與左聯工作、為左聯公開活動的魯迅，幾乎是文壇扛起左聯大旗的最佳人選，其被中共選中實不在意料之外。事實也證明這一選擇極為正確，魯迅立即將所主編的刊物轉型為左聯機關刊物，並連續為左聯陣營編雜誌編書，出席左聯活動，講演授課、捐資助款，以其銳利的文字對左聯的敵人予以痛擊，也以其對青年的號召力給左聯增加了巨量文化資本。確如要求團結魯迅的中共領導李富春在左聯籌辦階段所言："請你們想一想，像魯迅這樣一位老戰士、一位先進的思想家，要是站在黨的立場方面來，站在左翼文化戰線上來，該有多麼巨大的影響和作用。"[1]

魯迅與左聯的關係需要以長文來論述，此處不擬展開，而只想對較被忽略的魯迅與早期左聯的關係做些探討。在左聯中期（1933 年），魯迅曾因為反對辱罵戰而遭同道中人攻擊，以致長期難以釋懷；到了左聯後期（1935 年）又曾說："以我自己而論，總覺得縛了一條鐵索，有一個工頭在背後用鞭子打我，無論我怎樣起勁的做，也是打"。[2] 這自然針對的是以周揚為核心的左聯領導層。研究常認為 1933 年周揚任左聯黨團書記後才出現對魯迅"公開的挑戰和放暗箭"，同道中人始開始"公開對魯迅的攻擊"。[3] 其實，公開攻擊或放暗箭早在左聯初創之時便展開了。當左聯籌建之時，雖然中共連續派出多人爭取魯迅、並安撫之，左聯刊物上數篇重頭文章對魯迅的評價也有明顯轉調，魯迅也為左聯出力甚多，但即便在左聯初期，左聯刊物上對魯迅或隱或顯的

---

1 陽翰笙：《風雨五十年》，第 134 頁。對於魯迅在左聯中的重要作用，站在國民黨立場上的研究者，也頗有認識："就事論事，儘管魯迅到死為止，並沒有像郭匪沫若之流宣誓入'黨'，但他在共產黨從事叛亂的軍事戰線之外的另一條文化戰線上，其對共黨所作的努力和貢獻，實在遠非郭沫若之流所能望其項背。"陳敬之：《三十年代文壇與左翼作家聯盟》，台北：成文出版社，1980 年，第 59 頁。

2 魯迅：《350912·致胡風》，《魯迅全集》第 13 卷，第 543 頁。

3 王宏志：《魯迅與"左聯"》，第 148 頁。

嘲諷和警誡都不鮮見，左聯盟員也常對接納魯迅這個"落伍分子"表達不滿。雖然當時未被魯迅形諸筆墨，但被"同志"打"鞭子"的感受，以其敏感，必在當時即有所體察了吧。

據陽翰笙回憶，在決定與魯迅停止論爭、由創造社和太陽社成員參加的黨內會議上，即有人並不表態贊同："說魯迅是一個激進的民主主義者，不是馬列主義者，為什麼不可以批評呢？"[1] 另據馮雪峰說，"魯迅在左聯成立大會上發表這講話的當天，到會的人中就有不重視和抵觸的現象，例如我記得會後就聽到有幾個人說過這類意思的話：'魯迅說的還是這些話。'"[2] 但他並未透露更多情形。據查，最早公開發難的或許是原創造社成員、左聯執委周毓英。[3] 左聯成立不足兩個月，他就在托派刊物上以實名表達了對左聯右傾接納魯迅的嚴重不滿：

鬧了幾年的普羅文學運動，結果還是由資產階級"移交"過來的文學作家執掌著大旗，撐持著普羅文學運動的外場面，青年英勇的鬥士擁上來，他老先生提著雙腿朝後踢。他自己向統治階級投降和乞憐，但他偏會

1　陽翰笙：《風雨五十年》，第 135 頁。另據李立三在 1960 年回憶，在黨主持的創造社會議上，為了達成一致，"也費了不少力量"。參見《李立三的談話紀要》，收入許廣平：《魯迅回憶錄》，第 219 頁。

2　馮夏熊整理：《馮雪峰談左聯》，《新文學史料》1980 年第 1 期，第 5 頁。另外，在左聯成立大會選舉產生的七名常委中，魯迅在常委名單已提前確定的情況下，得票數僅居第四，排在夏衍、馮乃超和錢杏邨這三名青年之後。參見吳泰昌記述：《阿英憶左聯》，《新文學史料》1980 年第 1 期，第 19 頁。

3　周毓英係左聯執委的證據來自其本人回憶，參見周毓英：《記後期創造社》，《申報月刊》復刊版第 3 卷第 5 期，1945 年 5 月 16 日，第 93 頁。這一回憶的真實性可能有問題，因為在左聯還未成立的時候，周毓英就已經被潘漢年嚴厲批判。但在沒有確切的反證出現前，且認定其為事實。潘漢年的批判雖然嚴厲，名義上還是反覆稱呼周毓英為"我的朋友"，並強調是內部"自我批評"，周毓英也是在一年後（1931 年 5 月 2 日）才被左聯開除。可參見潘漢年的兩篇批判文章：《內奸與周毓英》，《現代小說》第 3 卷第 4 期，1930 年 1 月 15 日；《新興文學運動與自我批評》，《拓荒者》第 1 卷第 2 期，1930 年 2 月 10 日（愆期至本月 25 日之後）。

說青年英勇的鬥士的指摘他是幫助了敵人，是反動！[1]

其中"青年英勇的鬥士"，當然主要指的是包括周毓英自己在內的後期創造社成員，在一老一少的對比中，突顯了魯迅之過時和反動。周毓英諷刺的對象雖然不止魯迅，還有創作革命"才子佳人"小說的蔣光慈，也難免包括郁達夫，但主要還是以魯迅為目標。在他看來，接納魯迅這批老作家，是革命組織方面的根本錯誤，是"中國過去的和目前的註冊的普羅文學運動者"所犯的"滔天的錯誤"：

……因他的把戲玩膩煩了或者阿Q死得實在不能再活了而要換換口味，抱著玩玩的意思，假裝正經的和註冊的左翼作家應酬應酬，說他覺悟過去的錯誤了，願意參加你們的集團，撩著鬍子執"鞭"——錯了，是"筆"——效勞，賣"我"的老招牌養你們……但他老先生終究是玩玩的，沒有革命的自覺，自然沒有革命的意識，表現不出真正的革命的行動，於是虛偽的克己主義的行動也就算是革命的行動了。創作不出東西來，其實是不誠心作，於是翻譯，翻譯也不是真心，他始終是玩玩的，他的翻譯是糟蹋外國作家欺騙中國讀者，死譯硬譯，一古腦兒來了，"讀不懂嗎？你再讀一遍！"……青年的熱血錢被他騙去了。……書店是歡迎偶像的，管你是反動的陳腐的，總是展開兩臂嚷"來！來！來！"

這樣的為著少數人私閡植力關係，犧牲了主義，曲解誤用著真理，收容了寡廉鮮恥的資產階級"移交"的文丐，擠去了青年英勇的鬥士的革命原子，陷害，斷送了中國整個的普羅文學運動，那也算是一個策略嗎！……這顯然是犯了嚴重的錯誤，否則就是預備若干人的植閡的反動

1　周毓英：《中國普羅文學運動的危機》，《洛浦》第 1 卷第 1 期，1930 年 5 月 1 日，第 206-207 頁。

的策略。[1]

不難發現，雖然其中隻字未提魯迅，但幾乎句句針對魯迅。尤有意味的是，周毓英憤怒地談到了 "策略" 的問題，可以推想，這必然是左聯領導層安撫激進盟員的一個說辭——吸納魯迅不過是一種 "策略"。雖然身為左聯執委的周毓英並非左聯特別核心的成員，文章也發表在非左聯系統刊物上，但他的想法在左聯盟員中是有代表性的。在左聯機關刊物上，有位作者在批判筆社每周聚餐不過是 "飯桶集合"、執行 "他們那一階級的走狗" 的任務之餘，舉出反例——左聯來：

於是，我們不得〈不〉感佩作為一革命鬥爭的一翼的左翼作家聯盟諸同志們的艱難困苦奮鬥精神，左聯諸同志開會時，除第一次大會時魯迅先生提起過 "牛油麵包" 的話以外，聚餐是做夢也不曾想到過的。[2]

作者所言是否符合實際且不說，其中隱含的文意顯豁，即只有魯迅還殘存著 "吃喝" 的階級意識。左聯一位重要盟員陶晶孫對魯迅的諷刺則直白得多了，他在自己主編的刊物上化名表達了對魯迅文藝大眾化觀點的不滿，並把他和托派王獨清一起做了批判：

大眾文藝要在找大眾。這豈不是看了題目做文章。原來大眾是在找自己的文藝。可惜支配大眾的一階級不許看，先問魯迅所說，"就必須政治

1　周毓英：《中國普羅文學運動的危機》，《洛浦》第 1 卷第 1 期，1930 年 5 月 1 日，第 208-209 頁。值得一提的是，馮乃超很快便在魯迅主編的刊物上公開批駁了周毓英的觀點，參見馮乃超：《中國無產階級文學運動及左聯產生之歷史的意義》，《新地月刊》第 6 期，1930 年 6 月 1 日。

2　戎一：《筆社與聚餐》，《巴爾底山》第 1 卷第 5 期，1930 年 5 月 21 日，第 5 頁。戎一或為李一氓筆名，一因《巴爾底山》由李一氓編輯，刊物篇幅很小（每期僅 10 頁左右），其中不少他的作品；二因 "戎一" 和 "一氓" 略具相似性。

勢力的幫助"。到底是大眾自己發展的政治勢力呢？還是現在壓迫著支配著大眾的政治勢力，如果是指後者，那麼未免是在做夢了。魯迅很重視了識字運動，這是忘卻（？）了大眾在找自己的文藝，而變了要使普羅學捕羅，使大眾的麻醉再麻醉下去也是沒法的話了。[1]

其中對魯迅不乏誅心的嘲諷，試圖麻醉大眾更是嚴厲的指控。而給"忘卻"二字加上問號的諷刺意義更是顯豁的，即魯迅根本就不曾記起過，暗諷其出身之不潔。錢杏邨在當時曾創作了重新評價魯迅的名文《魯迅》[2]，這也在左聯盟員中引起不滿。樓適夷便在另一種左聯機關刊物上對魯迅做了直白的批評：

杏邨兄的魯迅論，沒有提及以前自己的文章，容易使讀者誤會我們的態度。在我們，自然知道我們寫文章作批判已不是站於私人的立場，但聲明是必須要的。看見第三期的萌芽，魯迅雖已隱約表示了唯物史觀的立場，但態度還是老樣子的，這種態度，也不能不給以相當的糾正。[3]

其中多次運用的與魯迅對舉的"我們"也足以讓人玩味，指明了魯迅在左聯中身份的異己性。而錢杏邨也意識到了自我的"分裂"，又專門作文為自己的新文章辯解。表明自己以前是用文學批評家的眼光看魯迅，而現在用的是文學史家的眼光，新的《魯迅》只"稍微修正"了以前的內容，並非否定過去的結論，而是充實了以前的判斷[4]；對魯迅也不是"拉攏"，而是彼此主

---

1 李無文（陶晶孫）：《"文藝大眾化"批評（評前期的"大眾化問題"）》，《大眾文藝》第 2 卷第 4 期，1930 年 5 月 1 日，第 1239 頁。引文中括號為原有。

2 錢杏邨：《魯迅——〈現代中國文學論〉第二章》，《拓荒者》第 1 卷第 2 期，1930 年 2 月 10 日（愆期至本月 25 日之後）。

3 建南（樓適夷）：《文藝通信·建南的信》，《拓荒者》第 4-5 期合刊，1930 年 5 月 10 日，第 1791 頁。

4 錢杏邨：《一個註腳》，《拓荒者》第 4-5 期合刊，1930 年 5 月 10 日，第 1547-1548 頁。

張合一的"意識的結合"，並饒有意味地指出：

> 至於過去犯了錯誤的人，只要他們能夠悔悟，革命的集團也仍然是歡迎他們在一道工作。[1]

　　而郭沫若也表達了幾乎相同的意見。雖然他呼籲魯迅與創造社不要再視對方為"眼中釘"，但在具體評價上，認為後期創造社對魯迅的批判是完全正確的，進而主張魯迅"超克"此前的階段，與革命文學家攜手作戰。[2] 這種評價，與其說是在包容魯迅，不如說是在提醒魯迅不光彩的過去，告誡其徹底克服舊觀念、採取新立場。盟員眼中如此形象的魯迅，與中共所意圖塑造的左聯持大旗的領袖，反差不可謂不大。而在魯迅這邊，私下對左聯諸盟員的評價也很是不堪，在致友人的信中他說："除自由同盟外，又加入左翼作家連〔聯〕盟，於會場中，一覽了薈萃於上海的革命作家，然而以我看來，皆茄花色，於是不佞勢又不得不有作梯子之險，但還怕他們尚未必能爬梯子也。哀哉！"[3] 以上情形都讓人想起中國著作者協會的命運。但左聯的醞釀畢竟有著更縝密的計劃和有力的支持，它幸運地沒有重蹈覆轍。

　　由上可見，魯迅之所以能夠加入左聯，李立三扮演了重要的角色。正是李立三的個人志趣與主觀需要，與其時的客觀形勢變化相契合，於是中共的文藝政策才會產生調整，才會決定團結魯迅，成立以魯迅為旗手的左聯。但魯迅與許多左翼文人的矛盾，既有意氣之爭，更有理論邏輯的根本對立，在"革命文學"論爭中已然充分暴露，雖然論爭已然緩和，但分歧並沒有那麼容易就消弭於無形。左聯初期，包括一些左聯領導在內的盟員，對魯迅屢加嘲

1　錢杏邨：《一個注腳》，《拓荒者》第 4-5 期合刊，1930 年 5 月 10 日，第 1549 頁。

2　郭沫若：《"眼中釘"》，《拓荒者》第 4-5 期合刊，1930 年 5 月 10 日。

3　魯迅：《300327 · 致章廷謙》，《魯迅全集》第 12 卷，第 226-227 頁。

諷警誡,甚或明確表達對接納魯迅的不滿,便是明證。[1]

　　當然,強調魯迅與早期左聯的緊張關係,無意於挑戰魯迅已然與左翼文人達成合作,在同一戰線奮鬥的基本事實。其目的一是要說明,魯迅與一般左翼文人,並非純如通行論述所強調的,在左聯成立前夕或稍後,已然冰釋前嫌甚至締結了友誼[2];另外,也是為了在魯迅與早期左聯和與中後期左聯的關係之間,接續必要的邏輯鏈條。若不理清魯迅與早期左聯的緊張關係,則不易理解後來衝突的集中爆發。自然,彼此的合作亦關係重大,不容忽視;而合作與衝突的交錯,或最顯明地折射出"左翼"在現代中國的複雜面向。

1　這一現象其實最突出地折射出左聯籌建的政治性,以魯迅為"盟主"的左聯絕非多數盟員意志的產物。近年有研究淡化左聯籌建的政治性,認為左聯主要係盟員自發的產物,政黨殊少干預,這當然體現出對左聯獨立價值的探求,但筆者對此難以苟同。

2　比如常為學界津津樂道的魯迅與成仿吾的和解,實際情況恐怕也複雜得多。參見閻煥東:《成仿吾晚年談魯迅——一種既往的文化現象或心理現象的回顧》,《魯迅研究月刊》,2009 年第 8 期。像成仿吾這樣,實際上始終沒有改變"革命文學"論爭時期對魯迅看法的左翼文人,絕非孤例。另外可參見周海嬰對李初梨和成仿吾的回憶,周海嬰:《魯迅與我七十年》,海口:南海出版公司,2001 年,第 294-309 頁。而這,或許才更接近人性之常態,今日自然已無必要對此再加以意識形態化的批評。

第三章

左聯成立前中共的文化組織實踐

中國共產黨自成立以來，便十分重視宣傳工作，但在最初，工作重心集中於政治宣傳方面，對文學和文化領域的宣傳及組織工作，著力相對不夠。大革命失敗之後，經歷血與火之洗禮的中國共產黨，逐漸意識到文化宣傳和文化組織實踐的重要功用，經過一番努力，終於在1929年下半年建立文委，不久後左聯、社聯等文化團體紛紛建立，並在20世紀30年代大放異彩。中共在左聯成立前的文化組織實踐，雖然系統性還不夠強，包容性還不夠廣，力度也還不夠大，但是畢竟為左聯的創建積累了較為豐富的組織經驗，也培養了一大批後來成為左聯骨幹的文化人才。具體考辨這些文化組織實踐的來龍去脈，對於瞭解中共早期文化政策的形成，對於深入認識左聯的籌建與運作，都可謂必要。但是對於中國共產黨如何一步步展開黨內的文化組織建設，從而為20世紀30年代左翼文化的引領風騷奠定組織基礎，相關論述至今極度缺乏，且主要依賴並不完全可靠的當事人回憶。本章嘗試從革命檔案文獻中爬羅剔抉、鈎沉索隱，並參照其他相關資料，力圖盡可能準確地還原中國共產黨在文化領域最初的組織實踐。

一、回憶錄中的早期知識分子支部建設

中共開始有系統規劃地引導文學界為其服務，要到1929年"革命文學"論爭的後期了。但自國民革命結束以後，隨著共產主義文人紛紛從廣州、武漢、蕪湖等地轉移到上海，並重操文學舊業，文學領域的政治工作也開始逐漸提上中共的議事日程。首先是蔣光慈、錢杏邨、楊邨人、孟超等中共黨員創建了太陽社，中共在其中設有約兩個黨小組。據說當時的中共領導人瞿秋白也答應參加了太陽社。[1] 其次，創造社在大革命時期雖然轉變成左傾革命團

---

1 參見吳泰昌記述：《阿英憶左聯》，《新文學史料》1980年第1期，第16-17頁。但瞿秋白似乎並未參加過太陽社具體活動。

體，共產主義色彩尚不重，大革命後，其元老郭沫若參加了南昌起義，並在南下過程中入黨，加上又由郭沫若介紹加入了陽翰笙和李一氓兩位參加過南昌起義的黨員，而創造社活躍的"小夥計"潘漢年則在 1926 年就已入黨，中共在創造社中也建立了黨小組。隨著 1928 年 9 月之後後期創造社幾位新成員陸續入黨，中共實際上已經基本掌握了創造社。

值得一提的是創造社新進成員，正是他們以激烈的批判行動，掀起了無產階級文學理論和辯證法的唯物論的宣傳風潮，導致了激烈的"革命文學"論爭。論爭展現出了文學和理論宣傳所蘊含的巨大能量，因此引起中共注意。1928 年 5 月，黨中央派出中宣部秘書鄭超麟具體指導尚非黨員的創造社新進成員，時間達兩個月，直到 7 月下旬鄭超麟被派往福建工作。1928 年 7 月 17 日，應該就是在鄭超麟彙報工作的留守中央政治局常委會議上，留守中央負責人任弼時指出："創造社有公開活動的作用，要繼續保持聯繫，以後要在革命文學和理論方面多發揮作用。翻譯理論書籍是宣傳工作的重要方面，要有計劃地做下去，最好用'創造社'或其他名義出版，在出版發行上給以幫助；其成員將來是要分化的，少數政治上好的可以秘密吸收入黨。"[1] 約兩個月後，後期創造社的幾位主力成員都相繼入了黨[2]，他們後來也成為籌建文委以及左聯、社聯等團體的主力。

太陽社於 1927 年底至 1928 年初之間成立[3]，發起人為蔣光慈、錢杏邨、孟超和楊邨人，主力成員還有徐迅雷、樓建南等，均係以文學或藝術為主業

1　轉引自中共中央文獻研究室編：《任弼時傳》（修訂本），第 161 頁。另參見中共中央文獻研究室編：《任弼時年譜（1904-1950）》，第 107 頁。

2　創造社新主力成員入黨，李立三為核心的中央宣傳系統和江蘇省委都起了重要作用。參見張廣海：《創造社和太陽社的"革命文學"論爭過程考述 —— 兼論後期創造社五位主力新成員的入黨問題》，《社會科學論壇》2010 年第 11 期。

3　關於太陽社的成立時間，孟超說是在 1927 年底，錢杏邨說是在 1928 年初，楊邨人說是在《太陽月刊》創刊（1928 年 1 月 1 日）之後，當也是在年初。參見孟超：《簡述太陽社》，《新民報晚刊》（重慶），1946 年 12 月 9 日；吳泰昌記述：《阿英憶左聯》，《新文學史料》1980 年第 1 期；楊邨人：《太陽社與蔣光慈》，《現代》第 3 卷第 4 期，1933 年 8 月。

的黨員。錢杏邨說，當時中共許多職業革命家，也先後加入過該社團。他在1938年寫道："一九二八年，太陽社成立於上海，當時'中共'幹部參加的，有秋白、楊匏庵、羅綺園、高語罕等。"[1] 其中，除了瞿秋白是因為和蔣光慈的私人關係而被拉入，其餘主要因為流亡至上海，需要暫時在社內過黨組織生活。太陽社因為承擔了接納流動黨員的職能，所以內部的黨組織情況便相對複雜。

據錢杏邨夫人戴淑真（時與其共同生活）回憶，太陽社成立不久，便在北四川路虹江路口北首建立了一家書店——春野書店，"社內還建立了黨的組織，春野支部，隸屬閘北區委領導"。[2] 錢杏邨自己也說："太陽社支部，又稱春野支部，屬中共閘北區第三街道支部，後叫文化支部，翰笙負責過文化支部。"[3] 這裏所說的"文化支部"，顯然指的是閘北區第三街道支部，而不是太陽社支部，從由創造社的陽翰笙曾負責便可明瞭。不過令人生疑的是：既然中共在太陽社建立的是支部，而按照中共的組織體系，支部下級是支分部或黨小組、上級是區委，為何太陽社支部會隸屬於應該是平級的第三街道支部呢？

夏衍的回憶則是，當他在 1927 年 5 月底或 6 月初入黨後——

過了一段時間，鄭漢先告訴我，我的組織關係編在閘北區第三街道支部，並帶我……去找孟超，告訴我他是我們這個小組的組長。這個小組一共五個人，即孟超、戴平萬、童長榮、孟超的夫人和我，代表區委、支部來領導這個小組的是洪靈菲。不久。錢杏邨代替孟超，當了組長。除我之外，這個小組全是太陽社的作家。後來據錢杏邨說，閘北區的第二、第三兩個支部，都是不久前才組成的，其成員大部分是"四一二"事件以

---

1 錢杏邨：《關於瞿秋白的文學遺著》，《阿英全集》第 6 卷，合肥：安徽教育出版社，2003年，第 4 頁。

2 戴淑真：《阿英與蔣光慈》，《新文學史料》1983 年第 3 期，第 126 頁。

3 吳泰昌記述：《阿英憶左聯》，《新文學史料》1980 年第 1 期，第 16 頁。

後，從各地轉移到上海的知識分子、文藝工作者。[1]

　　根據夏衍所在小組成員基本全是太陽社成員推斷，其加入太陽社成員所在小組的時間，多半在 1927 年底或 1928 年初。太陽社黨員不止這五人，所以可以從夏衍的回憶推知，太陽社內的黨小組肯定不止一個。但值得注意的是，夏衍並未提到太陽社內有支部存在，而只提到黨小組，黨小組則屬閘北區第三街道支部。

　　戴淑真的表弟嚴啓文，當從蕪湖輾轉流亡至上海後，據說也被編入春野支部，而且還曾擔任春野支部第三任書記，他回憶說：

　　春野支部也稱文化支部，除本支部黨員外，還負責收納因各地白色恐怖而逃避到上海的黨員，把這些同志組織起來，看活動能力，各取所長，有的到工廠去拉工人運動，絕大多數在文藝界。[2]

　　所謂的春野支部是“文化支部”，未見人提起過，常見的說法是第三街道支部才是文化支部，那麼春野支部是否就是第三街道支部？亦無證據。創造社的黨小組負責人陽翰笙也回憶到了第三街道支部，但沒有提及“春野支部”：

　　在創造社裏，潘漢年、李一氓和我，成立了一個黨小組。與太陽社相比，他們的黨員很多，可能有二十多人，他們大概有兩個黨小組。……創造社和太陽社的黨小組，都屬閘北區第三街道支部。……這個第三街道支部，最先擔任書記的是潘漢年，我也是支部成員。[3]

1　夏衍：《懶尋舊夢錄》，第 85 頁。

2　轉引自錢厚祥：《阿英在虹口——紀念阿英誕辰 100 周年》，李果主編：《海上文苑散憶》，上海：上海人民出版社，2006 年，第 48 頁。

3　陽翰笙：《風雨五十年》，第 132 頁。

陽翰笙把太陽社的黨組織稱為小組，並稱有大概兩個，和創造社小組同屬第三街道支部。這和夏衍的回憶契合度極高。[1]據陽翰笙說，第三街道支部後來改為"文化支部"，因為閘北區委領導文化工作有困難，就交由江蘇省委直接領導，由宣傳部長李富春負責[2]，"擔任文化支部書記的，最初是潘漢年，後來我也做過"[3]。錢杏邨也曾說陽翰笙負責過文化支部，二人說法互相印證。那麼，太陽社的黨組織（不管是否有支部），是否確實屬第三街道支部呢？錢杏邨回憶，第三街道支部曾召集創造社和太陽社開會，解決二社的論爭，似可佐證之。[4]而解決創造社和太陽社論爭的時間，為 1928 年 4、5 月份。

　　1928 年 9 月入黨的創造社成員李初梨，也說自己和彭康、馮乃超、朱鏡我、李鐵聲入黨後，被編入閘北區第三支部，並說："這個支部後改稱為文化支部"。[5]

　　根據以上回憶，似乎可以斷定：從 1927 年底到 1928 年間，太陽社和創造社內部都各有黨小組存在，太陽社內部起碼有兩個，創造社內部則有一個，這些黨小組都歸屬於閘北區委第三街道支部領導，該支部後來改為"文化支部"。至於太陽社內部的春野支部，雖有多人憶及，但其存在略成疑問。

　　然而問題在於，根據中共閘北區委的組織史料，在此時間段內，不僅沒有春野支部（或太陽社支部），連知識分子屬性的第三街道支部也不存在。那麼，問題到底出在了哪裏？

1　夏衍亦把其所在的太陽社小組和創造社的小組，都歸入第三街道支部。夏衍：《懶尋舊夢錄》，第 85-86 頁。

2　陽翰笙這一回憶不準確，1928 年 2 月起，江蘇省委宣傳部長是王若飛。但王若飛 5 月即赴蘇聯參加六大，1931 年才回國。李富春再次任江蘇省委宣傳部長是 1929 年 11 月底，這或許揭示了陽翰笙所回憶的第三街道支部變為"文化支部"的真正時間。

3　陽翰笙：《風雨五十年》，第 133 頁。

4　吳泰昌記述：《阿英憶左聯》，《新文學史料》1980 年第 1 期，第 16 頁。

5　李初梨：《六屆四中全會前後紀事》，中共中央黨史研究室、中央檔案館編：《中共黨史資料》第 73 輯，北京：中共黨史出版社，2000 年，第 43 頁。

二、文化黨團和文化工作者支部的建立

中國共產黨確實在 1928 年上半年就開始介入文學領域的活動，比如具體干預創造社和太陽社之間的論戰。黨史學者劉文軍曾根據相關檔案材料論述道：

隨著黨在創造社、太陽社中影響的擴大和力量的加強，這些團體中的黨員很快就在各自所屬的黨組織領導下進行工作，但他們的活動多是分散的，不統一的。為了加強各文化單位和團體中黨員的聯繫，統一各文化團體和單位在公開文化活動中的方針，1928 年 5 月，在江蘇省委宣傳部領導下組織起了文化工作黨團。文化黨團有委員五人，其中潘漢年為黨團書記，潘梓年、孟超、李民治（李一氓）和一位姓萬的同志為委員。文化黨團主要討論領導文化運動的內容問題，分別與各文化單位中的黨員發生聯繫傳達省委宣傳部的方針。文化黨團成立後，為解決文化界內部的矛盾和加強團結做了許多工作。如由李一氓出面，召集創造社成員談話，幫助他們解決內部衝突；召集創造社和太陽社雙方開聯席會議，以解決他們之間的相互攻擊，對於雙方攻擊性的文章，黨團決定不予發表等。[1]

劉文軍所據為《潘漢年檔案》[2]，這份材料筆者目前還看不到，不能具體查證；但文化工作黨團的成立及成員構成均有細節支撐，再聯繫到對文化工作黨團具體活動的論述，亦符合其時 "革命文學" 論爭較深層的細節，故而大

1　劉文軍：《"左聯" 成立前黨對文化工作的領導》，《中共黨史研究》1991 年第 1 期，第 25 頁。

2　參見劉文軍：《"左聯" 成立前黨對文化工作的領導》，中共中央黨校碩士學位論文，1989 年，第 8 頁。

體是可信的。[1] 文化工作黨團，顯然不是黨支部，而是文化領導機關。"黨團"
在當時的含義有二，一為黨和團之統稱，一為在群眾團體中設置的黨組織。
此處顯然不指黨和團，而指的是第二種含義。由此可以推斷，文化工作黨團，
乃植根於太陽社、我們社和創造社等社團內部的黨的團體。但太陽社和我們社
都幾乎純由黨員構成，黨團活動的空間較小，所以文化黨團必定更主要是在
創造社等團體內活動。[2] 潘漢年作為較資深的知識分子黨員，以及時任江蘇省委
代理書記的李富春舊部，且富有組織能力，成為黨團書記不出意外。五位委員
中，潘梓年是潘漢年堂兄，曾在濟難會活動，似不屬文學社團，當時剛剛結束
《北新》的編輯工作，孟超是太陽社成員，李一氓是創造社成員，萬姓同志不
詳[3]，可見中共也注意到了文化領導機關中代表比例的均衡。

約兩個月後，即 1928 年 7 月初（或稍早），文化黨團組織創建了"文化工
作者支部"。[4] 該支部的第一次報告，詳細記錄了全部支部成員的分組和名單：

1　劉文軍所述有"姓萬的同志"這樣的含混處，因此很可能出自檔案中的回憶材料，而非原
　　始記錄。筆者對文化黨團的成立曾推斷："這一機構的成立和創造社與太陽社之間的激烈
　　論爭很可能有著直接的關係，正是這一論爭使得建立調解糾紛的機制變得必要。"參見張
　　廣海：《"革命文學"論爭與階級文學理論的興起》，北京大學博士學位論文，2011 年，第
　　354 頁。

2　上面引文中關於文化黨團"分別與各文化單位中的黨員發生聯繫，傳達省委宣傳部的方針"
　　的內容，在劉文軍學位論文原文中，加了引號，顯示出自《潘漢年檔案》。從中不難看出，
　　此文化黨團並非只屬某一文化團體的黨團，而是統攝多個文化團體的黨團。劉文軍：《"左
　　聯"成立前黨對文化工作的領導》，中共中央黨校碩士學位論文，1989 年，第 8 頁。

3　萬姓同志，有些讓人疑心為戴平萬，因為五人中並無我們社成員。雖然我們社也是在 5 月
　　（或稍前）建立，和文化黨團的建立不知孰先孰後，但即便當時我們社尚未成立，戴平萬也
　　具有潮汕地區流亡黨員文人的代表性。

4　時間據《江蘇革命歷史文件彙集》所載檔案文件推定。《江蘇革命歷史文件彙集》標示此條
　　檔案文件名為"上海文化工作者支部第一次報告"，其中"上海"二字很可能為編者所加，
　　因為當時或稍後，中共的文化機構很少有以"上海"為組織單元的，故本書只稱"文化工作
　　者支部"。根據四個小組的第一次會議發生於 7 月 4 日至 5 日，推斷支部的成立在 7 月初或
　　稍前。該文件時間編者斷定為 1928 年 11 月 8 日，亦有問題，按照文件內容，7 月 9 日的
　　幹事會尚未召開，故文件日期應在 1928 年 7 月 5 日晚至 7 月 8 日之間。11 月 8 日不知何
　　據，或為歸檔日期。負責創建此文化工作者支部的機構，應係剛成立不久的文化黨團。

1.本支部同學共二十一人，分四小組，每組同學姓名及組長開列於下：

第一組，組長　李民治

李民治，歐陽繼修，富〔傅〕克興，潘梓年，章進，潘漢年。

第二組，組長　洪靈菲

洪靈菲，杜國庠，戴平萬，李春鋒，秦夢青。

第三組，組長　楊邨人

楊邨人，樓建南，蔣先〔光〕赤，嚴啓文，范香谷。

第四組〈，〉組長　侯〔侯〕魯司〔史〕

侯魯史，錢杏邨，孟超，陳莫歸，徐承杰（迅雷）。

2.幹事名單：

（書記）潘漢年，孟超，李民治。[1]

其中四位成員——章進、李春鋒、秦夢青、陳莫歸，因為未見有作品或事跡流傳，暫時難以斷定身份。[2] 除掉上述四位不列入統計，第一組除了潘梓年，全是創造社成員；第二組全是我們社成員；第三組除了范香谷是《泰東月刊》編輯，全是太陽社成員[3]；第四組除了侯魯史不能確定，也全是太陽社

1　《上海文化工作者支部第一次報告》，中央檔案館、江蘇省檔案館編：《江蘇革命歷史文件彙集（上海市委文件）》（1927 年 3 月 -1934 年 11 月），1988 年 4 月，第 13 頁。傅克興、蔣光赤、侯魯史三人姓名處的括號為引者勘誤所加，其餘為原有。後一個 "侯魯史" 原文與前一個同，由筆者徑改。

2　章進可能是編有《聯俄與仇俄問題討論集》（北新書局 1927 年出版）的燕京大學中共黨員學生，1928 年 2 至 4 月任中共北京市委宣傳秘書。參見中共北京市委組織部等編：《中國共產黨北京市組織史資料：1921-1987》，北京：人民出版社，1992 年，第 69 頁。或許他在 1928 年 4 月後來到了上海。

3　《泰東月刊》大量發表太陽社成員文章，與太陽社關係很深，這或許和范香谷有關。范香谷很可能當時也加入了太陽社，他於 1929 年加入托派，詳細的生平信息不詳。

成員。[1]

以上文化工作者支部，囊括了大多數當時在上海從事左翼文學運動的黨員作家。分組基本上依據既有社團，創造社一組、我們社一組、太陽社兩組，則兼顧了管理的可行性。費心建立這一支部，中共加強對文學家引導的意圖十分明顯。支部還規定："每組准每周開會一次，幹事會派人參加。幹事會每周開會一次，請省委派人參加。組長聯席會議每兩周開會一次，由支部書記召集。"[2] 在當時的現實情況下，每周一次的活動頻率對於文學家來說，可謂較高。而從對會員、組長和幹事，全做了獨立的開會要求，也可以看出中共正試圖以前所未有的力度加強對黨員文學家的領導，以消弭他們之間的矛盾，增強凝聚力。此一舉措應該和以任弼時為代表的留守中央的較開放舉措有直接關係。但主要的推動和操作者，當係江蘇省委臨時代理書記李富春和文化黨團書記潘漢年。[3]

文化工作者支部，與 5 月成立的文化黨團相比，一為黨支部，一為負有領導職能的黨的機關，性質不同，但統合黨員文人的功能相似，都顯示出中共在文藝政策上的重要調整。而黨團委員和黨支部幹事，也有三名成員的重疊，為避免政令多出，文化黨團和文化工作者支部幹事會，或許是一體化的關係，即中共組織史上常見的 "一套班子、兩塊牌子"。

中國共產黨雖然在文化組織工作上花費了一番功夫，但考察中共上海閘北區的組織史料將發現，文化工作者支部並沒有能夠實現有效運轉，甚至壽命幾何都大成疑問。這也許可歸因於，中共當時其實仍把絕大多數精力傾注於軍事和政治工作，而黨內政策變動又十分頻繁。

1　侯魯史，廣東澄海人，主要從事左翼戲劇和電影運動，後加入劇聯，任組織幹事，曾任聯華影業公司經理。

2　《上海文化工作者支部第一次報告》，《江蘇革命歷史文件彙集（上海市委文件）》（1927 年 3 月 -1934 年 11 月），第 13-14 頁。

3　何炎牛也表示是江蘇省委宣傳部長李富春經過法南區委聯繫上潘漢年，囑其在省委宣傳部領導下成立了文化黨團。但當時李富春是江蘇省委代理書記，並非宣傳部長。何炎牛：《從 "小夥計" 到擔任 "文委" 書記的潘漢年》，《上海黨史》1989 年第 8 期，第 28 頁。

三、上海閘北區早期知識分子支部變遷考辨

　　據 1928 年 8 月的閘北區黨支部數據報告，當時閘北區知識分子性質支部僅三個，為暨南支部（十人）、勞大支部（四人）、尚公支部（六人）。而且，整個閘北區的中共黨員中，知識分子僅 20 人，佔比為 8%，相較同時期上海其他區的數據，比如法南區的 78 人、佔比 20%，吳淞區的 79 人、佔比 33%，數值要低很多，不太符合閘北區存在許多知識分子黨員的狀況。另外，閘北區當時計有 30 個支部，也並無名稱為 "街道" 或 "文化" 的支部。[1]三個知識分子支部，均來自學校——暨南大學、勞動大學和尚公學校（小學），成員當係大學生和教工，並無太陽社和創造社等文學組織的支部。而閘北區委 9 月的報告也顯示，閘北區一共有 30 個支部，數量未變。暨南、勞大、尚公，這三個知識分子支部也仍在，人數仍為十人、四人、六人。[2]其中勞大支部顯示上月人數為三人，則可知數據的統計時間，和 8 月報告相同，當為 8 月或 7 月。如此來看，9 月報告，似也沒有把太陽社和創造社涵蓋在內。但是，9 月報告的表格並未給每個支部標注性質，而在文字表述部分，則指出："對於知識分子支部，第二、暨南、尚公、勞大支部，小資產階級的色彩非常濃厚，區委應加以嚴屬的紀律，督促其工作。"[3]可知，第二支部也

1　《上海市及南京市各區支部統計表》，中央檔案館、江蘇省檔案館編：《江蘇革命歷史文件彙集（省委文件）》（1929 年 3 月 -5 月），1984 年 11 月，第 194-212 頁。按，此文件時間編者判定為 1929 年 3 月，但統計表顯示閘北區數據是根據 1928 年 8 月的報告。閘北區知識分子黨員佔比原文為 13.5%，係計算錯誤。不過即便計算正確，也無參考價值，因為此表把閘北區一個 20 人的知識分子支部錯誤統計成了工人支部（詳下論述）。更準確的數值，是 16%。與其他區相比，閘北區知識分子黨員數量並不多，之所以最常被人提及且影響力最大，是因為上海的知識分子支部大多是學生和教工支部，而閘北區所集中的是能夠進行文學或理論創作的知識分子，即所謂 "公共知識分子"。本章所討論的知識分子支部，主要指的也是這類公共知識分子所屬支部。

2　《閘北區委工作報告與工作計劃》，中央檔案館、江蘇省檔案館編：《江蘇革命歷史文件彙集（上海各區委文件）》（1928 年 3 月 -1929 年 4 月），1989 年 9 月，第 374-375 頁。

3　《閘北區委工作報告與工作計劃》，《江蘇革命歷史文件彙集（上海各區委文件）》（1928 年 3 月 -1929 年 4 月），第 387 頁。

是知識分子支部，查表格，第二支部"本月"有 20 人，"上月"有 22 人，有幹事會，說明文字為"小組會能開，但不能都到"[1]；再檢視 8 月報告的數據，第二支部為 20 人，有幹事會，備註文字為"小組能開會，不能都到"。[2] 可知二者必係同一支部。因而 8 月報告的表格標示第二支部 20 名成員，全是工人，為標記錯誤。[3]

根據時間、支部人數來判斷，這個第二支部，極有可能就是文化工作者支部。到了 10 月，情況又發生了變化。據閘北區委 10 月份的工作報告，這個小資產階級色彩"非常濃厚"的第二支部，被解散了："第二支部在上月本來有二十二人，因為他們的生活的關係，開會不能都到，因此第二支部分別編入其他組織。不過，因為他們生活的浪漫與住址的調換，一部已有組織，而其他一部分尚在與區委直接發生關係。"[4] 同時被解散的還有只有五名工人、無幹事會的第一支部，解散後合併成立了新的第一支部，具有幹事會，也能召開支部會。對於新的第一支部，表格"說明"欄填寫："第二支解散後成立的。"而其他新成立的支部則僅填寫："新成立的。"[5] 則似乎表明第一支部和原第二支部有較直接的繼承關係，再考慮到新的支部表格中，非工人支部並沒有幾個，且成員數均不多，不太可能容納較多分流出來的原第二支部成

1　《閘北區委工作報告與工作計劃》，《江蘇革命歷史文件彙集（上海各區委文件）》（1928 年 3 月 -1929 年 4 月），第 374 頁。

2　《上海市及南京市各區支部統計表》，《江蘇革命歷史文件彙集（省委文件）》（1929 年 3 月 -5 月），第 205 頁。

3　9 月報告的表格中有兩個"第二"支部，經覆核 8 月報告，可知第二個"第二"係"第三"之誤。參見《閘北區委工作報告與工作計劃》，《江蘇革命歷史文件彙集（上海各區委文件）》（1928 年 3 月 -1929 年 4 月），第 375 頁；《上海市及南京市各區支部統計表》，《江蘇革命歷史文件彙集（省委文件）》（1929 年 3 月 -5 月），第 207 頁。

4　《閘北區委十月份工作報告——黨的組織工作與宣傳工作情況》，《江蘇革命歷史文件彙集（上海各區委文件）》（1928 年 3 月 -1929 年 4 月），第 404-405 頁。

5　《閘北區委十月份工作報告——黨的組織工作與宣傳工作情況》，《江蘇革命歷史文件彙集（上海各區委文件）》（1928 年 3 月 -1929 年 4 月），第 401-403 頁。

員，則這個沒有標示人數（僅標示有女成員一名[1]）的第一支部，很可能較多地接受了原第二支部的成員。由此大致可以推斷，原第二支部成員，多數重新編入新的第一支部，其餘加入了其他支部，或暫時還未歸入支部。而第一支部此時便成了閘北區最大的知識分子支部。

至此似乎可以做一推斷：除非 1928 年 7 月成立的文化工作者支部脫離了閘北區委，直接歸屬江蘇省委管轄，則閘北區原第二支部和新第一支部，必定是太陽社、我們社和創造社中多數黨員所屬支部。那麼，文化工作者支部可能脫離了閘北區委管轄嗎？因文化工作者支部係省委宣傳部直轄的文化黨團創建，此一可能很大。但問題的關鍵還在於：倘若脫離了閘北區委管轄，那麼脫離了多久？

1928 年 11 月，李維漢受中共中央之命開始巡視上海各區委及基層支部，留下了數十萬字的巡視日記，其中也包含了一些與文化活動有關的內容。1928 年 12 月至 1929 年 1 月間，李維漢曾和閘北區“書組”（書記和組織幹事）談話，據談話記錄，當時閘北區起碼包含四個知識分子支部，分別為“第一智支（無職業者）、第二智支（廣東來的）、第三智支（反日）、第四智支（創造社）”[2]，則可知創造社所屬支部仍然歸閘北區委管轄。但其中並未提到太陽社和我們社。1928 年 12 月 18 日舉行的閘北區宣委會議則透露，閘北區其實包含五個知識分子支部，閘北區常委決定：“將五個智識分子〈支部〉取消合編一個支部，從中選幾個積極分子參加支部，強健支部幹事會，使幹事會負

1　據筆者見到的材料，當時閘北區知識分子支部中較少女性，僅見曾有三名女性在太陽社所屬小組活動，為胡毓秀、王鳴皋和孟超夫人凌俊琪。參見樓適夷：《我在“左聯”的活動》，《文教資料簡報》1980 年第 4 期，第 32-33 頁。按，樓適夷該文中寫作胡毓華，誤。另參見王鳴皋：《大革命時期第一代女兵的戰鬥生活回顧》，中國人民政治協商會議江蘇省淮陰縣委員會文史資料研究委員會編：《淮陰文史資料》第 2 輯，1988 年 3 月，第 26-27 頁；夏衍：《懶尋舊夢錄》，第 85 頁。此處標示有一名女性黨員，可作支部包含太陽社黨員的稍有力量的旁證。

2　《與閘北區書組談話》，中央檔案館、江蘇省檔案館編：《江蘇革命歷史文件彙集（省委文件）》（1928 年 2 月 -1929 年 2 月），1985 年 4 月，第 91 頁。時間據陳德輝任區委書記的線索推斷。

起責任，同時將區宣委解散，宣委工作交整個支部做。"[1] 這一決策，與 7 月文化工作者支部的建立，思路大體一致。

但李維漢在會議上表態："我不贊成把智識分子籠統編一支，如曉山及創造社各有近十個同志，應各單獨編一支，其餘流動分子可合一支部。"[2] "曉山"指"曉山書店"，是我們社出版機關。我們社和太陽社雖有區別，但關係十分密切，我們社主力如林伯修（杜國庠）、洪靈菲、戴平萬，都加入過太陽社，加上僅我們社的黨員不太可能有近 10 人，因此"曉山"應該包括太陽社在內。[3] 而其時創造社內部的黨員，若不包括文化工作者支部中的成員，也不可能達到 10 人。曉山和創造社的黨員，加起來約 20 人，也和此前閘北區第二支部人數相當，那麼可以推定：閘北區第二支部主體重新編入第一支部後，第一支部結合其他知識分子支部，不久後又改組建立了五個知識分子支部，命名分別為"第一"以至"第五"。而文化工作者支部的成員，即便當時曾脫離閘北區委管轄，也很快就又復歸閘北區委管轄，編為第二支部或文化工作者支部本身就又名第二支部。

李維漢的意見後來獲得採納，在他 12 月 23 日所做的調查記錄中，有如下記載："此外第一，第二，第三，第四，第五等五個智識分子支部，除宣傳 × 二支及創造社、曉山二支保有外，餘解散合編一支部。"[4] 但這句表述頗含歧義：若真是"宣傳 × 二支"和"創造社、曉山二支"都保有，就只剩下一

---

1 《閘北區宣委會議》，《江蘇革命歷史文件彙集（省委文件）》（1928 年 2 月 -1929 年 2 月），第 135 頁。

2 《閘北區宣委會議》，《江蘇革命歷史文件彙集（省委文件）》（1928 年 2 月 -1929 年 2 月），第 136 頁。

3 馮乃超曾回憶，左聯籌備前夕，在閘北區"創造社有一個支部"，"杜老（國庠）又是一個支部，他在 1929 年和洪靈菲、戴平萬等組織過'我們社'"。參見馮乃超：《革命文學論爭·魯迅·左翼作家聯盟——我的一些回憶》，《新文學史料》1986 年第 3 期，第 30 頁。據馮乃超完全未提到太陽社，而太陽社和創造社素有嫌隙、不可能在創造社支部，因此直到左聯籌備前夕，太陽社應該還是在我們社支部。

4 《閘北幾個支部的調查》，《江蘇革命歷史文件彙集（省委文件）》（1928 年 2 月 -1929 年 2 月），第 142 頁。

支了，一支又談何"解散合編"？所謂"宣傳 × 二支"也不知詳情，看名稱可能是區委宣傳系統支部。李維漢在和閘北區"書組"的談話記錄中，曾提到"宣委即第一支，無工人"，則可知"第一智支"應該就是宣委支部。宣委成員多係職業革命家，當然是"無職業者"。[1] 此"宣傳 ×"支部也應當就是"第一智支"。"宣傳 × 二支"中的"二支"，很可能指第一知識分子支部，包含兩個支分部（可能一為宣傳、一為 ×），也有較小可能"二支"是衍文。而問題仍存：創造社和曉山是合屬一支，還是各為一支呢？不論前一"二支"指"二支分部"還是為衍文，二者似都應合屬一支。但也有可能後一"二支"指的就是創造社和曉山"二個支部"。比如有可能曉山就是"第二智支"，該支部為"廣東來的"，符合我們社成員基本來自潮汕地區的狀況，而太陽社主力之一楊邨人也是廣東來的。當然，這一推斷缺乏更有力證據。但不管曉山是否屬"第二智支"，創造社和曉山在李維漢調查時即應本屬兩支，只不過這裏的"二支"更大可能是同一支部的兩個分支，因為若考慮到李維漢曾表述"應各單獨編一支"，則可知當時創造社和曉山還不是"單獨編一支"，所以二者同屬一支、但各為支分部的可能更大。[2] 李維漢這句表述，意思應該

1　《與閘北區書組談話》，《江蘇革命歷史文件彙集（省委文件）》（1928 年 2 月 -1929 年 2 月），第 91 頁。

2　1927 年 6 月通過的中國共產黨修正章程規定："在多量黨員產業生產部門中，可組織支分部，支分部亦可組織幹事會，不能組織支分部之黨員多的支部，得組織小組，支分部之下亦得組織小組。"參見《中國共產黨第三次修正章程決案》，《中共中央文件選集》第 3 冊，第 150 頁。則可知，支分部之設立，限定於人數多的產業工人支部。但到了 1927 年 12 月，支分部的設立標準便被放寬，街道支部亦可設立："街道支部有零星分子六人以上時得分小組，一街道中有同業或同商店同作坊之同志三人以上時得分組支分部，黨的組織系統仍受街道支部管理。"參見《中央通告第十七號──關於黨的組織工作》，《中共中央文件選集》第 3 冊，第 539 頁。而到了 1928 年 5 月，為防止黨的機關和組織被輕易破獲，規定"以後凡超過五人以上的支部必須按職業或工作部門分成支分部"，分別秘密活動。參見《中央通告第四十七號──關於在白色恐怖下黨組織的整頓、發展和秘密工作》，《中共中央文件選集》第 4 冊，第 203 頁。由此可推論：一，支分部的分類依據主要為"同業"，因此根據文學社團來劃分支分部完全可能；二，我們社恰好在 1928 年 5 月成立，黨在其中設立支分部的可能極大。

是：五個知識分子支部，除了第一知識分子支部（含宣傳與 × 二分支）和第四知識分子支部（含創造社與曉山二分支），均解散合編為一個支部。現在尚不清楚第四知識分子支部保留後，是否創造社和曉山，各自立即就編為獨立支部了。不過可以確定的是，不久後，創造社和曉山便各自獨立了——顯然，這體現了李維漢的意見。和閘北區委"合"的思路不同，李維漢傾向於"分"，尤其對實力較強的文學家黨員支部，李維漢反對將它們"籠統"合併。如果說"合"是為了便於管理與集中力量，"分"則可能是基於對知識分子支部獨特性的考量。

據 1929 年 4 月 10 日的《閘北區支部狀況統計表》，此時有五個知識分子性質支部，分別為：創造社支部（六人）、曉山書店支部（九人）、時代支部（八人）、尚公支部（五人）和流動支部（二十人）。暨南支部（八人）和勞大支部（五人）仍然存在，但支部性質定為"學校"。在創造社支部的"領導作用"欄中，填寫"文化黨團頗起作用"。[1] 此文化黨團，顯然就是 1928 年 5 月成立的"文化黨團"。這一文化黨團，同時還負責太陽社和我們社（多半還有其他文化團體），中共將這些社團作為一個整體設置了黨團。因為後二者就性質而言，仍然是群眾團體，按規定應在其中設立黨團。若聯想到文化黨團的成立，源於中共組織協調主力成員尚非黨員的創造社和太陽社的論爭，則其成立的原因便十分顯豁，其活動的主要範圍也必是在非黨員成員較多的創造社內。

另外值得注意的是，此表顯示閘北區開始有了"街道支"，僅一個，成員三人。但是，到了 1929 年 5 月，據《閘北區支部情況統計表》，閘北區街道支部的規模獲得極大發展，已經有五組街道支部，十六名成員。而這些成員，"全是智識分子"。[2] 而據同屬 1929 年 5 月的《閘北區組織狀況統計表》，

---

1 《閘北區支部狀況統計表》，《江蘇革命歷史文件彙集（上海各區委文件）》（1928 年 3 月 -1929 年 4 月），第 410 頁。

2 《閘北區支部情況統計表》，《江蘇革命歷史文件彙集（省委文件）》（1929 年 3 月 -5 月），第 644 頁。

閘北區有學校成分支部三個，文化成分支部三個，街道成分支部三個。兩組表格 "街道" 支部數目出現差異的原因主要是，前者的 "街道" 指的是名稱，而後者的 "街道" 指的是 "成分"。故而，文化 "成分" 的支部也完全可能名稱就叫街道支部。實際上也正是如此，閘北區後來成立的多個街道支部，都是 "文化" 支部。

四、知識分子支部向街道支部的轉變

中共在上海的支部劃分方式，最初多依據產業、手工業、學校、文化等行業差異，相對較少依據街道這種地域差異。但是到了 1929 年，情況開始發生較顯著變化，街道支部獲得較大發展。這一趨勢，從屬中共為改變偏重軍事鬥爭、而忽略群眾動員，以致屢屢失敗的城市暴動工作方針而做的組織準備。[1] 因為街道支部成員多係店員、手工業者、知識分子等小資產階級[2]，這一變動自然源自於中共留守中央對小資產階級革命潛能的重視。[3]

所謂 "支部"，據 1929 年 3 月通過（4 月修正）的江蘇省委關於組織問題的文件說法："支部是黨在群眾中的核心，是黨的政治達到群眾的樞紐。"[4]

---

1 約 1929 年初，中共中央曾給廣東省委去信（粵字四十號），格外強調了街道支部的重要性，甚至要求（應該是在某些情況下）"取消職業支部而成立街道支部的職業小組"。舉措因過於激進，在廣東省委中引起爭議。參見《中共廣東省委給中央的報告──對中央四十號信的兩點意見》，中央檔案館、廣東省檔案館編：《廣東革命歷史文件彙集（中共廣東省委文件）：一九二九年（一）》，1982 年 11 月，第 71-72 頁。

2 1928 年 7 月中共廣東省委通告中也強調："街道支部同志之主要的成分，應當是店員與一部分小手工人。" 參見《中共廣東省委通告（第十五號）──關於支部之組織與支部開會方法》，中央檔案館、廣東省檔案館編：《廣東革命歷史文件彙集（中共廣東省委文件）：一九二八年（四）》，1982 年 11 月，第 2 頁。

3 關於中共中央此時對小資產階級評價的改善，參見本書 "結語" 相關論述。

4 《江蘇省委擴大會議組織問題決議案提綱說明書》，《江蘇革命歷史文件彙集（省委文件）》（1929 年 3 月 -5 月），第 415 頁。

這裏的關鍵概念是"群眾",強調的是支部動員群眾的功能。文件同時強調:"城市上店員,手工業工人支部應有相當的街道支部作用,這對於群眾政治鬥爭及將來武裝暴動奪取政權時,市民會議、區民會議的準備是基本工作。"[1]顯然,街道支部在先進性上雖然比不上無產階級的產業支部先進,但不僅對於動員群眾鬥爭意義重要,而且也是暴動成功後組織新政權的重要力量——尤其是在中國,產業工人數量本來就不多的客觀條件之下。[2]1929年4月,江蘇省委寫給江陰縣委的信,也格外強調:"城市是黨的中心工作所在地,黨應盡可能的從速進行建立產業支部、街道支部、運隊支〈部〉,這些支部是黨的基礎,黨如沒有這些支部,黨就等於沒有工作。"[3]

不過江蘇省委關於組織問題的文件也強調:"但機械的將店員、手工業工人編成街道支部,必然失掉群眾的核心作用。因此在組織上只能接近街道支部,即除手工業作坊、大商店可以單獨組織支部外,其餘仍以業為中心,組織支部幹事會,再分區組織支分部,下按街道關係更分小組。支分部和小組所在地,不能編成支部的街道同志可以編入這支分部或小組。在上海,店員、手工業支部之指導屬中心區(該業之中心),但支分部或小組可與所在

---

1 《江蘇省委擴大會議組織問題決議案提綱說明書》,《江蘇革命歷史文件彙集(省委文件)》(1929年3月-5月),第407頁。

2 鄧中夏在總結廣州暴動失敗的原因時,便格外指出了這一點,他認為失敗的一個原因便是"沒有適於發動群眾的靈便組織":"廣州產業工人數量本來就不多……黨沒有採用街道支部的形式,來集中這些散亂的手工業和店員群眾。"《鄧中夏〈廣州暴動與中國共產黨的策略〉》,中央檔案館、廣東省檔案館編:《廣東革命歷史文件彙集(中共廣東省委文件):一九二九年(三)》,1982年11月,第479頁。

3 《江蘇省委給江陰縣委的信——指出過去工作錯誤與對今後工作的指示》,《江蘇革命歷史文件彙集(省委文件)》(1929年3月-5月),第337-338頁。其實還在1928年5月,中共黨內普遍輕視小資產階級革命潛能的時候,中共廣東省委就根據暴動的實際情況,對海口市委指示了街道支部的重要功能:"發展赤衛隊之組織,亦不是如招兵一樣,只是找幾個招兵委員負責,而要每個街道支部做中心,發展該街道及其周圍的赤衛隊,只要有武器或者無武器而勇敢的分子,都應使其加入赤衛隊來,做成暴動有組織的群眾。"《中共廣東省委致海口市委信(海口第一號)——關於瓊崖總暴動問題》,中央檔案館、廣東省檔案館編:《廣東革命歷史文件彙集(中共廣東省委文件):一九二八年(三)》,1982年11月,第36頁。引文中括號勘誤為原文所有。

區委發生工作關係。"[1] 雖然強調的是街道支部的弊端（可能越俎代庖取代"群眾的核心作用"），而強調仍應以行業（經濟關係）為組織中心，但在實際操作上，起領導作用的行業中心支部，下屬各支分部和小組，仍然是以地域（區、街道）為組織原則。於此不難看出，文件之主旨還在於強調街道支部的重要性，對其弊端的強調不過是階級革命理論的慣性延伸。

店員和手工業工人，均非無產階級。在當時的中共話語體系中，手工業工人或店員，常常和產業工人、知識分子，並列為黨員成分的三種最常見分類。比如 1927 年 4 月的《上海市國民運動報告》，在徵求黨員的對象上，便分類為：學生和教職員，店員和商人，工人。[2] 李維漢的巡視記錄，也顯示閘北區委召集支部書記會議，分為產業、手工業和知識分子三批（"產、手、智"）。[3] 中共一方面號召根據情況將店員和手工業工人編為街道支部或編入街道小組，另一方面又強調他們不可偏離行業中心組織的領導，其實體現了當時的革命策略，內含離心和向心兩種路徑。離心即向外輻射到街道，向心即向內聚合至行業中心。這體現了中共對於店員和手工業工人這些小有產者，既利用其潛能，又掌握領導權的意圖。具體到支部建設上來，街道支部主要處理的是暴動中和暴動後小有產者的功能和作用問題（比如巷戰勢必需要街道居民支持，而街道支部才能更好地起到領導作用；暴動成功後，蘇維埃的組織也需要街道支部廣泛動員），而行業中心支部處理的則是階級革命的方針政策等領導權問題。

而知識分子，雖然經常與店員和手工業工人有不小差別，但同樣屬小資產階級，在階級革命中的地位和功能相似。明乎此，知識分子性質的街道支

1　《江蘇省委擴大會議組織問題決議案提綱說明書》，《江蘇革命歷史文件彙集（省委文件）》（1929 年 3 月 -5 月），第 407-408 頁。

2　《上海市國民運動報告》，《江蘇革命歷史文件彙集（上海市委文件）》（1927 年 3 月 -1934 年 11 月），第 4-5 頁。

3　《與閘北區書組談話》，《江蘇革命歷史文件彙集（省委文件）》（1928 年 2 月 -1929 年 2 月），第 91-92 頁。

部在此時集中建立，便可以找到恰當的解釋。對店員和手工業工人的工作思路，必然也是中共其時對知識分子的工作思路。於是可以判斷，約從 1929 年 4 月開始，中共開始了較大規模的轉變原有知識分子支部為街道支部的工作。5 月統計數據中出現的閘北區五組街道支部、十六名知識分子成員，正是這一過程正式開始的標誌。而同期《閘北區組織狀況統計表》中載明三個街道支部、三個知識分子支部，則恰好體現了這一過程開始階段新舊支部混雜的樣態。

1929 年底出任閘北區委書記的黃理文，回憶當時閘北區的街道支部情況如下：

> 外地來的同志集中在街道支部。街道支部有三個：橫浜橋以北劃為第一街道支部，支部書記是黃靜汶；橫浜橋以東劃為第二街道支部，支部書記是黃耀（廣東人）；蘇怡、俞懷曾任過第三街道支部書記。彭述之在第三街道支部。[1]

此一回憶似未能注意到街道支部所應具備的獨特功能，相關史實也不準確。比如黃耀是第三街道支部的書記，而彭述之所在應是第二街道支部。"外地來的同志集中在街道支部" 的表述，也容易讓人誤以為街道支部僅僅是外來黨員支部。1929 年下半年，中共開始了在黨內大規模肅清托洛茨基反對派的行動。1929 年 12 月，江蘇省委對全黨公示開除了八名托派反對派，其中鄭超麟、李季、杜琳三人，係由 "閘北區第二街道支部" 一致通過開除黨籍。[2]

---

1 黃理文：《一九三〇年江蘇省委和閘北區委的一些情況》，《黨史資料叢刊》1981 年第 3 輯，第 22 頁。按，黃理文回憶的蘇怡有可能是也在第三街道支部活動、後加入劇聯的舒怡，但他同文也提到了舒怡，可能似不大。此處存疑。

2 《江蘇省委通知第四號——關於開除鄭超麟、劉伯莊、尹寬、李季等問題》，中央檔案館、江蘇省檔案館編：《江蘇革命歷史文件彙集（省委文件）》（1927 年 9 月 -1934 年 8 月），1987 年 5 月，第 162-165 頁。其他幾名被開除的黨員，應該也有第二街道支部成員，只是文件未標明。

據鄭超麟回憶，他和另一名先期被開除的黨員汪澤楷在同一個支部活動，所在支部書記為楊賢江。[1] 據較深入介入了閘北區委反對托派反對派活動的李初梨回憶，鄭超麟、汪澤楷、彭述之、陳獨秀等人都在閘北區委第四支部活動，李初梨本人也加入了第四支部[2]，則係記錯了支部名稱，但可以證明彭述之和鄭超麟在同一支部。於是彭述之應該是在第二街道支部。1930 年 4 月，閘北區委又決議開除了第二街道支部的段浩、朱崇文、劉靜貞等三名托派反對派。[3]

而閘北區委第三街道支部，此時也提交了開除"取消派"文人余慕陶黨籍的報告，並獲區委批准。[4] 時任第三街道支部書記的黃耀，後來曾回憶："組織生活剛開始，就和托派頭子陳獨秀、王獨清所派遣的奸細余懷和余慕陶展開不調和的鬥爭。通過支部大會討論決定，把余懷和余慕陶開除出黨。"[5] 但是黃耀並未說自己擔任的是第三街道支部書記，而說是"文化支部"書記：

一九二八年，在中共上海閘北區委書記黃理文、組織蔡博生、宣傳李初梨等領導下，文化支部由我擔任書記，朱鏡我擔任組織，彭康擔任宣傳。組織生活以馮乃超、洪靈菲為首，分為若干小組。[6]

1　鄭超麟：《記汪澤楷》，《鄭超麟回憶錄》（下），第 175-176 頁。

2　李初梨：《六屆四中全會前後紀事》，《中共黨史資料》第 73 輯，第 44 頁。李初梨在第四支部參加活動的情況，可以在鄭超麟回憶中得到印證，故而較為可信。參見鄭超麟：《左派反對派》，《鄭超麟回憶錄》（上），第 334 頁。

3　《閘北區委開除段浩、朱崇文、劉靜貞黨籍決議》，《江蘇革命歷史文件彙集（省委文件）》（1927 年 9 月 -1934 年 8 月），第 240 頁。

4　《江蘇省總行委通知第二十號》，《江蘇革命歷史文件彙集（省委文件）》（1927 年 9 月 -1934 年 8 月），第 237-240 頁。

5　黃耀：《關於上海閘北區文化支部》，《左聯回憶錄》（上），第 68 頁。按，余懷應該就是俞懷（筆名莞爾、菀爾，曾參加左聯成立大會），起碼在當時並非托派、也沒有被開除出黨，此處係誤記。

6　黃耀：《關於上海閘北區文化支部》，《左聯回憶錄》（上），第 68 頁。

這段話開頭就寫錯了時間。根據黃耀回憶的支部活動，可確定此"文化支部"就是第三街道支部。再據前文所述閘北區知識分子支部的演變，第三街道支部的產生肯定要在 1929 年 4 月之後，不可能在 1928 年。而黃理文也是 1929 年底才開始擔任閘北區委書記。黃耀還回憶，曾參加 1929 年"五一"前後的支部活動，則其開始擔任支部書記，或就在此時。據黃耀回憶，支部成員包括夏衍、李一氓、馮乃超、杜國庠、王學文、朱鏡我、彭康、洪靈菲、戴平萬、孟超、王任叔、楊賢江、許杰、沈起予、蔡叔厚、舒怡等。可見主力也仍然是創造社、太陽社和我們社成員。加上黃耀，起碼就已經有 17 人之多了，亦可見，不論第二街道支部，還是第三街道支部，黨員人數都不少，而且許多都是大革命之後即來到或返回上海的黨員，不宜簡單表述為外來黨員支部。同時不難推知，獨立存在不久的創造社支部和曉山書店支部，在 1929 年 4 至 5 月間，主體便被合編為第三街道支部了。

黃耀對時間的回憶錯誤，其實饒有意味。在此，他和夏衍、陽翰笙、錢杏邨等左翼文人回憶的時間軌跡基本吻合，看似足以相互印證，實則全都出錯。鑒於關於文化支部的回憶大體來自左翼文人，黃耀的回憶多半是受到了誤導。

黃耀不說第三街道支部，而只說"文化支部"，可能也是受到了左翼文人回憶的影響。其實，支部的正式名稱為第三街道支部，"文化"只是標示支部屬性的一種分類標籤，可以泛化使用，本非由第三街道支部獨享。[1]只不過，該支部因為文學家集中，很可能確實逐漸被許多人改稱作"文化支部"。

據以上論證，可進一步總結引申，得出如下結論：

第一，因為夏衍和陽翰笙等人的回憶在時間上出現失誤或語焉不詳，大

1　多位當事的左翼文人，如馮雪峰、馮乃超，都表示不能記起存在"文化支部"，根源或即在此。參見馮雪峰：《同 28 年至 36 年之間上海左翼文藝運動中兩條路線的鬥爭有關的一些零碎的參考資料》，《魯迅及三十年代文藝問題》，第 6 頁；馮乃超：《革命文學論爭·魯迅·左翼作家聯盟——我的一些回憶》，《新文學史料》1986 年第 3 期，第 28 頁。夏衍在回憶中用到了"一般所說的'文化支部'"的措辭，可見同樣記不起。參見夏衍：《懶尋舊夢錄》，第 94 頁。

量後出的當事人回憶錄和研究資料，都習焉不察地把 1927 年國民革命後在上海閘北區過組織生活的文人所在支部，稱作第三街道支部，因此導致許多錯誤。比如，認為後期創造社新進成員入黨後即被編入閘北區第三街道支部，認為"春野支部"屬第三街道支部，等等。實際上，第三街道支部遲到約1929 年 4 月才成立。

第二，陽翰笙回憶說，閘北區第三街道支部，後來改為文化支部，由區委轉省委直接領導。這一說法目前已被廣泛接受，但因為他沒有提供明確的時間線索，後世根據回憶文字的前後語境，普遍認定這一過程發生於 1928年，於是對中共的文化政策形成過程產生誤判。其實由區委轉省委領導，若確實存在，應該是發生於 1929 年底籌建左聯之時。創造社和太陽社、我們社的黨員文人，在 1929 年底之前，多數都仍然是在閘北區委的領導下工作。第三街道支部改為文化支部的說法目前也缺少直接證據，應該只是在某些場合曾被稱作"文化支部"。籌建左聯的主力，基本來自閘北區第三街道支部。

第三，有些學者注意到 1928 年 5 月文化黨團和 1928 年 7 月文化工作者支部的成立，並由此認為 1928 年中共已經開始對文化領域的積極領導。其實文化黨團在左聯籌建前，一直未見有積極的行動，而文化工作者支部，極有可能很快就被解散，重新編為閘北區第二支部，兩個月後又因小資產階級色彩嚴重等原因被解散重組。但文化黨團一直堅持活動，也取得不小成效。其一開始就由江蘇省委宣傳部管轄，後來歸於中宣部管理或受中宣部指導，一直作為文化領導機關而存在，成員也時有變動。[1] 文委最初的基本構成人員，應該來自文化黨團。當文委成立後，文化黨團直轄於文委，代表文委在文學社團內活動。推斷當左聯成立，創造社、太陽社和我們社徹底停止活動之後，統一的文化黨團解散，其主體併入左聯黨團。因為文化黨團成員多來自創造社、太陽社和我們社所屬支部，而陽翰笙應該也曾在文化黨團活動，其回憶

1　文化黨團在 1928 年 5 月之後的發展，可參見本書第四章第一節。

的“文化支部”，極可能混入了對文化黨團的記憶。[1]

　　第四，太陽社成員常回憶自己擁有獨立的黨支部“春野支部”，但在檔案材料中，未見確證，存在的可能只是春野支分部，內含兩個黨小組，而且存在時間也不長。陽翰笙等人回憶太陽社約有兩個黨小組，並與創造社黨小組同屬一個支部，更為可信。1928年5月後成立的曉山書店黨支部（最初應是支分部），應該就是春野支分部被取消後，我們社和太陽社的共同支部。根據黨員人數更多的太陽社被併入我們社支部活動，再結合不久前太陽社在和創造社論戰後被強迫檢討，可以做一個較大膽的推斷：雖然太陽社成員基本上都是黨員，且文學實力不俗，但該社從一開始就未獲足夠重視，而當我們社成立之後就更逐漸被邊緣化了。我們社和創造社，尤其是主力新成員紛紛入了黨的創造社，才是中共更信賴和倚重的文學社團。[2]

1　1935年有一篇暴露共產黨文化運動內幕的文章，雖然其中有不少錯誤，但是細節豐富，也有不少合乎事實的內容，當係較瞭解內情的人所寫。這篇文章所提到的中共所組織之“文化支部”，其實也應該就是文化黨團。據這篇文章表述，1928年下半年，中共建立的文化支部，書記為馮雪峰，組織幹事為彭康，宣傳幹事為朱鏡我，陽翰笙和杜國庠為候補幹事，由潘東周代表江蘇省委直接管轄。其中書記為馮雪峰當係誤記，應該是潘漢年，相關人員任職的時間應該在1928年底之後，潘東周所代表的應該是中宣部，不可能代表江蘇省委，其餘內容則很有參考的價值。參見蕭蕭：《共黨文化運動之起源與崩潰》，《社會新聞》第11卷第5期，1935年5月11日，第179頁。較普遍地出現混淆黨團和支部的情況，是因為許多人不能瞭解文化黨團之“黨團”的特定含義，甚至許多當事人都對此不甚明瞭。

2　一個有意味的細節差異是，馮乃超多次憶及，李立三連續派出其中宣部得力幹將潘東周和吳黎平指導創造社工作，當籌建左聯時，“我們跟李立三接觸較多，他多次找我們在機關見面”。而實際主持太陽社的錢杏邨回憶：“到上海後，單獨見李立三的機會不多，知道他在中央，有時見也較匆忙，記不得他特別為商談籌備左聯的事找過我。”參見馮乃超：《革命文學論爭·魯迅·左翼作家聯盟——我的一些回憶》，《新文學史料》1986年第3期，第25頁、第32頁；馮乃超：《左聯成立前後的一些情況》，《馮乃超研究資料》，第41頁；吳泰昌記述：《阿英憶左聯》，《新文學史料》1980年第1期，第16頁。按，引文中馮乃超所說的“我們”，字面上泛指籌建左聯的人員，但徵諸語境，當以創造社成員為主。

第四章

左聯籌備及其領導機關

左聯作為一個政治性文學團體，其具體籌備和組織運作，都並非獨立自為，而受到中共相關宣傳機構的直接領導。因此，若要深入認識左聯，必先掃除外圍障礙，探清左聯領導機關在左聯時期的基本演變。故此，本章在探討左聯的具體籌備之外，也將把左聯的直接領導機關文委和文總列為考察對象。但要預先說明的是，雖然中共中央宣傳部和中共江蘇省委宣傳部與左聯均有密切關係，但對此二者在左聯六年間演變的詳細考察非本章所能夠勝任，亦與本章論述主題偏離較遠，故不列專節，僅在必要時予以論及。

一、左聯籌備及其小組

隨著共產主義文人日趨活躍，中共——主要是江蘇省委——從 1928 年年中即開始有意識地從事文化領導工作。自文化黨團和文化工作者支部成立之後，約從 1928 年 10 月開始，中共便籌劃創立一個具有聯合戰線性質的中國著作者協會。1928 年 12 月 30 日，協會成立，但是和革命文學派發生了激烈論戰的人物，並無一個被納入"統戰"範圍。[1] 該會並未展開任何活動便無疾而終。據錢杏邨說，這是因為一些共產主義文人在協會成立那天發表了許多"激烈的意見"，使得被聯合對象們產生了"疑慮"，"怕又捲入什麼論爭中去"。[2] 這也可見，中共的聯合戰線政策啟動倉促，缺乏規劃，無論是黨組織、還是共產主義文人，都尚未為此做好必要的思想和心理準備。左聯的創

1　參見吳泰昌記述：《阿英憶左聯》，《新文學史料》1980 年第 1 期；榮太之：《中國著作者協會成立的報道和宣言》，《新文學史料》1980 年第 3 期。

2　致協會無疾而終的另一種說法是，中共不注意團結黨外人士，選出的領導人員多為黨員，而為協會成立奔走最力的非黨員張崧年竟然沒進領導層，因此讓黨外人士十分灰心。參見蕭蕭：《共黨文化運動之起源與崩潰》，《社會新聞》第 11 卷第 5 期，1935 年 5 月 11 日，第 180 頁。此說法與錢杏邨的解釋略可相互支撐，唯錢杏邨記憶張崧年也被選入了領導層，係誤記。

立因此便特別吸取了中國著作者協會失敗的教訓。[1]

中共決定在文化領域推行聯合戰線政策，自然是由於中共領導開始意識到革命即將取得成功的理論不再切合實際，長期的革命持久戰將不可避免。只有在這種情況下，黨中央才可能決心在文藝領域展開長期的無產階級文化建設，而不是繼續進行暴動一般的"文化批判"。但在此時，對於革命文學派的批判行為，黨組織似乎並未有所限制，而更像在推波助瀾，比如對茅盾的批判便顯示出較強的組織性。一直要到 1929 年底，當中共高層決定創辦以魯迅為盟主的無產階級文化宣傳團體左聯的時候，若干批判了"革命文學"的左傾文人才開始獲得"諒解"。而這，也和中共宣傳政策的變動息息相關。

1929 年 6 月初，南京國民政府召開全國宣傳會議，並特別通過了"確定本黨文藝政策案"，決定宣揚三民主義文學，"取締""鼓吹階級鬥爭"的革命文學，並對相應的組織工作有所佈置。[2] 多半是為了回應國民黨對宣傳工作的重視，中共六屆二中全會在 1929 年的 6 月 25 日通過的《宣傳工作決議案》中也高度重視了宣傳工作建設。決議案特別檢討了黨對宣傳工作的輕視，檢討了"有些同志以為只有黨的組織與鬥爭工作才是實際工作"的"錯誤觀念"，且認為，"忽視宣傳工作，是黨在全部工作上一個大的損失"，"黨以前對於共產主義的宣傳，認為非目前急要的事，因而完全忽視"。[3] 對宣傳工作的任務、路線和組織等問題，決議案也都做了詳細規定。在組織問題上，提出建立從支部到中央的健全的宣傳系統；對於中央宣傳部，計劃建立審查科、翻譯科、材料科、統計科、出版科以及編輯委員會和文化工作委員會七個部

1　參見吳泰昌記述：《阿英憶左聯》，《新文學史料》1980 年第 1 期。

2　參見倪偉：《"民族"想像與國家統制——1928-1948 年南京政府的文藝政策及文學運動》，上海：上海教育出版社，2003 年，第 9-10 頁。

3　《宣傳工作決議案》，《中共中央文件選集》第 5 冊，第 251 頁、第 257 頁。同時，決議也指出存在著一種"離開組織與鬥爭而談宣傳工作的錯誤"，即"有些同志，以為黨只有靠宣傳工作去接近群眾，只有經過宣傳才談得上組織鬥爭"。太陽社和後期創造社可能是指涉對象。參見《宣傳工作決議案》，《中共中央文件選集》第 5 冊，第 252 頁。

門。[1] 這份決議案標誌著國民革命之後，中共的宣傳工作開始走上了組織化和系統化的軌道。決意進行系統的無產階級文化宣傳工作，正是宣傳工作走向正軌的重要標誌。

據錢杏邨講，建立一個類似左聯的組織的動議在 1929 年的 5、6 月份就已經提出，具體實行要到大約 10 月份。[2] 他又講，在 1929 年 5、6 月間，文委通知建立聯合組織，太陽社自動解散。但文委其實在 1929 年下半年才建立。依照錢杏邨的邏輯，應該是太陽社解散之後才具體開始籌建左聯，但到 1929 年 7 月 29 日太陽社還有公開活動。[3] 錢杏邨說，《新流月報》改出《拓荒者》，目的便是 "把社辦刊物辦成左翼作家的共同刊物"[4]，該刊確實也成了左聯的機關刊。但《新流月報》一直到 1929 年的 12 月 15 日才終刊。那麼，太陽社的解散應該也是在此一時期。再參照前文提到的許多證據，具體操作籌辦左聯，肯定要到 1929 年底了。

籌建左聯的主體是文化黨團和第三街道支部。1928 年 5 月，中共建立文化黨團，7 月，又建立文化工作者支部。援引了潘漢年未公開傳記的何炎牛，披露了許多重要信息：1928 年上半年，潘漢年擔任了文化黨支部書記，是年夏，李富春囑潘漢年組建上海文化工作黨團幹事會，潘漢年和潘梓年、錢杏邨、蔣光慈、范香谷、董鐵肩、張慶孚、廖華、孟超、李一氓、陽翰笙等加入[5]，黨組幹事有李一氓、陽翰笙、錢杏邨、潘梓年、孟超和張慶孚等。[6] 其中的文化黨支部，或即短暫存在的文化工作者支部。而 "文化工作黨團幹

1 《宣傳工作決議案》，《中共中央文件選集》第 5 冊，第 272-275 頁。

2 吳泰昌記述：《阿英憶左聯》，《新文學史料》1980 年第 1 期，第 15 頁。

3 參見榮太之：《"制止論爭、清除對立、籌組左聯" 考析》，《左聯研究資料集》，第 244 頁。

4 吳泰昌記述：《阿英憶左聯》，《新文學史料》1980 年第 1 期，第 19 頁。

5 何炎牛引述的名單中有成仿吾，成仿吾 1928 年 5 月出國，8 月到法國後才入黨，可確定為誤記。

6 何炎牛：《從 "小夥計" 到擔任 "文委" 書記的潘漢年》，《上海黨史》1989 年第 8 期，第 28 頁。潘漢年回憶的名單，不包含留日歸來後期創造社新成員，故而肯定屬 1928 年 9 月之前。

事會"應該就是文化黨團改組擴大後的產物。文化黨團自建立以來，一直伴隨創造社等文學社團存在，發揮決策影響和政策指引的功能。隨著左聯黨團及其他各左翼文化聯盟的黨團紛紛建立，原來統一的文化黨團才被取代。後來左翼文人常說的"文化黨組"，一般指的就是文化黨團。"黨組"是 20 世紀 40 年代才興起的稱謂，1945 年 6 月在中共七大通過的新黨章中正式取代了"黨團"。

有學者認為文化黨團成立後不久，中宣部就決定將其納入直接管理，並派鄭超麟前往指導，則難以成立。因為鄭超麟前往指導的其實主要是尚未入黨的後期創造社新進成員，而且，他也根本否認了其在中宣部時有"文化黨組"之類機關存在。[1] 鄭超麟之所以不知道有此類機關存在，應是由於"文化黨組"當時僅由省委宣傳部管理，影響也不大。至於"文化黨組"（文化黨團）劃歸中宣部管理的時間，在潘漢年傳記資料中，大都被寫作 1928 年冬，並說又增加了"黨組"幹事陳道源（江蘇省委指派）、吳進（吳清友，少共省委宣傳部指派）、陸定一（後由華少峰參加，少共中央指派）。潘漢年仍任"文化黨組"書記。時任中宣部部長蔡和森曾予指導。[2] 這一說法可能有所依據，但在當時，更大的可能是文化黨團只是受到了中宣部暫時性的指導。

到了 1929 年底，籌建左聯的時候，情況才發生較大改變。隨著文委的建立，文化黨團也開始承擔起重大的任務。據馮乃超回憶，黨團當時由中宣部領導，組建左聯和社聯的問題都是在黨團中討論的，參加的人員除了他，還有創造社的李一氓、陽翰笙、朱鏡我、李初梨、彭康、李鐵聲、王學文，太陽社及我們社的錢杏邨、林伯修。[3]

而第三街道支部，作為文學家最密集的支部，受肅清托派反對派影響也較小，理所當然地承擔起了籌辦左聯的重擔，而黨團自然也發揮起了協調和

1　參見鄭超麟：《鄭超麟回憶錄》（下），第 182 頁。

2　何炎牛：《從"小夥計"到擔任"文委"書記的潘漢年》，《上海黨史》1989 年第 8 期，第 28 頁。

3　馮乃超：《左聯成立前後的一些情況》，《馮乃超研究資料》，第 43 頁。

領導的功能。所以可以說，左聯的籌建，第三街道支部和文化黨團，都發揮了重要作用。"一方面在文化黨團工作，另一方面在閘北區委領導下的支部過組織生活"的馮乃超，便一邊說，左聯是在閘北區委領導下的"文化支部"籌建的，一邊又說，左聯是在"文化黨團"籌建的。[1] 這實際上並不矛盾。文化黨團的成員，自然也基本上是第三街道支部成員。

　　籌建左聯的一個核心問題在於成功團結魯迅。中共是否在決定籌建左聯之時，即決定了吸納魯迅呢？中共制止進攻魯迅，已經到了1929年的11月底至12月，倘若左聯籌建的決定是在1929年上半年做出，那便很難說左聯的設計一開始就包含了吸納魯迅。但李維漢曾說，黨中央在1929年上半年就決定團結魯迅了。[2] 錢杏邨則說，1929年上半年，黨已決定建立包含魯迅在內的聯合組織，後來因遭遇國民黨白色恐怖而延緩。[3] 所謂的上半年，可能就是中共六屆二中全會之後。而吸納魯迅，因為1929年上半年魯迅與革命文學作家的關係已經不太緊張，或許確實一開始就有領導如此提議，只不過並未能具體實施。

　　當錢杏邨9月底出獄後，還被黨組織安排和蔣光慈等一起去爭取田漢和洪深，並取得理想的效果，田漢後來也成為左聯的常委之一，不久後還入了黨。[4] 只不過，田漢和洪深此前未與革命文學派作家激烈衝突，爭取他們和爭取魯迅，性質很不相同，不能由此推論當時可能也有爭取魯迅的動議。而據馮乃超回憶，本來想組織的並非左聯，而是"無產階級文學同盟"。[5] 從這個名稱來看，當籌創"同盟"性質文學組織之初，多半並未計劃把魯迅包含在內；

1　馮乃超：《革命文學論爭‧魯迅‧左翼作家聯盟——我的一些回憶》，《新文學史料》1986年第3期，第28頁；馮乃超：《左聯成立前後的一些情況》，《馮乃超研究資料》，第43-44頁。

2　李維漢：《回憶與研究》（上），第293頁。

3　吳泰昌記述：《阿英憶左聯》，《新文學史料》1980年第1期，第15頁。

4　吳泰昌記述：《阿英憶左聯》，《新文學史料》1980年第1期，第15頁。

5　馮乃超：《訪問馮乃超談話記錄——關於三十年代初期文學運動的點滴回憶》，《魯迅及三十年代文藝問題》，第22頁。

應係先打算建立聯合組織，後來才逐漸明確為建立左聯，並吸納魯迅。

　　陽翰笙則回憶說，先接到通知團結魯迅，再接到通知進行籌建左聯。夏衍也說，黨中央決定團結魯迅，記得是在 1929 年初秋，"也就是決定籌備組織左翼作家聯盟的前夕"。[1] 則似乎先決定團結魯迅，再決定籌建左聯。其實不然。黨中央不會無緣由地要求團結魯迅，籌建左聯或類似團體的決議不可能在團結魯迅之後產生。當夏衍被調入"文化支部"之後，潘漢年即約他談話，"主要內容是要我和馮雪峰、柔石等人合作，對消除創造社、太陽社和魯迅先生之間的隔閡做一點工作"。[2] 原因當然是他們基本上沒有參與"革命文學"論爭（起碼批評魯迅不算嚴厲），而馮雪峰和柔石，尤其是柔石，和魯迅的關係堪稱親密。[3]

　　據夏衍回憶，左聯籌備小組成員共十二人，即魯迅、鄭伯奇、馮乃超、彭康、陽翰笙、錢杏邨、蔣光慈、戴平萬、洪靈菲、柔石、馮雪峰、沈端先。據他講，以上人員除魯迅和鄭伯奇兩名非黨員外，曾在 1929 年 10 月中旬，在潘漢年主持下於公啡咖啡館二樓開會，傳達中央停止"內戰"的指示、籌建包括魯迅在內的左聯的意義。中央給籌備小組規定了兩項任務，一是擬出左聯發起人名單，二是起草左聯綱領；並決定，一俟完成綱領初稿，即送魯迅審閱，魯迅同意後再交中央審定。潘漢年在會上還說，魯迅已經同意列名籌備小組。而籌備會每周一次，有時兩三天也開一次，地點幾乎固定在公啡二樓，魯迅只參加了一兩次，鄭伯奇則多次參加。[4]

　　因為柔石當時並非黨員，夏衍關於十二人名單的回憶此處可能存在問題。陽翰笙也回憶到了第一次聚會，時間是 1929 年秋（大概 9 月），他和潘漢年為組織者，找了馮雪峰、柔石、沈端先，創造社的馮乃超、李初梨，太陽社的洪靈菲、錢杏邨，一共九人，地址也是在公啡咖啡館，潘漢年主持。

1　夏衍：《懶尋舊夢錄》，第 94 頁。

2　夏衍：《懶尋舊夢錄》，第 94 頁。

3　柔石當時尚非黨員，但和馮雪峰是關係親密的同學，和中共關係也比較親近。

4　夏衍：《懶尋舊夢錄》，第 94-99 頁。

"文化支部"經過長時間和多次開會討論，產生了十二人的籌備委員會，為魯迅、潘漢年、錢杏邨、沈端先、馮乃超、馮雪峰、柔石、洪靈菲、蔣光慈、李初梨、鄭伯奇、陽翰笙。[1]

錢杏邨也回憶過這第一次聚會。但在他記憶中，該次聚會是李富春召集的，好像在公啡咖啡館，參加者有陽翰笙、沈端先、馮雪峰、馮乃超、朱鏡我、洪靈菲、林伯修、錢杏邨等。經過幾個月的努力，到 1929 年底或 1930 年初，文委提出了一個左聯發起人名單，記得是魯迅、馮雪峰、柔石、潘漢年、陽翰笙、馮乃超、沈端先、蔣光慈、錢杏邨、朱鏡我、洪靈菲。"從代表性來看，似乎也該有田漢和鄭伯奇。"[2]

據馮雪峰回憶，1929 年約 10 月、11 月間，潘漢年要求馮雪峰去和魯迅談建立一個包括創造社、太陽社和魯迅在內的革命文學團體的事，並給出了團體名"中國左翼作家聯盟"。大概在 1929 年底或 1930 年初，在潘漢年主持協商下，產生了當時稱為"基本構成員"的十二人（發起人和籌備人）：創造社方面有鄭伯奇、馮乃超、彭康、沈起予、陽翰笙；太陽社方面是蔣光慈、錢杏邨、洪靈菲、沈端先；魯迅方面是魯迅、柔石、馮雪峰。十二人在左聯成立前開過一兩次會，"討論綱領、章程和其它事情"。其中一次在 1930 年 2 月 16 日。[3]

馮乃超也稱自己代表創造社參加了籌備工作，另外還有馮雪峰、錢杏邨、鄭伯奇等。但他指出，"李初梨、彭康沒有參加籌備工作，但參加了成立大會"。[4] 依據馮乃超和李初梨、彭康之間的密切關係，這一說法應該是十分可信的。對於彭康尚缺少佐證，但李初梨曾明確說："我從未參加左聯的活

---

1 參見陽翰笙：《風雨五十年》，第 133-136 頁。

2 吳泰昌記述：《阿英憶左聯》，《新文學史料》1980 年第 1 期，第 17 頁。

3 馮夏熊整理：《馮雪峰談左聯》，《新文學史料》1980 年第 1 期，第 4 頁。按，夏衍非太陽社成員，洪靈菲嚴格來說也非太陽社的，而屬我們社。

4 馮乃超：《左聯成立前後的一些情況》，《馮乃超研究資料》，第 41 頁；另參見馮乃超：《革命文學論爭·魯迅·左翼作家聯盟——我的一些回憶》，《新文學史料》1986 年第 3 期，第 28 頁，在後一文中，未提到鄭伯奇。

動。"[1] 和錢杏邨一樣，馮乃超也提到李富春曾親自召集開過一次會。開會地址常在公啡咖啡店。[2]

　　不難發現，相關史料頗多抵牾。據夏衍回憶，左聯籌備小組成員，一開始就規定了太陽社和創造社成員各四人。而且據其說，其中不含馮雪峰回憶到的沈起予。[3] 沈起予不在其內可以確定，因為其 1930 年 2 月才從日本回國。[4] 太陽社和創造社成員各四人的規定[5]，也是合乎"聯合"的精神的，馮雪峰也特別提到，"基本構成員"平衡了創造社、太陽社和魯迅三方代表的比例。學者王宏志根據上述名單取重獲得十人（馮乃超、馮雪峰、洪靈菲、蔣光慈、魯迅、陽翰笙、錢杏邨、柔石、沈端先、鄭伯奇），又推論去掉沈起予、李初梨、田漢，加上戴平萬，剩下一人不能確定，推斷在彭康、潘漢年和朱鏡我之間。[6] 以上推理自然不夠精密，但倘能成立的話，最後一人或是朱鏡我。鑒於彭康與馮乃超之間的密切關係，馮乃超否定其參加籌備的言辭，證據效力很強，彭康的可能因此已被排除大半。而潘漢年作為文委書記和總負責人，倘若列名其中，大概不會出現沈端先和馮雪峰的回憶都將其排除的情況。朱鏡我當時是潘漢年在文委的重要助手，不久就接替了其書記職務，由其列名籌備委員會，似乎更有可能。但這也只是推測。

　　另一個問題則是：到底籌備左聯是何時開始的？從數人提到李富春在

1　李初梨：《六屆四中全會前後紀事》，《中共黨史資料》第 73 輯，第 45 頁。另，馮乃超在 1973 年的訪問中，稱陽翰笙也未參加，應係誤記。《馮乃超談左聯等問題》，《魯迅及三十年代文藝問題》，第 26 頁。

2　馮乃超：《左聯成立前後的一些情況》，《馮乃超研究資料》，第 41 頁。

3　夏衍：《"左聯"成立前後》，《左聯回憶錄》（上），第 40 頁。

4　據李蘭回信，張大明彙集：《對〈左聯成員名單〉（未定稿）的回聲》，《左聯回憶錄》（下），第 824 頁。

5　應該提及的是，無論依據哪一種名單，真正的太陽社成員都只有錢杏邨和蔣光慈二人。或許由於太陽社文學成績最為突出，而我們社又與其有密切的關係，後世通常會不提我們社，而把其成員直接歸入太陽社。但實際上，在當時政黨的評價中，我們社的地位或比太陽社重要。可參見本書第三章相關論述。

6　王宏志：《魯迅與"左聯"》，第 85-89 頁。

最初曾發出命令或召集開會，可知具體開始籌建左聯至早是在 1929 年 11 月下旬。依此來看，馮雪峰回憶的時間最為接近，而且馮雪峰還特別提到，在 1929 年上半年革命文學作家對魯迅仍然十分不重視和尊敬。[1] 當是因為團結魯迅的意義變得日益非同尋常，所以多位當事人的回憶便自覺或不自覺地把日期提前了。籌建左聯自 1929 年 11 月才開始，另一重要證據便是直接向潘漢年傳達了李立三命令的吳黎平的回憶。吳黎平 1929 年 10 月才從蘇聯回到上海，並和黨組織接上關係，參加了一周的訓練班之後，才到中宣部工作。此時文委已經建立，吳黎平便代表中宣部參加文委的領導，和潘漢年直接聯繫。[2] 正是在他負責領導文委之後，才親自通知潘漢年"黨中央的指示"，主要內容便是團結魯迅、建立革命群眾社團，加強黨對革命文化的領導。據吳黎平回憶，此時約為 1929 年 11 月間。潘漢年於是召集文委會議，傳達相關命令，並做了自我批評。[3] 此後二人一起到內山書店拜訪了魯迅，並邀請魯迅參加籌備會議，魯迅接受了邀請，並於 1930 年 1 月底，在上海愛多亞路靠近外灘路口的一座紅房子二樓參加了籌備茶話會。據說茶話會由潘漢年主持，二三十人到會。[4]

上述眾說紛紜的左聯籌備委員會十二人名單，最初來源其實相當晚，直到 1930 年 2 月 16 日才出現。魯迅參加了該日舉行的籌備會，地點也在公啡咖啡館，現在可確定的到會者只有魯迅、柔石、馮雪峰和沈端先。這次會議不久後左聯就建立了，會議於是被成為左聯機關刊的《萌芽月刊》報道，其中說："在討論會上已成立了這較廣大的團體組織的籌備委員會。" 報道並

1　馮夏熊整理：《馮雪峰談左聯》，《新文學史料》1980 年第 1 期，第 4 頁。

2　華校生、雍桂良、馬綠波：《吳亮平》，中共黨史人物研究會編：《中共黨史人物傳》第 86 卷，北京：中央文獻出版社，2007 年，第 481 頁。

3　潘漢年代表革命文學陣營所做的自我批評發表在 1930 年 2 月 10 日（愆期至本月 25 日之後）出版的《拓荒者》第 1 卷第 2 期，題名《普羅文學運動與自我批判》（作於 1930 年 2 月 12 日）。

4　吳黎平：《潘漢年在反對文化"圍剿"的鬥爭中》，《潘漢年在上海》，第 89-90 頁。

稱，"到會者有沈端先，魯迅等十二人"。[1] 馮雪峰曾說，十二人的基本構成員組成後，只開過一兩次會，左聯便成立了。陽翰笙也說，十二人名單是經過長時間和多次開會之後才確定的。於此可以相互印證。在夏衍的回憶中，十二人名單的生成，被描述為左聯籌備初期的事情，是不符合實際的，因此在無形中誇大了這份名單的重要性。

其實，參加左聯籌備活動的人員，數量不少，變動也很大[2]，而參加了 2 月 16 日籌備會議的人員，為左聯的成立確實也付出了較多勞動，但所處理的，不過是在基本佈局皆已完備的情況下，為左聯起草綱領和組織草案、確定成立大會議程等偏重技術性的問題了。這個名單的象徵意義無疑大於實際意義，所以夏衍和馮雪峰所回憶的名單係根據派別來確定成員是可信的。[3] 若想精確鎖定這十二人姓名，大概只能寄希望於找到當時的會議記錄了。只不過，這份名單即便對左聯而言，意義可能也不是特別大。[4]

---

1 《上海新文學運動者底討論會》，《萌芽月刊》第 3 期，1930 年 3 月 1 日，第 274-275 頁。

2 參見王宏志：《魯迅與左聯》，第 88-89 頁。

3 馮雪峰回憶十二人名單為發起人和籌備人名單，錢杏邨則回憶為發起人名單，而實際上僅僅是籌備委員會成員名單。這種對名單性質的模糊認識，或許也突顯了其在當時的出現頻率並不高。

4 比如在幾種名單版本中均出現了的鄭伯奇，當時正忙於藝術劇社的工作，對左聯籌建幾乎沒有做過什麼。這從其數篇回憶文章中可明顯推知。他自己也說："'左聯'成立之初，自己正從事戲劇活動，'左聯'後期，我又參加電影工作；因此對於'左聯'的工作，有的知道得不全，有的瞭解得不深，要作全面、深入的回憶，自覺困難。"鄭伯奇：《"左聯"回憶散記》，《鄭伯奇文集》，第 1315 頁。但其列名於十二人名單的可能極大，因其一為創造社元老，二為左翼戲劇界代表（左聯最初包含了戲劇界力量）。

附：
左聯是在 1929 年底成立的嗎？──對馮潤璋回憶的辨析

　　關於左聯籌建，1985 年出現了一則重要史料。左聯盟員馮潤璋該年寫出
《關於中國左翼作家聯盟的成立》一文，提出了一種說法，即左聯其實在 1929
年底就已經成立了。在文章中，他使用了約三千字的篇幅，批駁了認為左聯
1930 年 3 月才成立的觀點。[1] 並且以親身經歷指出，其實左聯真正成立於 1929
年下半年：

　　一九二九年冬，大約九、十月間的一個下午（具體時間記不清了），
在北四川路虹口附近的一個學校教室裏，開了"中國左翼作家聯盟"成立
會，參加這次成立會的人不多，大約有二十多人。能記得的有：潘漢年、
沈端先、馮乃超、錢杏邨、沈葉沉、王一榴、俞淮、丘韻鐸和我，還有其
他一些人記不起來了。當場推選馮乃超、沈端先、錢杏邨三人負責日常工
作。"左聯" 成立後，沒有向報刊上發表公開報道，也沒有作口頭大量宣
傳，"左聯" 成員本身都是黨員，政治任務比較繁重……沒有硬性規定的
文學任務。[2]

　　如此言之鑿鑿，似難出錯。1930 年 3 月 2 日的成立大會自然也真實存
在，然而在馮潤璋看來，這是左聯在成功爭取到了魯迅後，為了擴大組織而
召開的一次"比較公開的成立會"。[3] 話雖說得隱晦，背後的含義還是清楚的，
即 3 月 2 日的成立會很大程度上是為了彰顯左聯的存在而刻意召開的儀式性

1　參見馮潤璋：《關於中國左翼作家聯盟的成立》，《馮潤璋文存》，西安：陝西人民出版社，
　　1992 年，第 250-255 頁。

2　馮潤璋：《關於中國左翼作家聯盟的成立》，《馮潤璋文存》，第 256-257 頁。按，俞淮當
　　為俞懷。

3　馮潤璋：《關於中國左翼作家聯盟的成立》，《馮潤璋文存》，第 250 頁、第 252 頁。

質的會議。而這一點，魯迅等黨外人士自然未能與聞。所以，此次會議在一定程度上可以說是召集給魯迅等黨外人士看的。當然，3 月 2 日的大會遠不能說形式大於內容，大會通過的左聯領導人選和綱領、組織結構等，都是為此次大會擬定，並經大會程序而合法化，而此前的"左聯"（假設存在的話），從馮潤璋透露的情形來看，也是缺乏組織設計和綱領規定的。所以即便左聯此前已經成立，3 月 2 日的成立大會仍然具有相當的開創意義。但假若左聯真的已經在黨內提前成立，其意味也足夠深長。因此極有必要探究，馮潤璋所回憶的到底是怎麼一回事。馮潤璋此一回憶初刊於 1985 年《陝西文藝界》第 4 期，而相關情況在其他當事人回憶中均未見記載。那麼，是否事實果真如此，而其他當事人礙於團結魯迅等原則紛紛三緘其口了呢？

左聯研究專家姚辛也注意到了此一史料。在 1989 年和 20 世紀 90 年代初期，他數次拜訪馮潤璋，馮潤璋雖已 90 高齡，仍"思維敏捷，記憶力很強"。據其回憶，1929 年左聯成立會議的會址是在閘北區天通庵小學。[1] 馮潤璋的論證包括兩部分，一為其對他人回憶等歷史資料的辨偽，二為其親身經歷。顯然，第一部分是為第二部分服務的，以證所言不虛。

馮潤璋辨偽的對象主要是錢杏邨的回憶材料。錢杏邨曾多次回憶，《拓荒者》是左聯成立後所創辦的機關刊物，而《拓荒者》係 1930 年 1 月 10 日創刊，可見左聯成立於 1930 年前。但錢杏邨後來為了邏輯自洽，又曾糾正說，《拓荒者》是為了左聯成立所做的準備刊物，後來才成為機關刊物。馮潤璋認為，不可能左聯還未成立就創辦了"機關刊物"。[2] 其判斷的前提仍然在於斷定《拓荒者》一開始就是左聯機關刊物，而最終的依據仍在於自身經歷。[3] 在此處，前後兩部分顯然構成循環論證。其實，中途成為左聯機關刊物的還有《萌芽月刊》，這一點並不奇怪。錢杏邨的回憶細節不少自相抵牾，其實也是

1　姚辛：《左聯史》，北京：光明日報出版社，2005 年，第 10 頁注 1。

2　馮潤璋：《關於中國左翼作家聯盟的成立》，《馮潤璋文存》，第 254 頁。

3　馮潤璋：《關於中國左翼作家聯盟的成立》，《馮潤璋文存》，第 256 頁。

時隔幾十年後進行回憶的常態。馮潤璋的另一處辨正則無疑是不能成立的，即石凌鶴回憶左聯成立後舉辦了藝術劇社第二次公演，馮潤璋認為自己親自參加了此次公演，時間是在 1929 年冬，所以左聯必在 1929 年成立。[1] 其實藝術劇社第二次公演是從 1930 年 3 月 22 日開始，此有案可查。[2] 當然，即便馮潤璋的相關辨析存有問題，在更強有力的反證出現之前，也不能完全排除其第二部分回憶的有效性。但僅從常理來推斷，其回憶本身亦大有疑問。孤證且不說，僅就"中國左翼作家聯盟"而言，其重心不僅在"左翼"，也在"聯盟"，而要結盟，自然是不應該只有黨內作家的，何況在當時的語境下，"左翼"本身也不是一個和無產階級政黨相對等的術語。不過馮潤璋的回憶想必也非空穴來風，結合吳黎平的回憶，或許能讓人理解其來源所在。吳黎平在左聯籌建時正在文委工作，據其回憶，文委成立後，因為成員"絕大部分是社會科學工作者"，所以在文委中更多討論的是社會科學問題，"而對於當時十分活躍的文藝戰線，則深感有必要加強領導，因此另外還成立了一個'文學小組'，我記得是由文委成員馮乃超負責，潘漢年參加，另外有馮雪峰、夏衍、阿英、李初梨、孟超、洪靈菲和鄭伯奇"。[3] 這個文委直屬的"文學小組"的建成，亦僅見於吳黎平的回憶，若為事實，或許也是由於其存在時間短暫、人數不多，而為其他當事者忽略。[4] 此"文學小組"的成立時間和馮潤璋所回憶的"左聯"的成立時間，大體相當，馮潤璋回憶的"左聯"或即此"文學小組"。至於這個"文學小組"，曾打出過"中國左翼作家聯盟"之類旗號的可能性

1　馮潤璋：《關於中國左翼作家聯盟的成立》，《馮潤璋文存》，第 251 頁。

2　參見《國內外文壇消息》，《拓荒者》第 1 卷第 3 期，1930 年 3 月 10 日（愆期至本月 25 日之後），第 1133 頁。

3　吳黎平：《長念文苑戰旗紅 —— 我對左翼文化運動的點滴回憶》，《左聯回憶錄》（上），第 74 頁。鄭伯奇為黨外作家，雖係創造社元老，似不可能列名這個組織內。

4　馮乃超曾回憶存在一個"文學黨組"，屬文化黨團，先後由李初梨和他負責。馮乃超稱文化黨團即文委，顯係誤記，但這個文學黨組或即隸屬於文委。若如此，則很有可能就是吳黎平所說的"文學小組"。參見馮乃超：《革命文學論爭·魯迅·左翼作家聯盟 —— 我的一些回憶》，《新文學史料》1986 年第 3 期，第 30 頁。

也基本上不存在。馮潤璋在其回憶的"左聯"成立後不久即外出，次年 5 月才回到上海，記憶斷檔的存在、未能直接參與 1930 年左聯成立盛會的遺憾 [1]，或許在很大程度上形塑了記憶的內容。

二、文委

中共六屆二中全會於 1929 年 6 月 25 日通過的《宣傳工作決議案》，提出建立從支部到中央的健全的宣傳系統；對於中央宣傳部，計劃建立審查科、翻譯科、材料科、統計科、出版科以及編輯委員會和文化工作委員會七個部門。文化工作委員會（"文委"）的職責是"指導全國高級的社會科學的團體，雜誌，及編輯公開發行的各種刊物書籍" [2]，可見是全國文化工作的領導部門。

至於文化工作委員會具體何時成立，至今沒有確切資料。據吳黎平回憶，可知在 1929 年 10 月（可能是 10 月底）吳黎平進入中宣部時已經成立，所以吳黎平只說文委是 1929 年下半年建立。[3] 錢杏邨則回憶文委在 1929 年秋季成立。[4] 何炎牛依據潘漢年未公開自傳，認為文委成立於 9-10 月間。[5] 這一時間

1　筆者注意到的有趣的一點是，馮潤璋雖然聲稱自己未能參與 3 月 2 日的左聯成立大會，但在其回憶文章中，竟把自己列入參加該次大會的名單之中。這顯然是個筆誤，但或許並非全無意味的。參見馮潤璋：《關於中國左翼作家聯盟的成立》，《馮潤璋文存》，第 258 頁。馮潤璋的名單列表或許是參照了曾將他列入出席大會名單的國民黨中執會秘書處公函，不過其排序與之完全不同，顯然經過作者的整理加工。

2　《宣傳工作決議案》，《中共中央文件選集》第 5 冊，第 249-275 頁。

3　吳黎平：《長念文苑戰旗紅──我對左翼文化運動的點滴回憶》，《左聯回憶錄》（上），第 73 頁。馮雪峰也說文委是 1929 年下半年建立的，參見馮夏熊整理：《馮雪峰談左聯》，《新文學史料》1980 年第 1 期，第 5 頁。

4　吳泰昌記述：《阿英憶左聯》，《新文學史料》1980 年第 1 期，第 15 頁。

5　何炎牛：《從"小夥計"到擔任"文委"書記的潘漢年》，《上海黨史》1989 年第 8 期，第 29 頁。

應該是可信的。

文委成立後的重要使命便是籌備創建左聯，這已為研究者熟知。那麼，文委的基礎是否就是文化黨團呢？馮乃超在晚年的回憶中表示左聯籌建主要是在文化黨團中進行，而其時文委已經成立，應該可以說明文委和文化黨團有密切關係。[1] 在晚年的另一處回憶中，馮乃超則直接說明文化黨團"相當於後來的'文委'"，其口述資料整理者更直接說明"黨團"即是"文委"。[2] 文委與文化黨團自然不能等同，但由此可以推斷，文委的基本構成力量，應該來自文化黨團。

吳黎平在文委成立後不久即加入領導，所以其回憶的文委成員名單應該就是最初的名單：吳黎平、潘漢年、朱鏡我、李一氓、王學文、馮乃超、林伯修、楊賢江、彭康、彭芮生。文委成員李一氓則回憶文委成員先後有：潘漢年、朱鏡我、馮雪峰、陽翰笙、林伯修、彭康、錢杏邨、田漢、沈端先和李一氓。[3] 不過錢杏邨並未憶及自己加入過文委，田漢入黨是在 1932 年 3 月或 4 月，其加入文委當在更晚了。

想完全精確地確定文委書記及成員的名單大概永遠也不可能了。中共上海市委黨史資料徵集委員會、中共上海市委黨史研究室、中共上海市委宣傳部黨史資料徵集委員會，曾依據各種回憶資料和檔案，編寫出《新民主主義革命時期中共上海"文委"系統組織沿革概況及成員名錄》（以下簡稱"成員名錄"），可惜概述部分過於簡略，使人難以瞭解考證過程及材料來源，唯名單列舉較詳，摘取相關部分如下（為便於論述，引者加了編號）：

（1）1929 年 10 月，中共中央宣傳部文化工作委員會

　　書記：潘漢年

1　參見馮乃超：《左聯成立前後的一些情況》，《馮乃超研究資料》，第 43-44 頁。

2　馮乃超：《革命文學論爭‧魯迅‧左翼作家聯盟——我的一些回憶》，《新文學史料》1986 年第 3 期，第 28 頁、第 33 頁注 1。

3　李一氓：《李一氓回憶錄》，第 113 頁。

　　　　委員：吳黎平　李一氓　朱鏡我　王學文　馮乃超　杜國庠

　　　　　　　彭康　楊賢江　彭芮生　孟超

（2）1930 年下半年，因潘漢年等工作變動，文委成員調整

　　　　書記：朱鏡我

　　　　委員：李一氓　馮乃超　杜國庠　潘梓年

（3）1931 年 2 月，因朱鏡我調到上海中央局宣傳部工作，文委成員
　　　調整

　　　　書記：馮乃超

　　　　委員：馮雪峰　杜國庠　潘梓年

（4）1931 年秋，因馮乃超調到《紅旗報》工作，文委成員調整

　　　　書記：祝伯英

　　　　委員：馮雪峰　杜國庠　潘梓年

（5）1932 年 1 月，中央宣傳部決定祝伯英不擔任文委書記職務，文
　　　委成員調整

　　　　書記：馮雪峰

　　　　委員：杜國庠　潘梓年　祝伯英　陽翰笙　沈志遠（1932 年下
　　　　　　　半年參加）

（6）1933 年 1 月，因馮雪峰調去中央蘇區工作，文委成員調整

　　　　書記：陽翰笙

　　　　委員：杜國庠　夏衍　周揚　田漢　于伶（1934 年春參加）

（7）1935 年夏，由於陽翰笙、杜國庠、田漢等已被捕，周揚、夏衍、
　　　章漢夫、錢爾石[1] 等研究重建文委臨時領導機構，並推舉領導人員

　　　　書記：周揚

　　　　委員：夏衍　章漢夫　錢亦石　吳敏　鄧潔（1936 年 2 月參加）
　　　　　　　錢俊瑞（1936 年 2 月參加）[2]

1　應為錢亦石，下徑改。

2　中共上海市委黨史資料徵集委員會等編：《上海革命文化大事記（1937.7-1949.5）》，上
　海：上海翻譯出版公司，1991 年，第 281-282 頁。

另據"成員名錄"記載："文委於 1936 年 2 月建立中共江蘇省（其時上海屬江蘇省）臨時工作委員會（簡稱江蘇省臨委），鄧潔為書記，胡喬木、王翰、丁華、王新元、錢俊瑞為委員，以推動正在掀起的救國會運動的發展。"[1]

以上資料基本勾勒出了文委組織的演變狀況。但看似詳實，實際上疑點頗多。比如對文委最初的委員，使用的便主要是吳黎平回憶的名單，其中是否有錯漏，尚難判斷。而且幾乎主任的每次更替，都隨之發生委員的大規模調整，這是否符合實際，亦令人生疑。下面將對若干重要環節加以考辨，以求獲得更準確的"文委"組織系統面貌。

首先是階段 1 至 2 的時間節點。第一，潘漢年何時離開文委？據陳修良的說法，在 1930 年秋冬，潘漢年調離文委，出任《紅旗日報》總採訪。[2] 而尹騏則具體指出是 1930 年 10 月。[3] 陶柏康則把日期定為 1930 年 11 月。[4]1930 年 10 至 11 月的可能確實較大。原因在於，潘漢年被調往《紅旗日報》可能是臨危受命。《紅旗日報》於 1930 年 8 月 15 日創刊，是中共中央機關報（後成為江蘇省委機關報），創刊後因堅持公開發行，屢遭當局查禁和嚴厲打壓，出版常常斷檔，比如 10 月 21-23 日均未出版，25 日的報紙被全部查抄，26 日亦因機器故障未能出報。[5]9 月底到 10 月上旬，上海各界工會和自由大同盟屢屢展開公開抗議活動，擁護《紅旗日報》，聲勢頗大。[6]擅長做宣傳工作的潘漢年在此一時間被派到《紅旗日報》的可能最大。劉文軍參考了潘漢年檔案後，也

1 中共上海市委黨史資料徵集委員會等編：《上海革命文化大事記（1937.7-1949.5）》，第 279 頁。

2 陳修良：《潘漢年》，中共黨史人物研究會編：《中共黨史人物傳》第 25 卷，西安：陝西人民出版社，1985 年，第 31 頁。

3 尹騏：《潘漢年傳》，北京：中國人民公安大學出版社，1996 年，第 77 頁。

4 陶柏康：《從馳騁疆場到失蹤——蒙冤二十七載的潘漢年》，北京：中國廣播電視出版社，1989 年，第 58 頁。

5 王曉嵐：《中國共產黨報刊發行史》，北京：中國社會科學出版社，2009 年，第 129 頁。

6 王曉嵐：《中國共產黨報刊發行史》，第 141 頁。

把日期定為 10 月。[1]

其次，吳黎平何時離開文委？作為中宣部和文委的連絡人，在左聯籌建及建成的初期，吳黎平實際上是李立三領導下的中共文化領域兩位高層主要負責人之一（另一人為中宣部秘書潘東周[2]），其離開文委的時間自然值得關注；而且據其說，正因為離開了文委，所以未能參加左聯成立大會。下面將對此略做辨正。吳黎平說自己是 1929 年 10 月至 1930 年 2 月在文委工作。[3]之所以離開文委，是由於 1930 年 2 月下旬，受到了中宣部新任秘書王明的打擊，離開了中央機關。[4]王明到達中宣部後，確實開始了和李立三系統人員的鬥爭。據馮乃超回憶：

1930 年，王明等人相繼從蘇聯回國，醞釀反對立三路線。潘漢年引我們到某旅社，會見了王稼祥，才知道有一批留俄學生回國，反對立三路線。當時我們對立三路線已經產生了懷疑情緒，就很快地同意了他們的意見。……李立三為了對付這些人的反對運動，曾經把他們下放到各地去工作。但經過一段時間之後，他們不知怎麼又回來了。為了奪取黨的領導權，王明本人還親自來參加了我們的文化黨團的會議。在會上，王明嚴厲地批判了李立三派到文化黨團參加領導工作的吳黎平，並且解除了他的工作。[5]

1　劉文軍：《"左聯"成立前黨對文化工作的領導》，中共中央黨校碩士學位論文，1989 年，第 10 頁。

2　潘東周，又名潘冬周、潘文育、潘文郁、潘問友。

3　吳黎平：《長念文苑戰旗紅──我對左翼文化運動的點滴回憶》，《左聯回憶錄》（上），第 73 頁。

4　吳黎平：《長念文苑戰旗紅──我對左翼文化運動的點滴回憶》，《左聯回憶錄》（上），第 76 頁。

5　馮乃超：《革命文學論爭・魯迅・左翼作家聯盟──我的一些回憶》，《新文學史料》1986 年第 3 期，第 25-26 頁。

那麼，王明試圖控制文化組織大概處於何時呢？查相關資料，王明於 1929 年 5 月上旬抵達上海，被分配到上海滬西區委做宣傳工作，7 月調至滬東區委宣傳部工作，10 月調任中宣部《紅旗》報編輯，1930 年 1 月 12 日被捕，給黨的機關寫信求助，2 月出獄，3 月被給予黨內警告處分，並調全國總工會宣傳部任《勞動》三日刊編輯。[1] 6 月，王明取代潘文育任中宣部秘書。7 月初因聯合秦邦憲、王稼祥、何子述反對立三路線（611 決議），於 7 月 9 日被撤銷中宣部秘書等一切工作職務。8 月中旬被調離中宣部，下放至江蘇省委宣傳部任幹事。10 月共產國際發出"十月來信"，定調立三路線犯了反馬列的嚴重錯誤，11 月之後王明始恢復活躍。[2] 而吳黎平也回憶到了王明對文化組織的干預和奪權，據他說：

左聯成立大會我沒有參加，而且從此以後我和左聯在組織上就沒有直接的接觸。那是因為一九三〇年二月下旬，我受到王明的打擊，離開了中宣部的緣故。我和王明在莫斯科中山大學時就發生矛盾，我和左權、陳啟科等同志都不滿王明那種拉拉扯扯、結幫成派、打擊別人、抬高自己的行為。一九三〇年初，中宣部秘書潘文育從上海調到北京工作，王明接替他任中宣部秘書，主持中宣部日常工作。王明就羅織罪名，把我批鬥撤職，叫我離開中央領導機關，"下放支部鍛煉"。[3]

吳黎平對為何未能參加左聯成立大會的解釋難以成立，未能參加大概確有客觀原因，卻不會如上所述。原因在於王明 1930 年上半年尚處在失勢地位，且 2 月下旬正身陷囹圄，而潘文育此時也並未離滬。王明任中宣部秘書是在 6 月，7 月旋遭解職，在 1930 年 11 月之前，一直未能握有大權。潘文

1 參見郭德宏編：《王明年譜》，北京：社會科學文獻出版社，2014 年，第 97-136 頁。

2 參見郭德宏編：《王明年譜》，第 143-168 頁。

3 吳黎平：《長念文苑戰旗紅——我對左翼文化運動的點滴回憶》，《左聯回憶錄》（上），第 76 頁。

育最初追隨李立三，後被王明吸納，似未被重用，其何時離滬不易確定，但1930年8月還擔任中共中央行動委員會委員，主編黨中央機關刊物《紅旗》[1]，並參加了9月24-28日召開的擴大的六屆三中全會，也正是在這次會議上，李立三被撤銷了中央政治局常委兼秘書長和中宣部部長的職務。王明任中宣部秘書時，確已開始向李立三發起挑戰，但旋即失敗，想必很難有權力罷黜李立三在文宣部門的要員。王明積極奪取最高領導權是在1930年共產國際十月來信之後（此信王明率先知道內容、11月16日抵達中共中央），此前並未有足夠實力。[2] 故此，吳黎平回憶被剝奪了文化領導權，雖也有可能發生在1930年6、7月間[3]，更可能發生於1930年11月（此時間與馮乃超回憶的王明等先被下放到地方又突然回來也更符合）。吳黎平在此前一次回憶中曾說自己是1930年夏初被王明排擠出中宣部[4]，但據其回憶，他被下放基層後是與法南區支部的宋侃夫接上關係[5]，而據相關資料，宋侃夫1930年9月才到上海，並先後任法南區委秘書和組織部部長。[6] 吳黎平曾說："《新文學史料》今年第一期《馮雪峰談左聯》，說我參加文委是一九三〇年三月至年底，這時間是記

1　中共中央黨史研究室第一研究部編著：《中國共產黨第一至第六次全國代表大會代表名錄》，北京：中共黨史出版社，2014年，第152頁。有資料顯示，潘文育是1931年1月才被調到河北（順直）省委宣傳部工作。參見《潘文郁烈士簡介》，《襄樊黨史通訊》1985年第1期，第2頁。此說大致可信，可參見薄一波著作編寫組編：《薄一波書信集》（下），北京：中共黨史出版社，2009年，第742-743頁，注釋2；行前：《從變節者到革命烈士》，《金盾》1997年第2期。

2　參見周國全、郭德宏：《王明傳》，合肥：安徽人民出版社，1998年，第54-57頁。

3　《中共黨史人物傳》便把日期歸於6月，參見華校生等：《吳亮平》，《中共黨史人物傳》第86卷，第487頁。

4　吳黎平：《關於三十年代左翼文藝運動的若干問題》，《文學評論》1978年第5期，第9頁。

5　吳黎平：《長念文苑戰旗紅——我對左翼文化運動的點滴回憶》，《左聯回憶錄》（上），第76頁。

6　劉枕堂、宋健：《宋侃夫》，中共黨史人物研究會編：《中共黨史人物傳》第55卷，西安：陝西人民出版社，1994年，第273頁。

錯了。" [1] 依上分析，馮雪峰或並未完全記錯，吳黎平很可能確實接近年底才離開文委崗位。吳黎平言自己 11 月被捕 [2]，與此也並不矛盾。綜合以上材料可以推斷，吳黎平也許在 6 月曾被王明打擊出宣傳部，但 7 月王明失勢後又復歸，及至 11 月，再次離開中宣部（此次離開是李立三失勢的後果，未必直接源於王明打擊）。

馮乃超憶及潘漢年攜他們會見王稼祥，而王稼祥是 1930 年 3 月下旬才抵達上海，其與何子述遲至 5 月才與中央接上關係，並被分配至中宣部任幹事。[3] 故王明直接參與文委的工作、驅逐吳黎平，必是在 1930 年 6 月之後了。吳黎平離開文委的時間，因此可以較為明朗。

再來看階段 3，其中曰朱鏡我 1931 年 2 月調到了 "上海中央局宣傳部工作"，有誤。"上海中央局" 1933 年初才成立，朱鏡我在該局建立後便被調入宣傳部，1934 年 7 月至次年 2 月，還擔任了宣傳部部長。[4] 那麼，是否朱鏡我在 1931 年 2 月是被調入了中宣部工作呢？據王學文回憶，他在朱鏡我調入中宣部後即接替了其文委書記職務，任職時期為 1931 年 11 月至 12 月，可知，朱鏡我是在 1931 年 11 月調入中宣部的。王學文還說，朱鏡我進入中宣部後仍繼續領導了文委的工作，而接替他任文委書記的是馮雪峰。[5]

"成員名錄" 之所以認定朱鏡我 2 月調入宣傳部，大概是因為先確認了馮乃超任職文委書記是在 2 月。據馮雪峰回憶，他 1931 年 2 月調任左聯黨團書記，接替了馮乃超在左聯的職務，同時成為文委成員，而馮乃超成為文委書

1 吳黎平：《長念文苑戰旗紅——我對左翼文化運動的點滴回憶》，《左聯回憶錄》（上），第 73 頁。

2 吳黎平：《長念文苑戰旗紅——我對左翼文化運動的點滴回憶》，《左聯回憶錄》（上），第 82 頁。

3 徐則浩編著：《王稼祥年譜：1906-1974》，北京：中央文獻出版社，2001 年，第 41 頁。

4 中共中央組織部、中共中央黨史研究室、中央檔案館編：《中國共產黨組織史資料》第 2 卷，第 240-243 頁。

5 王學文：《關於左聯成立經過的補正》，《人民日報》1980 年 3 月 12 日。

記。[1] 但即便朱鏡我未調入宣傳部，馮乃超仍然可能任文委書記。但階段 4 又出了問題，因為馮乃超不可能是 1931 年秋才調往《紅旗周報》工作的，他曾回憶自己是 1931 年 3 月就被調去負責恢復《紅旗日報》，其結果便是《紅旗周報》在 1931 年 3 月 9 日創刊。[2] 所以馮乃超調出文委，必在 3 月或之前。對此丁玲亦有回憶，據她說，1931 年夏她遇到了因編《紅旗周報》（已經編了一陣子）而避難的馮乃超夫婦，馮乃超當時正趕譯《芥川龍之介集》。[3] 查馮乃超 1931 年 8 月 20 日作《芥川龍之介的作品作風和藝術觀》，並收入了同年不久後出版的《芥川龍之介集》一書（署名馮子韜，中華書局出版）。可知丁玲所言不虛。那麼，馮乃超大概和王學文相似，也只做了一兩個月的文委書記。接任者是誰呢？應該確如馮雪峰所回憶的，是祝伯英。祝伯英，原名竺廷璋，又名方亦如、祝百英，詳細的生平資料不詳，大概是 1930 年留蘇歸來，在中宣部短期工作，並擔任領導職務，後脫黨。[4] 查 1931 年上半年的《紅旗周報》、《布爾塞維克》，他表現活躍，以伯虎的筆名寫了很多政治評論。結合馮雪峰的回憶，接替馮乃超的應該就是祝伯英。但當祝伯英做到年底後，是由王學文接任。因為朱鏡我雖然離開了文委，但一直還參與管理，所以王學文回憶中便說是接替的朱鏡我的職位。據祝伯英說，他做了一年的文委書記，從王明上台到 1932 年底。[5] 王明掌權，始於 1931 年 1 月 7 日召開的六屆

1　馮烈、方馨未整理：《馮雪峰外調材料》（上），《新文學史料》2013 年第 1 期，第 19 頁。

2　馮乃超：《回憶社聯成立前的一次籌備會》，史先民編著：《中國社會科學家聯盟資料選編》，北京：中國展望出版社，1986 年，第 77 頁；馮乃超：《魯迅與創造社》，《馮乃超研究資料》，第 36 頁。

3　丁玲：《永遠懷念他的為人——〈馮乃超文集〉代序》，《丁玲全集》第 9 卷，石家莊：河北人民出版社，2001 年，第 235 頁。

4　參見楊雪芳：《中國社聯在三十年代中國社會性質論戰中的作用》，上海市哲學社會科學學會聯合會編：《中國社會科學家聯盟成立五十五周年紀念專輯》，上海：上海社會科學院出版社，1986 年，第 223 頁；張玉春主編：《百年暨南人物志》，廣州：暨南大學出版社，2006 年，第 508 頁。

5　祝伯英：《1982 年 5 月 12 日談話》，轉引自程中原：《張聞天論》，南京：河海大學出版社，2000 年，第 112 頁。

四中全會，從祝伯英的話判斷，他應是不久後就做了文委書記，那麼應是在 1931 年初，這和馮乃超離職的日期也大致符合。而做到 1931 年底後由王學文接任，也已經大半年，亦與王學文回憶的時間大致符合。約從 1931 年 9 月中旬之後，祝伯英就開始被中共中央批判，持續可能達數月。[1] 據此，他被剝奪書記職務後若能再做滿半年文委委員都已為不易，遑論可以做書記到 1932 年底。1932 年當為 1931 年之誤記。接替他的委員是沈志遠。[2] 王學文做文委書記可能直到 1932 年 1 月，因為馮雪峰回憶自己 "一 · 二八" 前後才接替祝伯英為書記。大概是因王學文任職期太短，而被馮雪峰遺忘了吧。[3]

再來看階段 6，其中說："1933 年 1 月，因馮雪峰調去中央蘇區工作，文委成員調整。" 這裏史實有誤，馮雪峰是 1933 年 12 月調去中央蘇區工作，此殆無疑義。那麼，他何時卸任文委書記的呢？在外調材料中，馮雪峰反覆憶及，他於 1932 年底調任上海中央局任宣傳部幹事，同時卸任文委書記。[4] 據相關黨史研究，隨著上海政治環境的惡化，中共臨時中央於 1932 年底決定遷往中央蘇區，中央政治局 1933 年 1 月 13 日對此作出正式決定，1933 年春，臨時中央來電通知成立上海中央局，作為中央在上海的派出機關。[5] 上海中央局的成立時間不能確知，但 1932 年底馮雪峰調任該處的可能不大。按常理，其籌組應在 1933 年 1 月即已開始，馮雪峰也曾多次憶及的 1 月入職上海中央局，可信度更高。[6] 馮雪峰還多次憶及，他到上海中央局後，仍然參與領導文

1　馮烈、方馨未整理：《馮雪峰外調材料》（上），《新文學史料》2013 年第 1 期，第 19 頁；王慕民：《朱鏡我評傳》，寧波：寧波出版社，1998 年，第 131-132 頁。

2　馮烈、方馨未整理：《馮雪峰外調材料》（上），《新文學史料》2013 年第 1 期，第 19 頁。

3　王學文在回憶中，還聲明他所說的馮雪峰、祝伯英、朱鏡我等都知道。

4　參見馮雪峰：《外調材料》（上），《馮雪峰全集》第 8 卷，北京：人民文學出版社，2016 年，第 299 頁、第 364 頁；《外調材料》（下），《馮雪峰全集》第 9 卷，第 307 頁、第 327 頁。

5　參見張青媛：《1933 年至 1935 年的中共上海中央局》，中共中央黨校碩士學位論文，2013 年，第 9-12 頁。

6　參見馮雪峰：《外調材料》（上），《馮雪峰全集》第 8 卷，第 360 頁；《外調材料》（下），《馮雪峰全集》第 9 卷，第 20 頁、第 324 頁。

委，接替他的文委書記是陽翰笙。[1] 可見，雖然階段 6 的推斷根據出了錯，但結論應該大致不差。

關於文委的領導機關，馮雪峰曾多次表述：文委在上海中央局建立前一直歸中宣部領導，此後便歸上海中央局宣傳部領導，1933 年 6 月轉歸江蘇省委宣傳部領導（馮雪峰同時調任江蘇省委宣傳部長），1934 年由於上海中央局和江蘇省委都被破壞，文委實際上沒有了上級機關。[2] 其中亦有可商榷處。1932 年底到 1933 年 4 月的江蘇省委文件中，都有對文委的具體指令[3]，此前的文件中則未見，由此可以推知，當臨時中央即將遷出之時，已經放權給江蘇省委管理文委，當上海中央局成立之後，文委同時也由上海中央局負責管理。再則，1934 年當為 1935 年之誤。

另外，馮雪峰回憶朱鏡我和馮乃超時期，文委成員都是七人。如果說朱鏡我時期馮雪峰不在文委工作，所說可能不確的話，馮乃超時期馮雪峰則是委員，所言應相差不多。而且據其說，祝伯英時期，"成員減為五人"。[4] 據此可見，"成員名錄"階段 2 和階段 3 所列舉的文委成員多半是有缺失的。同樣不難發現，"成員名錄"階段 3 至階段 5 的主要框架，依據的都是馮雪峰的回憶，而非原始檔案等材料，因而便不難理解其中同樣存在不少疏失。對於階段 6，其實還遺漏了一位 1934 年春加入文委的委員許滌新。[5]

最後，"成員名錄"認為江蘇省"臨委"係由"文委"組織建立，亦不確切。實際的組織者，係"文總"黨團成員。

據上述考證，並結合"成員名錄"，下面試著給出從文委 1929 年成立到

1　參見馮雪峰：《外調材料》（上），《馮雪峰全集》第 8 卷，第 327 頁、第 344 頁；《外調材料》（下），《馮雪峰全集》第 9 卷，第 252 頁、第 307 頁。

2　參見馮雪峰：《外調材料》（下），《馮雪峰全集》第 9 卷，第 41 頁、第 294 頁。

3　參見中央檔案館、江蘇省檔案館編：《江蘇革命歷史文件彙集（省委文件）》（1932 年 9 月 -1933 年 5 月），1986 年 5 月，第 213 頁、第 230 頁、第 639 頁。

4　馮雪峰：《關於左聯》，《魯迅研究動態》1981 年第 2 期，第 2 頁。

5　許滌新：《風狂霜峭錄》，北京：生活 · 讀書 · 新知三聯書店，1989 年，第 92-93 頁。

1936 年初解散，更準確的組織變遷記錄：[1]

(1) 1929 年 10 月 -1930 年 10 月

　　書記：潘漢年

　　委員：吳黎平（1929 年 10 月 - 約 1930 年 11 月）李一氓

　　　　　朱鏡我　王學文　馮乃超　杜國庠　彭康　楊賢江

　　　　　彭芮生　孟超[2]

(2) 1930 年 10 月 -1931 年 2 月

　　書記：朱鏡我

　　委員：李一氓　馮乃超　杜國庠　潘梓年

(3) 1931 年 2 月 -1931 年 3 月

　　書記：馮乃超

　　委員：馮雪峰　杜國庠　潘梓年

(4) 1931 年 3 月 - 約 1931 年 11 月

　　書記：祝伯英

　　委員：馮雪峰　杜國庠　潘梓年

(5) 約 1931 年 12 月 -1932 年 1 月

　　書記：王學文

　　委員：（不詳）

(6) 1932 年 1 月 -1933 年 1 月

　　書記：馮雪峰

　　委員：杜國庠　潘梓年　祝伯英　陽翰笙　沈志遠（1932 年下
　　半年參加）

1　文委委員名單主要依據上引《新民主主義革命時期中共上海"文委"系統組織沿革概況及
　　成員名錄》和《中國共產黨組織史資料》，不準確度較高。

2　孟超的研究資料中也常稱其為文委委員，但均未見依據。錄以備考。

（7）1933 年 1 月 -1935 年 2 月 19 日

　　書記：陽翰笙

　　委員：杜國庠　夏衍　周揚　田漢　于伶（1934 年春參加）

　　　　　許滌新（1934 年春參加）

（8）1935 年夏，重建文委臨時領導機構 [1]

　　書記：周揚

　　委員：夏衍　章漢夫　錢亦石　吳敏　鄧潔（1936 年 2 月參加）

　　　　　錢俊瑞（1936 年 2 月參加）

三、文總

　　當左聯在 1930 年 3 月 2 日成立之後，5 月 20 日，社聯成立；7 月，美聯成立；8 月 23 日，左翼劇團聯盟成立。左翼文化界的大聯合已經呼之欲出。於是在 8 月 26 日，由左聯發起，有美聯、左翼劇團聯盟、社聯、斧鐮社、南國社、藝術劇社、文藝研究社、書業職工會等 10 餘文化團體參加，召開了革命文化團體代表大會，"當場通過發表宣言，反對國民黨摧殘文化，封禁脅迫書店，封閉學校，禁止上演，恐嚇作家等等白色恐怖政策"；並決定配合由互濟會發起的 "九一至九七反白色恐怖周" 運動，"形成中國無產階級革命文化運動總同盟，並推舉社聯，左聯，左美，左劇，書職為執委云"。[2] 上述文化團體還聯名發表了《上海革命文化團體反對帝國主義國民黨摧殘文化壓迫思想屠殺革命民眾宣言》。[3] 可見，各左翼文化團體已經在尋求互相溝通合作的渠

1　1935 年新文委的情況，參見孔海珠：《"文總" 與左翼文化運動》，第七章相關論述，上海：上海人民出版社，2016 年。

2　《革命文化團體號召反國民黨摧殘文化運動周》，《紅旗日報》第 13 號，1930 年 8 月 27 日。

3　載《紅旗日報》第 24 號，1930 年 9 月 7 日。

道。其結果，便是中國左翼文化總同盟（文總）的誕生。

9月18日，左翼文化各團體代表20餘人召開會議，討論的重要議題便是左翼文化總同盟的組織建立問題，討論決定該同盟不僅接納社會科學聯盟、文藝團體和教育家聯盟、自然科學家聯盟等團體，也應接納非專業性的中學生讀書會等，總之，"凡為奪取蘇維埃政權而鬥爭之文化團體即得加入"。於是會議成立了文化總同盟的準備委員會，並選舉了五名代表，左聯的代表負責召集工作，並決定"發宣言邀請各地文化團體派代表參加成立大會"，並準備起草綱領宣言、發行機關刊物和建立革命出版所等等。[1]

但是文總籌備會議所設定的"成立大會"等後續活動大都沒有能夠完成，以至於現在文總到底何時成立，都難確定，只能大致推斷是在10月。[2] 至於其原因，其實也不難理解，團體基於志向的聯合畢竟不如個人基於志向及興趣的聯合更容易組織，畢竟各團體隸屬不同行業，各行業的代表雖都有共產主義的信仰，但放到一起，興趣迥異，凝聚力難免不足。相關活動的組織，因而未能跟上。

文總和左聯一樣，都是群眾團體，有自己獨立的行政體系，中共在其中設立黨團，以貫徹黨的意志。當它成立之後，就負責聯絡各左翼團體，組織活動，並傳達文委指示，由此也可以節省文委行政成本，並盡量避免其暴露。據錢杏邨說："左聯成立前後，文委在文藝界主要精力是聯繫和領導左聯，那時文委的人常來參加我們的會議。後來'文總'成立了，文委對各盟的領導主要通過'文總'，不過左聯是文總中成立最早的，底子厚，所以與文委的關係比其他聯盟要密切些。"[3] 雖然如此，文總畢竟還只是一個中介性的機構，其本身或其黨團並不能獨立制定文化政策，因而基本上是一個行政組織機關。如王學文所言："'左聯'、'社聯'等團體成立後，上一級行政組織

1　《左翼文化總同盟成立準備會》，《紅旗日報》第36號，1930年9月19日。

2　參見孔海珠：《"文總"與左翼文化運動》，第24-25頁。

3　吳泰昌記述：《阿英憶左聯》，《新文學史料》1980年第1期，第21頁。

叫'文總'，黨的領導組織是'文委'。"[1] 正因為文總是一個聯絡機關性質的組織，而各左翼社團都有極強的政治性，需要服從的是文委的政策與指令，整個左翼文藝界又有強烈的以黨代政的傾向，所以文總在左聯的早期和中期都作用不大。馮雪峰曾說："'文總'其實到 1930 年下半年已開始逐漸成為一個架空的機構，越到後來就越只有一個名義，應該用'文總'名義做的事情都由'文委'做的；換句話說，'文委'某些事情應該用群眾團體的'文總'名義做的就用'文總'名義做。在當時'左'傾機會主義路線下，這種情況你大概也可以想像得多〔到〕的。"[2]

據馮雪峰回憶，文總的第一位負責人是文委派去的李一氓，大概在文總工作了三四個月，並無正式的職稱。[3] 但文總自身無疑是有行政機構的。據錢杏邨說，文總成立後，他即是常委之一。[4] "常委"自然是行政系統的職稱。

關於文總，陽翰笙有一個引起了爭議的說法，即它和文委是"一套班子，兩塊招牌"：

"左聯"是群眾團體，上面的領導機關是"文總"（左翼文化總同盟），也是群眾團體，"文總"也設有黨團。"文委"則是屬黨中央宣傳部的機構（不歸省委領導）。"文委"的成員同時也是"文總"黨團成員，即一套班子，兩塊招牌。[5]

意即，文委委員同時也是文總黨團成員。陽翰笙 1933 年後曾長期擔任文委書記，那麼他理應是自己同時也兼任了文總的黨團成員（甚至應該是黨團

1　王學文：《左聯和社聯的一些關係》，《左聯回憶錄》（上），第 146 頁。

2　《馮雪峰致陳則光的三封信》，《新文學史料》1980 年第 4 期，第 225-226 頁。最後一個"文總"，似為"文委"之誤。引文中括號勘誤為原文所有。

3　《馮雪峰致陳則光的三封信》，《新文學史料》1980 年第 4 期，第 226 頁；馮夏熊整理：《馮雪峰談左聯》，《新文學史料》1980 年第 1 期，第 5 頁。

4　吳泰昌記述：《阿英憶左聯》，《新文學史料》1980 年第 1 期，第 20 頁。

5　陽翰笙：《風雨五十年》，第 136-137 頁。

書記[1]），才如此敘述的，可信度自然極高。夏衍對此有著一致的回憶：

　　為了聯合和統一行動，1930 年"紅五月"之後，中央決定組織一個"左翼文化總同盟"（簡稱"文總"），作為"左聯"、"社聯"、"劇聯"、"美聯"的聯合機構，由於各盟性質上是黨與非黨的聯合組織，所以"文總"也還是相當於現在的"文聯"的群眾團體。因此，黨中央的"文委"就成為了"文總"的黨團……[2]

　　夏衍同時還反對了有人將文委和文總混為一談的做法。[3] 可見，認為文委委員兼任文總黨團成員，並非將二者混為一談，僅僅是說明了黨組織（文委）與群眾組織（文總）的關聯所在。夏衍在 1933 年之後也長期擔任文委委員，因而其說法的可信度也很高。但由於文總黨團的資料十分匱乏，目前尚不能很好地以實例來證明。但是，這一匱乏，極可能是因其本身附屬於文委而導致。作為文委委員，回憶者一般不會再專門提及自己是文總黨團成員。其實，當時的文委不僅可能兼著文總的"黨團"，在很多情況下，甚至兼著文總的"行政"。許滌新曾回憶，1934 年春，當他被調入文委後，黨組織就把周揚、于伶及他三位委員委任為文總常委，周揚為主席，許滌新是組織部長，于伶是宣傳部長。[4]

　　文總第一任黨團書記，目前學界大都認為是潘漢年，但據上面的考證，潘漢年卸任文委書記約在 1930 年 10 月，文總成立也大概在同月，則可推知，潘漢年即便曾擔任首任文總黨團書記，時間也極短暫。文總第一任黨團

1　陽翰笙可能確實曾任文總黨團書記，參見蕭蕭：《共黨文化運動之起源與崩潰》，《社會新聞》第 11 卷第 5 期，1935 年 5 月 11 日，第 182 頁。但這篇文章有不少事實錯誤，可信度一般。據該文，文總黨團幹事有林伯修和田漢。

2　夏衍：《懶尋舊夢錄》，第 118-119 頁。

3　夏衍：《懶尋舊夢錄》，第 119 頁。

4　許滌新：《風狂霜峭錄》，第 93 頁。

書記，很有可能是朱鏡我；而李一氓，則是文總第一任行政負責人。文總行政系統的變遷目前尚難稽考，但必定對黨團有很強的依附性，黨團系統則隨文委的變遷而發生變化。

　　然而在 1935 年 2 月 19 日的大破壞之後，中共的文化機構被破壞殆盡。文委書記陽翰笙及委員杜國庠、田漢等都遭逮捕。周揚和夏衍等人於是在 1935 年夏重建了文委。文總黨團亦獲重建，陳處泰任黨團書記，直到 1935 年 11 月 16 日其被捕。1935 年 7、8 月間，胡喬木被調到文總擔任宣傳部長，後來又接替陳處泰任文總黨團書記。胡喬木特別否定了文委和文總黨團是"一套班子，兩塊牌子"："因為文委與文總的任務不一樣，組織性質不一樣。文委是黨的系統，它原來是屬中共中央宣傳部領導的一個機關，文總則是群眾組織，黨員很少。"[1] 不過仔細推究，會發現胡喬木所舉出的理由也正是陽翰笙和夏衍贊成的。那麼，關鍵還在於文委委員是否同時是文總黨團的成員。據胡喬木回憶，大破壞後重組的文總，黨團書記是陳處泰，成員是何定華和王翰。[2] 他們三人均非文委委員。1935 年底胡喬木擔任文總黨團書記，鄧潔和王翰為委員，他們當時也均非文委委員。胡喬木並說："我參加文總黨團的半年時間裏，始終沒有參加過文委的會議。"[3] 這也可見其並非文委委員。顯然，由於受到白色恐怖的影響，文總黨團和文委的關係，已經不再是"一套班子"了。而且，因為中共黨組織被嚴重破壞，文委以及文總黨團的職權都大大增加，甚至在上海一度承擔起維繫黨組織生命的重任。文總的表現尤其突出，在黨團成員鄧潔、王翰、胡喬木等組織運作之下，於 1936 年 2 月成立了江蘇

1　胡喬木：《1935 年至 1937 年間在上海堅持地下鬥爭的文委、文總和江蘇省臨委》，《上海黨史資料通訊》1987 年第 5 期，第 2 頁。

2　胡喬木：《1935 年至 1937 年間在上海堅持地下鬥爭的文委、文總和江蘇省臨委》，《上海黨史資料通訊》1987 年第 5 期，第 3 頁。

3　胡喬木：《1935 年至 1937 年間在上海堅持地下鬥爭的文委、文總和江蘇省臨委》，《上海黨史資料通訊》1987 年第 5 期，第 3 頁。

省臨委，成為中共其時在江蘇省的重要聯絡和管理機關。[1] 但隨著左聯、社聯等左翼文化團體在 1935 年底至 1936 年初之間紛紛解散，文總沒有了存身之所，解散便只是一個時間問題了。據說，文總解散宣言發表於 1936 年 1 月，由胡喬木起草。[2]

　　由以上兩節的論述可知，文委和文總的組織系統，從成立到解散，經歷了複雜的演變。日漸嚴酷的政治環境，顯然是主要肇因。但即便在嚴酷的環境之下，文委和文總仍然能夠堅持不輟，領導各左翼文化社團展開活動，和上級負責機關在多數時間也能保持有效溝通，從而有力推動了左翼文化事業的發展。文委和文總黨團，在外部環境最惡劣的時期，借助文化領域相對較低的政治敏感性，還為中共的組織維繫及建設做出了貢獻。以上成績都可圈可點。但也毋庸諱言，就文委和文總的關係來說，文委的職權常常過大，除了長期代理文總黨團，還有較強的以黨代政傾向，文總因此常處於被架空的狀態。本該發揮更好的文化協調和領導作用的文總，在很多時候都難見蹤影，直到外部環境極端惡化，失去了與上級的有效聯絡，才恢復了一定的自主性。但此時所能發揮的作用，已經更多是在政治的領域了。

1　參見胡喬木：《1935 年至 1937 年間在上海堅持地下鬥爭的文委、文總和江蘇省臨委》，《上海黨史資料通訊》1987 年第 5 期；王翰：《與黨中央失去聯繫之後》，《黨史資料叢刊》1980 年第 1 期，上海：上海人民出版社，1980 年。

2　參見胡喬木：《1935 年至 1937 年間在上海堅持地下鬥爭的文委、文總和江蘇省臨委》，《上海黨史資料通訊》1987 年第 5 期，第 4 頁；方銘：《回憶三十年代喬木同志在上海的日子》，《胡喬木傳》編寫組：《我所知道的胡喬木》，北京：當代中國出版社，2012 年，第 399 頁。但至今未見有學者將這份宣言發掘出來。

第五章

左聯組織系統演變考述

左聯的組織系統研究，或許是左聯研究界用功最勤、收穫也最豐富的領域。然而其中許多內容仍然眾說紛紜，未有確論。本章將以前面章節的研究為基礎，繼續考辨相關史料，探查左聯組織系統的具體構成、各部門職能及相關演變的詳情。

一、左聯行政系統及研究部門

　　左聯在 1930 年 3 月 2 日正式成立，成立大會通過了聯盟的理論綱領，並成立了常務委員會，通過了成立若干研究會、創刊機關雜誌、參加革命團體等提案。[1] 大會情形的報道，不久後就發表在《拓荒者》和《萌芽月刊》上。前者的報道更加細緻：

　　宣告開會以後，推定了魯迅，沈端先，錢杏邨三人成立主席團。先由馮乃超，鄭伯奇報告籌備經過。接著就是中國自由運動大同盟代表的講演。往下由魯迅，彭康，田漢，華漢等相繼演說。然後通過籌備委員會擬定的綱領，至四時，開始選舉，當〈場〉選定沈端先，馮乃超，錢杏邨，魯迅，田漢，鄭伯奇，洪靈菲七人為常務委員，周全平，蔣光慈二人為候補委員。往後為提案，共計約十七件之多，主要的是：組織自由大同盟的分會，發生左藝〔翼〕文藝的國際關係，組織各種研究會，與各革命團〈體〉發生密切的關係，發動左翼藝術大同盟的組織，確定各左翼雜誌的計劃，參加工農教育事業等。[2]

　　所謂"主席團"，當然是大會的組織機構，其人員選擇體現了對魯迅的重

---

[1] 《左翼作家聯盟底成立》，《萌芽月刊》第 4 期，1930 年 4 月 1 日。

[2] 《中國左翼作家聯盟的成立》，《拓荒者》第 1 卷第 3 期，1930 年 3 月 10 日（愆期至本月 25 日之後），第 1129-1130 頁。

視。值得注意的是，大會選舉出了七位常務委員和兩位候補委員。據錢杏邨講，其實是事先由文委提出、經中央批准了的。選舉是等額的：

　　大會主席團三人：魯迅、沈端先、錢杏邨，是成立會前那次發起人碰頭會上協商好的，再由文委向大會推薦，代表舉手通過的，所以報道中用了"推定"這個詞。名單順序是我寫報道時排的。而七人常委則是由文委提名，中央同意，提交大會投票選舉的，提七個選七個，報道上的排列次序（沈端先、馮乃超、錢杏邨、魯迅、田漢、鄭伯奇、洪靈菲）是依選票的多少，同票的依姓氏筆劃。……常委候選人名單，在成立大會前的那次碰頭會上，也協商過。……這七個人都各有一定的代表性，夏衍既可代表太陽社又可代表創造社，馮乃超代表後期創造社，錢杏邨代表太陽社，魯迅代表語絲社系統，田漢代表南國劇社，鄭伯奇代表創造社元老，洪靈菲代表太陽社（特別是代表併入太陽社的我們社）。……這個名單考慮到了黨與非黨的比例，也反映了這樣一個事實：左聯最初不僅包括文學界，象田漢就是戲劇界的代表。[1]

　　這種代表比例的精妙平衡，而且七個常委中安排了三個非黨員（魯迅、田漢、鄭伯奇），充分體現了中共創建左翼文藝界聯合戰線的良苦用心。而這便產生一個問題，即常委所在的常務委員會，性質近似於十二人的籌備委員會，象徵意義大於實際意義，其實並不能夠很好地擔負起左聯的領導和管理職能。比如鄭伯奇正忙於藝術劇社工作，對左聯的籌備和運作都幾乎沒有涉及，但連續被選為了籌委會委員和常委。又如田漢作為左翼重點爭取的戲劇界代表，雖然也被選為常委，但在很長一段時間內，也基本沒過問過左聯的事務。所謂的常委，據錢杏邨講，即執行委員會的常委，常委們分工負責各項事務：

1　吳泰昌記述：《阿英憶左聯》，《新文學史料》1980 年第 1 期，第 19 頁。

左聯第一任執行委員會常委，有個大致的分工。文委書記代表中央領導左聯，左聯常委會決定重要的事都要請示文委。七人常委中，魯迅不具體管事，伯奇是劇藝社領導，靈菲管組織，田漢管大眾劇社，乃超負責與文委聯繫，和魯迅碰頭，夏衍負責理論研究和宣傳方面，十幾所大學的文藝社團我負責聯繫，同時我還過問一點刊物。兩名候補委員，光慈不大具體管事，但會是參加的，周全平負責左聯機關的一些日常行政的事。常委中文委找夏衍、乃超和我商量事比較多些。左聯成立前後的一些文件、決議，常常是我們幾人分頭起草或共同起草的。[1]

　　錢杏邨也說："左聯執委會常委和委員時有變化。由於其他聯盟不斷成立，從左聯分出去了一些幹部。以後的常委增減遞換情況，要想弄準確，就不那麼容易了。"[2] 常委如此，執委會委員就更難以弄清楚了。至於執委會，錢杏邨曾說："執委會是左聯行政上的最高領導機關。常委制，沒有再設什麼主席、主任。"[3] 這樣說，左聯的重大事務，應該由執委會出面解決，而常委是一般事務的負責人。但錢杏邨也提到了"常委會"會"決定重要的事情"。可以想見，雖然執委會是最高領導機關，但鑒於當時的環境，開執委大會甚至常委會議都並非易事，所以一般決策便主要由若干常委負責了。

　　常委負責一般事務，那麼左聯各部當是附屬在常委會之下。馮雪峰說：

1　吳泰昌記述：《阿英憶左聯》，《新文學史料》1980 年第 1 期，第 19-20 頁。按，常委會係從屬執委會的機關，參照以同時期其他各種組織的機構設置，可無疑問。常委理應從執委中選舉產生，左聯成立大會選舉常委時，執委應該已然存在，但最初的執委何時產生、如何產生，至今未見原始證據。馮雪峰曾回憶，左聯成立大會上選舉出了十三人的執行委員會，幾日後執委會開會選出七名常委。參見馮夏熊整理：《馮雪峰談左聯》，《新文學史料》，1980 年第 1 期，第 5 頁。這一順序符合邏輯，只是七名常委（及二名候補常委）的選舉確是發生於成立大會上。推斷左聯成立大會先由全體盟員選出了執委，再由全體盟員從執委中選出了常委（或僅由執委選出了常委）。但不知為何，執委的選舉未被報道。若常委名單係提前確定，則執委名單應該也是已提前確定，以等額方式選出。

2　吳泰昌記述：《阿英憶左聯》，《新文學史料》1980 年第 1 期，第 21 頁。

3　吳泰昌記述：《阿英憶左聯》，《新文學史料》1980 年第 1 期，第 20 頁。

"常委會下設有組織部、宣傳部、編輯部、理論研究委員會，好象還有工農群眾工作部、創作委員會和秘書處等。成立時執委會和常委會都沒有設主席或主任委員一類的職位。"[1] 對於左聯最初設立的各種機構，陽翰笙說有三個部、三個研究會和一個管理委員會。三個部為組織部、宣傳部、編輯部；三個研究會為馬克思主義文藝理論研究會、國際文化研究會、文藝大眾化研究會；管理委員會為負責學生文藝活動的，可能叫"學生文藝活動委員會（或文藝研究指導委員會）"，由錢杏邨負責。[2] 這個委員會顯然是文藝研究會的領導機關，可惜錢杏邨雖然憶及自己負責聯繫大學文藝社團，卻未提及是否有行政機關。其中的三個研究會，見諸《萌芽月刊》的報道，可確定無疑。至於三個部，馮雪峰與陽翰笙的回憶一致，亦可加以確定。

據報道，當 1930 年 4 月的時候，國際文化研究會已經有過兩次集會，劃分了四種研究部門："一，歐美文化研究會；二，日本文化研究會；三，蘇聯文化研究會；四，殖民地及弱小民族文化研究會。"並確定了第一次研究的題目："各國文化的現狀及其與經濟及政治的關係。"[3] 而馬克思主義文藝理論研究會也已經在月初展開了活動，並劃分了六種研究部門，預定了兩個討論會形式的研究題目和四個盟員個人提出的研究題目。[4] 顯然，馬克思主義文藝理論研究會的工作計劃是最詳細的，但不見文藝大眾化研究會有所行動。這或許正體現了左聯文藝大眾化活動一開始就面臨著不小的困難。

但左聯各部和各研究會的活動並未符合左聯領導層的期待。在 4 月 29 日的左聯大會上，常委會秘書的會務報告便說："總括各部各研究會的工作，可以‘鬆弛’‘無效果’兩個名詞把他包括起。這實在是幹部對不起全體盟員的地方，同時也就是全體盟員自己對不起自己的地方。"報告並且指出："全體

1　馮夏熊整理：《馮雪峰談左聯》，《新文學史料》1980 年第 1 期，第 5 頁。

2　陽翰笙：《風雨五十年》，第 136 頁。

3　《左翼作家聯盟消息》，《萌芽月刊》第 5 期，1930 年 5 月 1 日，第 347-348 頁。

4　《左翼作家聯盟消息》，《萌芽月刊》第 5 期，1930 年 5 月 1 日，第 348-349 頁。

盟員舉出了幹部〈，〉同時全體盟員還要不忘記隨時監視著幹部。"[1] 秘書處的會務報告，應該能夠體現左聯領導層的意志，這種語氣和要求，表現出左聯領導對各部門運作的嚴重不滿。在 5 月 29 日的左聯大會上，各部和各研究會被再次批判。據會議報道（顯然這份報道也是以左聯領導的意志寫作的）："各部門工作依然不振，除組織部發動了各大學的文藝研究會並建立了與左聯的相當密切的關係，編輯部召集了二次上海各左傾雜誌聯繫編輯會議，計劃了機關誌《世界文化》的編輯考案以外，其他各部都沒有什麼成績。各研究會，在這一月中，也只有 '馬克思文藝理論研究會' 舉行過一次討論會，將國內反動的文藝集團下了一次檢討，但討論也還不充分。"[2] 大概正因此，會議討論的第二步便是"批評 '左聯' 過去的工作，發言的人非常多，並且很熱烈，在這項上超過預定的時間"。左聯盟員檢討的內容有"大部分盟員都不過問聯盟的工作，只少數人在奔跑；而常委也不能負起推動監督的責任來"。和上次大會秘書處報告裏的批判內容相似。正因此，這次大會在最後"通過了聯盟改組及幹部改選的提案"。[3] 剛成立三個月，便要進行機構改組、幹部改選，可見左聯的運作是相當不為領導層滿意的。

左聯的籌建及成立本來是文藝領域施行 "聯合戰線" 政策的結果。左聯謀求公開活動，因而具有合法主義的傾向，但這一傾向，很快便被撲滅了。隨著左聯領導層對左聯活動不滿的加劇，左聯迅速激進化起來。1930 年 8 月 4 日的執行委員會通過了新的 "綱領"（無其名但有其實），綱領特別批判了左聯盟員的五項缺點：一是很少運用馬克思主義展開理論鬥爭；二是不和現實鬥爭打成一片，作品缺乏真實性；三是不理解文學運動的意義，自限於作品主義；四是不充分理解階級鬥爭，"要保持作家的舊社會關係，避免鬥爭"的 "合法主義"；五是不習慣集體生活的個人主義殘餘，"工作表現上不能代

---

1 《左翼作家聯盟的兩次大會記略》，《新地月刊》第 6 期，第 260-261 頁。

2 《左翼作家聯盟的兩次大會記略》，《新地月刊》第 6 期，第 262 頁。

3 《左翼作家聯盟的兩次大會記略》，《新地月刊》第 6 期，第 264 頁。

表'左聯'的意志"。[1] 聯繫到中共其時正在大力推行立三主義，左聯此一激進化的趨勢不難理解。

但宣稱中的左聯改組，似乎一時並沒有能夠實現，直到 1932 年 3 月 9 日才正式實行。而在此前的 1931 年 11 月，經過瞿秋白、馮雪峰等人的努力，左聯已經通過了一個新的綱領性的執委會決議，用今天的眼光來看，雖然仍然"左"的意味十足，但沒有了對左聯及其盟員不滿的嚴厲措辭，而對文藝的大眾化和無產階級化有了格外的強調，對創作的"題材，方法，及形式"也有了許多有實際內容的建議。左聯不久後的改組，和以瞿秋白為核心的新的領導層的形成肯定有直接的關係。

當然，在這次改組前，左聯已經進行了若干次組織機構的調整，可惜現在已經很難知道具體情形。據馮雪峰說："左聯成立時設過秘書長，由周全平擔任。"[2] 錢杏邨則說周全平最初負責"日常行政"，可知左聯當時應該設立了秘書處，日常事務由秘書處處理。而秘書處也隸屬於常委會，如左聯 4 月 29 日大會的報道便說："政治報告以後是常委秘書的會務報告"。[3] 不久後周全平被借調到互濟會工作，1931 年初更被開除出左聯，他之後由誰負責秘書處尚不清楚。而且，當時秘書處似乎只有周全平一個主要領導，稱作秘書長。根據錢杏邨對左聯常委分工的描述，當時的秘書處似乎權力不大。但在 1932 年 3 月 9 日左聯改組之前，秘書處的權力已經相當大。比如左聯改組的決議便是由秘書處的擴大會議通過的，同時通過的還有《各委員會的工作方針》、《關於新盟員加入的補充決議》、《關於左聯理論指導機關雜誌〈文學〉的決議》、《關於左聯目前具體工作的決議》。顯然，此時的秘書處已經是左聯總的管理機關，似乎已經取代常委會成為左聯執委會的執行機關。

1　《無產階級文學運動新的情勢及我們的任務》，《文化鬥爭》第 1 期，1930 年 8 月 15 日，
　　第 9-10 頁。

2　馮夏熊整理：《馮雪峰談左聯》，《新文學史料》1980 年第 1 期，第 5 頁。

3　《左翼作家聯盟的兩次大會記略》，《新地月刊》第 6 期，第 260 頁。

馮雪峰曾說，左聯“1931 年起設有行政書記一人，算是總負責的”。[1]
夏衍也曾說，左聯“畢竟還是一個群眾團體，因此它的執委會還設有一個實際辦事的行政書記。……至於行政書記，則是經常輪換的，非黨盟員也可以當。我記得除黨員陽翰笙、錢杏邨、丁玲之外，胡風也當過”。而在左聯醞釀 1931 年 11 月的決議時，左聯的行政書記是茅盾。[2]

那麼，這個“行政書記”是否屬左聯秘書處呢？應該確實如此。1932 年 3 月的改組決議稱：

> 左聯秘書處仍由書記、組織、宣傳三人組成。它在文總和左聯執委會的領導之下，經常執行左聯執委會領導左聯的任務。各小組經常直接受秘書處領導。加強動員小組履行一般鬥爭的工作，以及左聯內部的教育和訓練。[3]

如果聯想到左聯剛成立時，常委會曾下設組織部、宣傳部、編輯部，便會意識到問題。常委會的這三個部門是否已經不存在而合併到了秘書處了呢？否則豈不是會行政職能衝突？而言秘書處僅由三人組成，則也可見秘書處書記一職已經取消了。左聯的事務是否已經多到需要設立兩撥組織和宣傳人馬來負責呢？應該不會如此。胡風曾回憶，1933 年夏，他回到上海後：

> 仍舊是由周揚來通知我，要我做左聯的宣傳部長，他是組織部長和黨團書記，書記是茅盾。我再也無法推脫，只好答應了。現據茅盾回憶，當時左聯設有常務委員會，魯迅是常務書記。以前的我不知道，1932 年底我回上海時知道的左聯情況，1933 年 8 月起我在左聯任職時的情況，都

1　馮夏熊整理：《馮雪峰談左聯》，《新文學史料》1980 年第 1 期，第 5 頁。

2　夏衍：《懶尋舊夢錄》，第 140 頁。

3　《關於左聯改組的決議》，《秘書處消息》第 1 期，1932 年 3 月 15 日，轉引自《中國現代文藝資料叢刊》第 5 輯，上海：上海文藝出版社，1980 年，第 19 頁。

沒有常務委員會和常務書記。只設有書記處，設書記和組織部、宣傳部。[1]

　　根據書記處的職務設置情況，可以推知，所謂書記處其實就是秘書處。而所謂的宣傳部長和組織部長，其實就是秘書處的宣傳和組織負責人。至於魯迅的常委職務，據馮雪峰說，大約從 1930 年下半年起就不再擔任。[2] 這一說法可能也是不確切的，但魯迅在左聯初建時就不願要領導名分，應該確實不會如茅盾所言做過常委會書記。那麼，左聯常委會是否真如胡風所言不存在了呢？從胡風的說法來看，左聯常委會即便存在，也已經行事低調，作用不大了。但它應該並未取消，1935 年 10 月 25 日出版的文總機關刊《文報》第11 期，還刊載了左聯常委會發表的新的《中國左翼作家聯盟綱領草案》。常委會雖未取消（姑且假設中途未曾中斷），但常委會下設的各部門都已經轉到了秘書處，而且部門名稱也有了變動。常委會的隱匿化，最主要的原因應是其最初設置的時候便是象徵意義大於實際意義。隨著左聯組織的發展擴大，以及其他各聯盟紛紛成立、調走了不少常委，必定不能很好地發揮領導和管理的職能。再加上常委也很難經常聚會，於是處理日常行政工作的秘書處，便逐漸總攬了各項事務。秘書處何時改組難以確知，但 1931 年 5 月必已如此了。依據是 5 月下旬，馮雪峰來邀茅盾做行政書記，"那時，行政書記與'左聯'的宣傳部主任、組織部主任共三人組成秘書處"。[3] 可知彼時的秘書處結構已與改組時相同。但也有不同。茅盾說，當時秘書處下設"馬克思主義文藝理論研究會、國際文化研究會、文藝大眾化研究會"。則可知，彼時秘書處下設的三個研究會，其實仍與左聯創建時設在常委會下面的研究會相同。但1932 年 3 月改組後的秘書處，下設了三個委員會：創作批評委員會（創委）、大眾文藝委員會（眾委）、國際聯絡委員會（聯委）。差別已是頗大。而在胡風當了宣傳部長後，在宣傳部下面又設立了三個研究會，分別為理論研究

1　胡風：《胡風回憶錄》，北京：人民文學出版社，1997 年，第 20 頁。

2　馮夏熊整理：《馮雪峰談左聯》，《新文學史料》1980 年第 1 期，第 5 頁。

3　茅盾：《我走過的道路》（上），北京：人民文學出版社，1997 年，第 458 頁。

會、詩歌研究會和小說研究會。[1] 可見，左聯初期下設的研究會，具有明顯的理論化傾向，而後來建立的委員會和研究會，更加重視文學創作。

再來看左聯的執委和常委問題，如錢杏邨所言，左聯的執委會是左聯最高行政機關。但最初的執委名單，今日所知甚少，據馮雪峰回憶，第一屆執委有 13-15 人。[2] 常委自然應該都是執委。除此之外的執委人員，依據相關資料，現在僅知最初應該就有周毓英[3]、姚蓬子[4]，1930 年 5 月左右加入了胡也頻[5]，後來又加入丁玲。[6]

據金丁回憶，約在 1933 年 1 月或 2 月，左聯召開了一次改選後的執委會（可見此前進行過一次執委的改選，共選出新執委 11 人），當天上午到會的有魯迅、馮雪峰、茅盾、丁玲、周揚、樓適夷、葉以群、彭慧、李輝英和金丁。這些人理應都是左聯執委。[7] 亦可見出，當時左聯尚能召開較大規模的執委會議。但隨著左聯的發展環境越來越惡劣以及內部矛盾的加劇，這種執委會議已經越來越少了。林淡秋 1935 年冬從社聯轉入左聯，當時他和徐懋庸、何家槐三人組成了左聯的常委會。據他講，當時的左聯，內外交困，處境艱難，"組織機構很不健全"。具體表現為："常委會成員應由執行委員會選舉產

---

1 胡風：《胡風回憶錄》，第 21-22 頁。

2 參見上海師範學院圖書館資料組：《中國左翼作家聯盟組織機構資料彙錄》，《中國現代文藝資料叢刊》第 5 輯，第 87 頁。該文並且收錄了 1934 年之後的許多名左聯執委和常委名單，但許多欠缺直接證據，暫不錄。

3 周毓英：《記後期創造社》，《申報月刊》復刊第 3 卷第 5 期，1945 年 5 月 16 日，第 93 頁。周毓英的執委身份可能有問題，參見本書第二章第三節相關論述。

4 《姚蓬子脫離共黨宣言——回到三民主義旗幟下為復興民族文化努力》，《中央日報》（南京），1934 年 5 月 14 日。

5 丁玲：《關於左聯的片斷回憶》，《丁玲全集》第 10 卷，第 238 頁。

6 據王章陵：《我和共黨鬥爭的回憶》，轉引自丁玲：《魍魎世界 風雪人間——丁玲的回憶》，北京：人民文學出版社，1997 年，第 155 頁。因為並非丁玲個人回憶，所以不確定性較大。

7 金丁回憶是在 1932 年底或 1933 年初。根據會議慶祝了《子夜》的出版，可知大概召開於 1933 年的 1 月或 2 月。另外，金丁列舉參會人名時未列馮雪峰，但又說魯迅、馮雪峰等未參加晚上在旅館開的會，可知馮雪峰上午也與會了。金丁：《有關左聯的一些回憶》，《左聯回憶錄》（上），第 187 頁。

生，但因為當時沒有執委會，不得不由上級指派。上級也沒有誰參加過常委會議……盟員小組組織取消了，彼此沒有組織聯繫，連一份名單也沒有"，而且也沒有"內部刊物"。[1] 根據上三人分別是左聯秘書處的三部門負責人，亦可知其時的左聯常委會已經和秘書處在功能和人員上皆合為一體了。

左聯組織構成的另一特點，便是盟員分別編入小組，並按照區域設置區委加以管理，從而構成左聯的基層組織，近似於中共對知識分子黨員的支部管理方式。左聯的區委設置，應該參照了中共在上海的區委組織。20 世紀30 年代，中共在上海主要有滬東、滬西、滬中、法南、閘北、浦東和吳淞七個區委。1930 年 9 月至 1931 年 1 月曾短暫存在的區委有：楊樹浦、引翔、小沙渡、曹家渡、法租界、南市、虹口等。[2] 左聯盟員對左聯區委的數目說法不一，但提及的區委名稱，大體在上述範圍之內。如周鋼鳴說左聯分為三個區：東北區、滬西區和法南區。[3] 王堯山則說是滬東區、滬西區和法南區。[4] 胡風則說分為四個區：法南區、滬西區、滬東區和虹口區。[5] 任鈞則說分為閘北區、南市區、法租界。[6] 齊速說分為滬東、滬西、法南等區。[7] 但據回憶可知，左聯設置區委，應該是在其中後期了。前期左聯，人員不多，只是劃分了小組，並未設置專門的區委來管理。

在左聯全體會議這一最高權力機關之下，左聯各級行政組織機構的關係，可以用下面的簡明圖示來表現：

執行委員會——常務委員會——秘書處——專門委員會 / 區委——小組

1　林淡秋：《"左聯" 散憶》，《左聯回憶錄》（下），第 471-472 頁。

2　參見中共中央組織部等編：《中國共產黨組織史資料》第 2 卷，第 1240-1249 頁。

3　周鋼鳴：《訪問周鋼鳴談話記錄》，《魯迅及三十年代文藝問題》，第 51 頁。

4　王堯山：《憶在 "左聯" 工作的前後》，《左聯回憶錄》（上），第 307-311 頁。

5　胡風：《胡風回憶錄》，第 23 頁。

6　任鈞：《訪問任鈞談話記錄》，《魯迅及三十年代文藝問題》，第 207 頁。任鈞又曾說，分為市中區、北四川路區和法南區。參見任鈞：《關於 "左聯" 的一些情況》，《左聯回憶錄》（上），第 250 頁。

7　齊速：《我和上海左聯的一段關係》，《左聯回憶錄》（上），第 413 頁。

二、左聯黨團

　　黨團是中共在群眾團體中設置的機關，比如赤色工會、革命互濟會、反帝大同盟甚至蘇維埃等組織中都設有黨團。1927 年 4 月中共發佈的《上海市國民運動報告》便稱："凡本黨同志所參加之各種團體，應一律組織黨團。除在該團體內起黨的作用外，尤其要注意吸收革命分子入黨。"[1]1927 年 6 月通過的中國共產黨修正章程設有專門的《黨團》一章，以九則條例對黨團的功能、權限和活動方式等做了詳細規定。其中對黨團概述曰："在所有一切非黨群眾會議，及執行的機關（國民黨，國民政府，工會，農民協會等等）中，有黨員三人以上，均須組織黨團，黨團的目的，是在各方面加緊黨的影響，而實行黨的政策於非黨的群眾中。"[2]以上均指出了建立黨團的必要性和黨團的功能。然而中共規定黨團並不能干涉或包辦團體的日常行政，而只應該進行路線和策略的引導。1929 年 3 月，江蘇省委通過的《組織問題決議案提綱說明書》，便格外強調："一切黨團工作，必須在各該群眾組織之章程與決議範圍以內進行，不可妨害工農會的獨立組織和其指揮系統。"[3]所以，黨團和群眾團體的行政組織，本應有著清晰的界限。之所以要設置黨團，自然是由於政黨不可能包辦一切，而必須利用合法或半合法的群眾團體，同時引導它們的發展。[4]但在大革命失敗之後，隨著中共革命環境的日趨惡劣，加上革命激進主義也在黨內長期佔據主導地位，黨團包辦群眾團體（尤其是黨所支持創辦的群眾團體）的現象並不罕見。而中共，也意識到這種現象並不有利於革命進行，於是多次發表文件以糾正之。比如在 1929 年 12 月 24 日發佈的

1　《上海市國民運動報告》，《江蘇革命歷史文件彙集（上海市委文件）》（1927 年 3 月 -1934 年 11 月），第 4 頁。

2　《中國共產黨第三次修正章程決案》，《中共中央文件選集》第 3 冊，第 153 頁。

3　《江蘇省委擴大會議組織問題決議案提綱說明書》，《江蘇革命歷史文件彙集（省委文件）》（1929 年 3 月 -5 月），第 437 頁。

4　當時不僅共產黨，國民黨也著力在非黨團體中發展黨團，以支配其發展。參見張廷灝：《中國國民黨勞工政策的研究》，上海：大東書局，1930 年，第 76 頁。

中央第六十二號通告中，特別強調了群眾工作路線的問題，其中一項要求便是："要充分運用工會組織關係去擴大工會工作，要運用群眾組織和關係去擴大在群眾中一切活動（如反帝會罷工後援會等），使工會工作糾正過去黨團代替工會的工作形式，充分在群眾中發展工會作用"。[1] 同時強調了"正確運動公開活動的策略與爭自由的鬥爭"，指出："公開工作要與秘密工作聯繫起來，赤色工會中，黨團組織是秘密的，指導機關也應是相當秘密的。"[2] 1930 年 10 月 10 日，中共江南省委（江蘇省委改組）更是頒發了黨團工作條例，特別規定了明確黨團和群眾組織之間界限的內容："群眾組織的指導機關必須群眾選舉；黨團會議的決定，必須經群眾機關同意後，由群眾機關執行，建立群眾自己的獨立工作系統。"條例最後強調："如果同志們不嚴格執行此決定，仍發現有黨團直接決定，直接執行的現象，將被認為是組織上、政治上嚴重的錯誤，黨應該切實檢舉，並予以紀律上的處罰，從公開批評一直到撤銷工作。"[3] 以上都是對黨團在群眾組織中以黨代政行為的明令禁止。

其實，不僅對一般的群眾組織需要明確黨團的權限所在，對蘇維埃政權亦須如此。1930 年 7 月 20 日通過的中央文件對蘇維埃政權組織形式如此強調：

蘇維埃是工農群眾政權組織，與黨絕對不能相混合的，黨在政治上是領導蘇維埃，但在組織上不能直接指導和命令蘇維埃，黨只能運用在蘇維埃中的黨員起黨團作用，實現黨的領導，黨只能得到群眾的邀請，公開派代表參加蘇維埃大會，不能直接由自己經常出席蘇維埃一切會議。黨對於蘇維埃委員選舉可以擬定名單，但不能直接向群眾提出，只有在群眾中宣

1 《中央通告第六十二號——接受國際對於中國職工運動的決議案》，《中共中央文件選集》第 5 冊，第 581 頁。

2 《中央通告第六十二號——接受國際對於中國職工運動的決議案》，《中共中央文件選集》第 5 冊，第 591 頁。

3 轉引自中共江蘇省委黨史工作委員會、江蘇省檔案館編：《江蘇革命鬥爭紀略（1919-1937）》，北京：檔案出版社，1987 年，第 524-525 頁。

傳，使群眾自己接受這種意見，選舉出來。……

蘇維埃的決議與法令，當然事先要經過黨團討論與決定，然後蘇維埃中的黨員向蘇維埃提議，即或蘇維埃的決議與法令，如有修改或取消之必要時，也必經過黨團向蘇維埃提議，絕對不能由黨直接命令。[1]

之所以引述上段文字，是因為它同時最恰當地描述了左聯黨團與左聯之間所本該具有的關係。那麼，左聯黨團到底又是如何組織，如何在左聯中發揮作用的呢？它是否違背了中共三令五申的禁令呢？

擔任過早期左聯黨團書記的馮雪峰說："左聯黨團的職權是：黨的方針、政策和決定，經過文委下達到左聯，黨團討論執行。"[2] 這便似乎沒有注意黨團職能的界限，因為黨團並無在左聯中執行決策或決定的權力。但左聯在最初，還是較好地執行了中共關於黨團工作職能的規定，因此直接的行政權力十分有限。最突出的一個表現或是，被多人認定為左聯黨團第一任書記的馮乃超，晚年也留下不少回憶，但無論如何也不能回憶起自己曾做過左聯黨團書記。[3] 也曾做過早期左聯黨團書記的錢杏邨對此做出了解釋，並具體論述了左聯黨團的職能：

乃超那時好像剛入黨不久，最初我們常在一起商量事，他常來通知我開會或轉告文委有什麼指示，開會時常碰見他。我們現在把左聯黨團書記的職權理解得過高，這個 "書記" 與我們今天某機關黨委書記的情況還不太一樣。……左聯黨團書記的主要任務是聯繫文委與左聯常委，起個橋樑作用，不象現在某機關黨委書記權力大，左聯的大事都得經過左聯常委會（或常委會中的黨員），再到文委。當時左聯領導散居各處，黨內同志

---

1 《目前政治形勢與黨的組織任務》，中央檔案館編：《中共中央文件選集》第 6 冊，北京：中共中央黨校出版社，1989 年，第 216-217 頁。

2 馮夏熊整理：《馮雪峰談左聯》，《新文學史料》1980 年第 1 期，第 6 頁。

3 馮乃超：《左聯成立前後的一些情況》，《馮乃超研究資料》，第 44 頁。

的住處一般也是相互保密的，只很少人知道。需要有一個專職的同志來聯繫。文委安排誰擔任左聯黨團書記，一方面看工作需要，同時也看各人的情況。例如，乃超在左聯成立的第二年就被調走做黨的其它工作了。[1]

　　如此不難看出，左聯黨團在最初確實嚴格履行了“中介”的職能。但情況很快就發生了變化。錢杏邨也指出，當文總成立之後，文委關注左聯的力量分散了很多，因而“左聯領導的擔子更重，獨立作戰的機會也更多了。這時左聯黨團書記的職權相對說比剛成立時要大”。[2]意思也就是，左聯不再能夠十分直接和便利地獲得文委的指導，因而黨團的活動空間被大大釋放。當然，這一形勢的造成，或許更重要的原因在於政治環境的惡化，這使得左聯與中共的聯繫渠道變得日益不暢，而左聯自身也開始收容各地失散了組織關係的黨員，其結果便是，黨團逐漸變成了黨支部。1930 年 6 月加入左聯的林煥平，曾分析這一現象生成的原因：

　　“左聯”是在共產黨領導之下活動的，因而它有個“左聯”黨組，並且以黨代政，幾乎就是以黨組代替了執行委員會。這與客觀環境也有一定關係，執委會人較多，開會不易。……“左聯”還有黨員小組。我那個黨小組的成員是葉以群、任鈞、穆木天和我。以群是代表上級組織參加我們的小組，作上下聯繫的橋樑的。[3]

　　林煥平這段話揭示的一個重要的信息，便是左聯黨團已然變成黨支部，承擔起了領導黨小組的任務。曾擔任過左聯黨團書記的丁玲也有類似回憶：

1　吳泰昌記述：《阿英憶左聯》，《新文學史料》1980 年第 1 期，第 20 頁。

2　吳泰昌記述：《阿英憶左聯》，《新文學史料》1980 年第 1 期，第 21 頁。

3　林煥平：《從上海到東京——中國左翼作家聯盟活動雜憶》，《左聯回憶錄》（下），第 671 頁。林煥平所言的“黨組”係“黨團”後起的稱呼，參見本書第四章第一節。

一九三二年二三月份我入了黨，在一九三二年底或一九三三年初，擔任了左聯黨團書記。那時，我們這些人黨的組織關係沒有劃歸街道支部，左聯不設黨支部，只設黨團。參加左聯的黨員的組織關係，個別的也有劃歸街道支部的，有的黨員黨齡比我長，也參加到街道支部過組織生活。這是根據個人的工作狀況與社會影響而決定的。……如果把我編到街道支部的話，在白色恐怖的環境下，萬一發生意外，容易影響工作及組織和同志們安全，所以就在左聯的黨團內過組織生活。[1]

　　丁玲指出了白色恐怖是左聯黨團權力擴大的直接因素，因此，左聯雖然"不設黨支部"，但顯然與黨支部已無多少區別。還應該考慮到的是，左聯作為半公開的群眾團體，組織一直未遭完全破壞，而到了1932年之後，中共在上海從基層到中央的組織被破壞殆盡，許多盟員也就只能在左聯內部組成黨小組過組織生活了。而且，左聯黨團還具有了發展黨員的權限。如劉芳松所言："我和李岫石由於是'左聯'黨團發展的黨員，編入'左聯'黨團過黨的組織生活。……'左聯'黨團的集會同時也是一次黨組織生活會。"[2] 發展黨員的權限，不論是在1927年6月由中共中央政治局會議通過的黨章中，還是在1928年7月由中共六大通過的黨章中，黨團都不具備。[3] 不僅左聯黨團無權發展黨組織，其領導機關中央文委本來也不從事黨的組織工作，但是"自中央局和省委破壞後，周揚、夏衍他們便把黨的組織也管起來了，自行吸收黨團員"。[4] 當然，從黨團權限的擴大，尚不能推斷出其必然會"侵蝕"左聯行政機

1　丁玲：《入黨前後的片斷回憶》，《丁玲全集》第 10 卷，第 250 頁。

2　劉芳松：《"左聯" 回憶片斷》，中國左翼作家聯盟成立大會會址紀念館、上海魯迅紀念館編：《"左聯" 紀念集：1930-1990》，上海：百家出版社，1990 年，第 45 頁。

3　參見《中國共產黨第三次修正章程決案》，《中共中央文件選集》第 3 冊，第 153-154 頁；《中國共產黨黨章》，《中共中央文件選集》第 4 冊，第 153-154 頁；第 481-482 頁。另外參見汪紀明：《文學與政治之間：文學社團視野中的左聯及其成員》，北京：中國社會科學出版社，2012 年，第 130-131 頁。

4　《馮雪峰同志關於魯迅、"左聯" 等問題的談話》，《魯迅研究資料》（2），第 167 頁。

構，因為其擴大的權限，很多集中在黨內事務方面。但隨著左聯黨團決策自主性的增強，其獨立意志將逐漸突顯，加上黨團成員多係左聯骨幹，因而必然導致的結果，便是左聯的行政系統被黨團意志統攝，甚至行政系統和黨團在組織上的界限也逐漸模糊。比如在周揚時期，其一身便兼黨團與行政（宣傳部長）之二任。1934 年下半年開始任左聯組織部長的王堯山，也回憶說："'左聯'的日常工作都由黨團成員負責。"[1] 而茅盾則多次感嘆："中國左聯自始就有一個毛病，即把左聯作為'政黨'似的辦。"[2] 其實，這一現象在左聯中尚不算嚴重。如社聯，在其第一任主席鄧初民（非黨員）被開除後，主席職務被廢除，此後基本上由黨團直接領導；其外圍組織社會科學研究會，黨團和行政一直都是合一的。[3] 而長期擔任左聯行政書記的，如茅盾、胡風、徐懋庸，在任時均非黨員。

三、左聯組織機構及相關人員遞變彙考

左聯組織機構及相關負責人員和參與人員在左聯六年間的遞變，可謂繁複異常、歧見紛紜。為明晰起見，本節將在以上梳理的基礎上，列表以為彙考。此前已有不少研究者做過這類工作，但仍存在一些缺失甚至錯誤；雖然想完全避免錯誤並不現實，但本節的製表工作，將完全遵循無徵不信的原則，對相關史料細加考辨，以求盡可能準確地還原左聯的組織形態。鑒於表格包含內容較多，將分為多個來呈現。[4]

---

1 王堯山：《憶在"左聯"工作的前後》，《左聯回憶錄》（上），第 310 頁。

2 茅盾：《關於"左聯"》，《左聯回憶錄》（上），第 149 頁。

3 參見徐素華：《中國社會科學家聯盟史》，北京：中國卓越出版公司，1990 年，第 58 頁及前後相關論述。

4 為便於表格呈現，表格中注釋使用尾注。要說明的是，表格中的年份劃分，除非姓名後精確標示，一般是就大致而言。

表一　　左聯中央組織

	執委 [1]	常委	黨團		秘書處 [2]			
			書記	成員	書記 [8]	組織	宣傳	編輯 [3]
1930	周毓英、姚蓬子、胡也頻、柔石 [4]	沈端先、馮乃超、錢杏邨、魯迅、鄭伯奇、田漢、洪靈菲、周全平（候補）、蔣光慈（候補）、柔石	馮乃超 1930.3-1930.11 [5]	王任叔 [6]、沈端先、陽翰笙、錢杏邨 [7]	周全平 [8]			柔石 [9]
1931	丁玲		陽翰笙 1930.11-1931.2 [10]、馮雪峰 1931.2-1932.3	沈端先、陽翰笙、錢杏邨、彭慧 [11]	茅盾 1931.5-1931.10			
1932			錢杏邨 1932.4-1932.5、耶林 1932.5-1932 年底 [12]、丁玲 1932 年底-1933.5 [13]	樓適夷 1931-1932 [14]、穆木天、彭慧、葉以群、周文 [15]、沈端先、錢杏邨 [16]	丁玲 [17]	丁玲 [18]、葉以群 [19]	樓適夷 1931-1932 [20]	汪飆 1932-1934 [21]
1933	魯迅、茅盾、丁玲、周揚、樓適夷、葉以群、李輝英、金丁、馮雪峰 [22]	魯迅、茅盾、周揚、彭慧、沙汀（夏秋之交、常委會秘書）[23]	周揚 1933.5-1935	周揚、林伯修、森堡（任鈞）[24]、沈端先、彭慧 [25]	茅盾 1933.2-1933.10 [26]、周揚、秦……1933.10 [27]	周揚（短）1933.5-1934 年上半年 [28]	穆木天 [29] 1933.8-1933.10、周揚 1933.10-約 1934 年初 [30]	周文 [31]
1934	魯迅、茅盾、周揚、沈端先、陽翰笙、艾蕪、沙汀、夏征農、周文、胡風、任白戈 [32]	周揚、胡風、周文 [33]、魯迅（書記）、田漢、沙汀、任白戈 代理書記 1934 年秋-1935.2 [34]		周揚、周文、林伯修 [35]、王堯山 1934 年秋- [36]、彭柏山 [37]	胡風 1933.10-1934.10 [38]、任白戈 1934.10-1935 年初夏 [39]	周文 約 1934 年初-1934.9 [40]、王堯山 1934 年秋-1935 夏秋間 [41]	任白戈 約-1934.10 初 [42]、楊潮 1934.10-? [43]、徐懋庸 [44]	
1935	林淡秋、徐懋庸、何家槐 [45]、沙汀、周立波、王淑明、梅益 [46]			周揚	徐懋庸 1935 年初夏- [47]	何家槐 1935 年夏秋間 [48]	林淡秋、梅益 [49]、王淑明 1935.9- [50]	

表二　左聯各研究會與委員會

分表 1

	馬克思主義文藝理論研究會[51]	國際文化研究會[54]	文藝大眾化研究會	創作批評委員會（創委）[52]	大眾文藝委員會（眾委）[53]		國際聯絡委員會（聯委）
					負責人[56]	成員	
1930		夏衍[54]	張天翼 1931秋-1932[55]	（不存在）			（不存在）
1931					（1931年出現[56]）		
1932	（似不存在）			穆木天（召集人）、金丁、沈起予、金奎光、楊騷、葉紫、周文、何家槐[58]	馮雪峰 1932[59]、吳奚如、彭柏山[60]、丁玲[61]	徐平羽、何家槐[62]、艾蕪 1932-1933[63]、徐平羽、陳大戈、吳奚如、彭柏山 1934[64] 金奎光、杜君慧[65]、周文[66]	
1933				丁玲（召集人）、林煥平[67]、盧森堡[68]、關露（負責人，短）[69]			
1934							
1935							

分表 2

	學生文藝活動委員會[70]	理論研究會[71]	詩歌研究會	小說研究會
1930	錢杏邨（最初負責人）[72]、王任叔 1930-1931[73]、丁玲 1932、葉以群 1932-1934[74]、劉芳松 1932[75]、金丁 1933[77]、謝某（疑彭柏山）夏征農 1933-1934[78]	（不存在）		
1931				
1932				
1933		韓起（負責人）[79]、聶紺弩、任白戈[79]、祝秀俠 1933[80]、周鋼鳴、夏征農[81] 1934：組長、楊潮、魏猛克、徐懋庸克、徐懋庸[81]	穆木天（負責人）、盧森堡（負責人）、蒲風、楊騷[82]、白曙[83]、王亞嘉、杜談[84]	何家槐 1933-1934[85]、歐陽山（負責人）[86]、周文、草明、沙汀[87]、艾蕪、楊潮、葉紫、楊剛[88][89]
1934				
1935				

表三　左聯區委組織及相關人員

	滬東（北）區委[90]			滬西區委[91]			法南區委[92]		
	書記	成員	文藝大眾化工作委員會	書記	成員	文藝大眾化工作委員會	書記	成員	文藝大眾化工作委員會
1932	周文、彭柏山[93]	汪侖 1932-1934[94]、何家槐 1933-35[95]	風斯 1932[98]、艾蕪、周鋼鳴、尹庚、蔡夏瑩、蘇華、林耶、甘瀍[99]	王塵無、葉紫、張士曼[100]	王堯山、張士曼、王塵無、葉紫、蘇華[101]	王堯山、王塵無、蔣弼[102]	尹庚、彭柏山、徐平羽[103]、吳奚如、何家槐、齊速[104]	黃新波[105]、周文、彭柏山、王堯山[106]	吳奚如、陳克寒、葉紫、齊速、勇餘[107]
1933	周鋼鳴、尹庚[108]、	周鋼鳴、莊啓東、齊速 1934、趙							
1934	譚林通[109]、	卓、蘇華[97]							
1935	何家槐 1934-1935[110]								

146

　　由於左聯人數眾多，組織機構也缺乏穩定性，而留存下來的組織資料又極度匱乏，以上表格內容還談不上十分完善，肯定存在不少紕漏，但已然可以較清晰地看出左聯組織系統自成立以至結束的發展脈絡。

1　常委一般必為執委，故第一屆常委不列入執委，但因其後名單極不確定，執委名單全列。

2　秘書處隸屬於常委會。該會在最初情形不詳，似乎僅設立一個秘書長職務（周全平擔任）。左聯常委會最初下設宣傳、組織、編輯三部。這三部似乎並不歸秘書處管理。至 1931 年間，左聯改組，由秘書處下轄書記、組織和宣傳三部。單獨的編輯部可能已不存在。

3　此部情形不詳，可能不久後即被改編，以下收入左聯負責出版印刷的人員。

4　柔石被選為執委並加入常委會，參見魯迅：《柔石小傳》，《魯迅全集》第 4 卷，第 286 頁。有資料認為陽翰笙也是第一屆執委，但未見直接證據。參見上海師範學院圖書館資料組：《中國左翼作家聯盟組織機構資料彙錄》，《中國現代文藝資料叢刊》第 5 輯，第 87 頁。

5　馮夏熊整理：《馮雪峰談左聯》，《新文學史料》1980 年第 1 期，第 6 頁；夏衍：《懶尋舊夢錄》，第 140 頁。

6　王任叔：《自傳》，《新文學史料》1986 年第 3 期，第 133 頁。

7　上三人據馮雪峰：《關於"左聯"》，《馮雪峰全集》第 9 卷，第 334 頁。

8　馮夏熊整理：《馮雪峰談左聯》，《新文學史料》1980 年第 1 期，第 5 頁。

9　據《前哨·紀念戰死者專號》所載《被難同志傳略》，柔石曾任出版部主任。參見《前哨》第 1 卷第 1 期，1931 年 4 月 25 日，第 7 頁。另參見林淡秋：《"左聯"散憶》，《左聯回憶錄》（下），第 471 頁。

10　馮夏熊整理：《馮雪峰談左聯》，《新文學史料》1980 年第 1 期，第 5 頁。陽翰笙去文總時間參見季楚書：《紀念"左聯"，緬懷戰友》，《左聯回憶錄》（上），第 207 頁。

11　上四人據馮雪峰：《關於"左聯"》，《馮雪峰全集》第 9 卷，第 334 頁。時間係 1931 年 2 月後。

12　耶林依據陽翰笙的回憶，引自張以謙：《耶林在"左聯"前後的文學創作介紹》，張以謙、蔡萬江編：《耶林紀念文集》，濟南：山東文藝出版社，1988 年，第 117 頁；丁玲自述接替的是錢杏邨，並否認耶林曾在她之前任黨團書記，但接替的時間她自己所說也不盡一致，或說 1932 年下半年，或說 1932 年底，或說 1933 年初，參見丁玲：《關於左聯的片斷回憶》、《一點補正》、《入黨前後的片斷回憶》，《丁玲全集》第 10 卷，第 242 頁、第 245 頁、第 250 頁。本表取其中。丁玲記不清耶林，或是因為耶林任職時間短，離開倉促，丁玲未從他手中交接工作，而聯繫的是錢杏邨。在錢杏邨和丁玲之間，基本上可以確定存在一個時間空檔，所以耶林曾任職黨團書記的可能性很大。以上關於左聯黨團成員的考證可參見周國偉：《"左聯"組織系統史實考》，中國左翼作家聯盟成立大會會址紀念館編：《左聯論文集》，上海：百家出版社，1991 年，第 233-234 頁。

13　王增如、李向東編：《丁玲年譜長編》（上），天津：天津人民出版社，2006 年，第 84 頁。

14 參見樓適夷：《我談我自己》，上海魯迅紀念館、人民文學出版社編：《樓適夷同志紀念集》，北京：人民文學出版社，2005 年，第 9 頁。

15 上四人據丁玲：《關於左聯的片斷回憶》，《丁玲全集》第 10 卷，第 242 頁。時間在丁玲任職期間。

16 上二人參見馮夏熊整理：《馮雪峰談左聯》，《新文學史料》1980 年第 1 期，第 5 頁。彭慧亦參見此文。

17 丁玲説自己做過書記處書記，推斷約在 1932 年其任黨團書記之前。丁玲：《我的自傳》，《丁玲全集》第 10 卷，第 251 頁。

18 丁玲曾負責，但不詳是否為部長。參見《秘書處關於競賽工作的一封信》（1932 年 3 月 13 日），《秘書處消息》第 1 期，1932 年 3 月 15 日，轉引自《中國現代文藝資料叢刊》第 5 輯，第 27 頁。

19 草明和周而復都説，葉以群為組織部長。但據《秘書處關於競賽工作的一封信》對葉以群工作內容的規定，完全未涉及組織部，可知葉以群倘曾任組織部長，當在 1932 年 3 月之後。參見草明：《被遺忘的一位 “左聯” 成員》，《 “左聯” 紀念集：1930-1990》，第 142 頁；周而復：《勝利的微笑——懷以群》，收入以群：《以群文藝論文集》，上海：上海文藝出版社，1983 年，第 47 頁。艾蕪也曾回憶，葉以群在左聯做組織工作，是丁玲的 “好助手”。參見艾蕪：《病中隨想錄》，上海：上海書店出版社，1996 年，第 95 頁。

20 參見《秘書處關於競賽工作的一封信》，其中説樓適夷的競賽工作標準是 “負責建立宣傳部”。和其他人的工作標準相參照，可知其後應該少了 “工作” 二字。宣傳部應該不是樓適夷負責建立。載《秘書處消息》第 1 期，1932 年 3 月 15 日，轉引自《中國現代文藝資料叢刊》第 5 輯，第 29 頁。在當時，樓適夷確實負責宣傳部工作，他自己的表述是 “管宣傳”，參見其《我談我自己》，《樓適夷同志紀念集》，第 9 頁。樓適夷年譜編訂者定其職位為 “副部長”，或係樓適夷親自表述。參見黃煒：《樓適夷革命生涯——樓適夷編年》，《樓適夷同志紀念集》，第 376 頁。

21 汪侖自述在左聯秘書處機關從事秘密印刷工作。汪侖：《 “左聯” 生活雜記》，《 “左聯” 紀念集：1930-1990》，第 112 頁。

22 金丁：《有關左聯的一些回憶》，《左聯回憶錄》（上），第 187 頁。

23 沙汀並非常委，權列此處。常委會秘書一職，應係臨時設置。據沙汀自述，參見上海師範學院圖書館資料組輯：《 “左聯” 盟員談 “左聯”——部分 “左聯” 盟員來函輯錄》，《中國現代文藝資料叢刊》第 5 輯，第 138 頁。

24 任鈞：《關於 “左聯” 的一些情況》，《左聯回憶錄》（上），第 248 頁。

25 上二人參見馮夏熊整理：《馮雪峰談左聯》，《新文學史料》1980 年第 1 期，第 5 頁。

26 茅盾：《關於 “左聯”》，《左聯回憶錄》（上），第 149 頁。

27 任鈞：《關於 “左聯” 的一些情況》，《左聯回憶錄》（上），第 248 頁。關於周揚的任職時間係推斷。

28 任鈞：《關於 “左聯” 的一些情況》，《左聯回憶錄》（上），第 248 頁；胡風：《胡風回憶錄》，第 29 頁。

29 據艾蕪：《病中隨想錄》，第 96 頁。時間為大致推斷。據《申報》載《三左聯盟員發表脫離關係宣言》，稱穆木天 1932 年加入左聯，1933 年任職上海東北區委組織部，同年 10

月間，任常委宣傳部幹事，11 月調任常委組織部幹事。《申報》，1934 年 9 月 26 日，第
10 版。任職經歷應該大體可靠，時間或許有偏差。

30　胡風：《胡風回憶錄》，第 23 頁。據胡風回憶，周揚任職期間，宣傳工作由胡風兼管。大
　　概直到任白戈就職。另參見鄭育之：《回憶"左聯"的一些情況》，《左聯回憶錄》（上），
　　第 301 頁。

31　此時編輯部應該已經不存在，周文承擔的是左聯印刷物的油印工作。

32　任白戈：《我在"左聯"工作的時候》，《左聯回憶錄》（上），第 371 頁。據任白戈說，選
　　出執委 20 多人。

33　鄭育之：《回憶"左聯"的一些情況》，《左聯回憶錄》（上），第 301 頁。

34　上三人據任白戈：《我在"左聯"工作的時候》，《左聯回憶錄》（上），第 371 頁、第 376
　　頁。據任白戈說，魯迅未參加常委會。

35　上三人據鄭育之：《回憶"左聯"的一些情況》，《左聯回憶錄》（上），第 301 頁。但鄭育
　　之說林伯修係文委派來指導的，林伯修此時確是文委成員，是否同時兼為左聯黨團成員，
　　不得而知。

36　王堯山：《魯迅·周揚·胡風》，《"左聯"紀念集：1930-1990》，第 97 頁。

37　參見吳奚如：《左聯大眾化工作委員會的活動》，《左聯回憶錄》（上），第 339 頁。

38　參見胡風：《胡風回憶錄》，第 32 頁；馬蹄疾：《胡風傳》，成都：四川人民出版社，1989
　　年，第 286-287 頁。馬蹄疾直接把胡風的任職時間定為 10 月，依據的應該是茅盾 10 月
　　離職，這個時間未必可靠。但茅盾、周揚、胡風的順序應該沒問題，周揚兼職時間應該很
　　短。

39　任白戈：《我在"左聯"工作的時候》，《左聯回憶錄》（上），第 375-378 頁。任白戈回憶
　　自己是 1935 年夏卸任書記，徐懋庸則回憶是 1935 年春，此處取其中。

40　周七康：《周文年表》，張大明編：《情鍾大眾——周文紀念暨學術討論會論文集》，北京：
　　中國文聯出版公司，1996 年，第 297 頁。

41　王堯山：《憶在"左聯"工作的前後》，《左聯回憶錄》（上），第 310 頁、第 312 頁。

42　胡風：《胡風回憶錄》，第 29 頁；任白戈：《我在"左聯"工作的時候》，《左聯回憶錄》
　　（上），第 371-375 頁。據任白戈回憶，其任職時，宣傳部有幹事，為魏猛克、楊潮、蘇靈
　　揚、胡壽華等。同上書，第 373 頁。魏猛克和蘇靈揚，參見魏猛克：《回憶左聯》，《左聯
　　回憶錄》（上），第 390 頁；蘇靈揚：《一個不是作家的"左聯"盟員的回憶》，王蒙、袁
　　鷹編：《憶周揚》，呼和浩特：內蒙古人民出版社，1998 年，第 52 頁。

43　王堯山：《憶在"左聯"工作的前後》，《左聯回憶錄》（上），第 310 頁。

44　據徐懋庸回憶，其任宣傳部長是 1934 年秋，參見《徐懋庸回憶錄》，北京：人民文學出版
　　社，1982 年，第 78 頁。推斷其任職至次年初。

45　據林淡秋回憶，此時期左聯執委已不存在。林淡秋：《"左聯"散憶》，《左聯回憶錄》（下），
　　第 472 頁。徐懋庸進入常委是在 1934 年 8 月之後，參見《徐懋庸回憶錄》，第 78 頁。

46　徐懋庸：《徐懋庸回憶錄》，第 191 頁。

47　徐懋庸：《徐懋庸回憶錄》，第 78 頁。

48　徐懋庸回憶自己接任任白戈的書記職務時，何家槐是組織部長，參見《徐懋庸回憶錄》，第
　　191 頁；王淑明說，自己任宣傳部長時，何家槐為組織部長，參見王淑明：《我與"左聯"

二三事》,《左聯回憶錄》(下),第 444 頁。則可推斷何家槐任職時間在 1935 年,應該是接的王堯山的班。但也有資料顯示,何家槐 1934 年春任左聯組織部長,參見王玉清:《我參加"左聯"的前後經過》,《"左聯"紀念集:1930-1990》,130 頁。這一説法自然有問題,但齊速回憶,何家槐 1934 年春末夏初升任左聯組織部副部長。左聯存在副部長的説法很少見。但二者結合考慮,或許左聯各部當時確曾有副部長之設,而何家槐已經在組織部做領導工作。

49 上二人據《徐懋庸回憶錄》,第 191 頁。據徐懋庸回憶,林淡秋任宣傳部長的時間在 1935 年夏,與其任秘書長、何家槐任組織部長同時,而梅益稍後。推斷二人任職時間,分別約為 1935 年初至初夏和 1935 年夏。

50 王淑明:《我與"左聯"二三事》,《左聯回憶錄》(下),第 444 頁。王淑明説是 1934 年秋因夏征農去廣西接替了其宣傳部長職務,但夏征農説自己未擔任過左聯職務,參見夏征農:《參加"左聯"前後》,《"左聯"紀念集:1930-1990》,第 70 頁。根據夏征農去廣西的時間,王淑明任宣傳部長應該為 1935 年 9 月。參見夏征農:《關於廣西師專》,《廣西黨史研究通訊》1992 年第 5-6 期。據任白戈回憶,徐懋庸約在 1934 年底至 1935 年為宣傳部幹事,活動積極,夏征農在此時也做了許多組織和宣傳工作。參見任白戈:《我在"左聯"工作的時候》,《左聯回憶錄》(上),第 377 頁。徐懋庸明確説,王淑明在林淡秋和梅益之後,參見《徐懋庸回憶錄》,第 191 頁。另據王淑明説,當他任職時,常接觸林淡秋和梅益等人,但是二人"都不參加領導小組,也沒有擔任宣傳部名義上的任何工作"。參見《左聯回憶錄》(下),第 445-446 頁。據此,也可知二人當在王淑明之前。王淑明之所以回憶接班夏征農而非梅益,當是由於夏征農其時在宣傳部也承擔較多責任。

51 以下三個研究會是左聯初創時設立,約在 1932 年 3 月被取消。

52 創委、眾委和聯委,係 1932 年 3 月 9 日左聯改組後創建。參見《關於左聯改組的決議》,《秘書處消息》第 1 期,1932 年 3 月 15 日。

53 亦常被稱作文藝大眾化委員會、工農教育委員會等。

54 夏衍:《懶尋舊夢錄》,第 102 頁。據夏衍説,馬克思主義文藝理論研究會、國際文化研究會和文藝大眾化研究會都沒有形成組織,只有個人活動。

55 據張天翼自述,參見《"左聯"盟員談"左聯"——部分"左聯"盟員來函輯錄》,《中國現代文藝資料叢刊》第 5 輯,第 138 頁。

56 據 1930 年 10 月 25 日的左聯《秘書處通告》,可知其時存在"大眾文學委員會",應該就是大眾文藝委員會,當非"文藝大眾化研究會"。但該委員會何時成立,不得而知。參見《文學導報》第 1 卷第 6-7 期合刊,1931 年 10 月 23 日(愆期),第 29 頁。

57 上四人據金丁:《有關左聯的一些回憶》,《左聯回憶錄》(上),第 185-196 頁。據金丁回憶,穆木天和沈起予 1932 年後離開創委。其他人不詳。

58 上六人據任鈞:《關於"左聯"的一些情況》,《左聯回憶錄》(上),第 247 頁。

59 《秘書處關於競賽工作的一封信》,《秘書處消息》第 1 期,1932 年 3 月 15 日,轉引自《中國現代文藝資料叢刊》第 5 輯,第 28 頁。

60 歐陽山:《訪問歐陽山談話記錄——關於左聯的一些情況》,《魯迅及三十年代文藝問題》,第 40 頁;任鈞:《關於"左聯"的一些情況》,《左聯回憶錄》(上),第 249 頁。歐陽山回憶吳奚如為負責人,任鈞則回憶吳奚如和艾蕪都曾是負責人。雖然二人都提及吳奚如,但吳奚如並未提到自己曾為 "眾委負責人"，反而説彭柏山是領導。參見吳奚如：《左聯大眾化工作委員會的活動》，《左聯回憶錄》（上），第 339 頁。為謹慎起見，此處並列吳奚如和彭柏山。

61 艾蕪等多位作家都回憶丁玲領導 "眾委"，但是以具體負責人、還是以黨團書記的身份領導，不能確定。參見艾蕪自述，《 "左聯" 盟員談 "左聯"——部分 "左聯" 盟員來函輯錄》，《中國現代文藝資料叢刊》第 5 輯，第 136 頁。

62 上二人據吳奚如：《左聯大眾化工作委員會的活動》，《左聯回憶錄》（上），第 337 頁。

63 金丁：《有關左聯的一些回憶》，《左聯回憶錄》（上），第 194 頁。

64 上四人據吳奚如：《左聯大眾化工作委員會的活動》，《左聯回憶錄》（上），第 339 頁。

65 艾蕪、金奎光、杜君慧均據艾蕪：《病中隨想錄》，第 32 頁。此三人的時間大概為 1932-1933 年。

66 丁玲：《關於左聯的片斷回憶》，《丁玲全集》第 10 卷，第 243 頁。

67 上二人據金丁：《有關左聯的一些回憶》，《左聯回憶錄》（上），第 185 頁、第 196 頁。丁玲接手約在 1932 年底或下半年。

68 據《申報》載《又一共黨脱離左聯》，盧森堡 1933 年 7 月進入創委。《申報》，1934 年 5 月 25 日，第 11 版。但這與盧森堡的回憶不符，錄以存疑。

69 關露在丁玲 1933 年 5 月 14 日被捕後接替其負責人工作，不久後轉入詩歌研究會。參見關露：《左聯瑣憶及其他》，《中國現代文藝資料叢刊》第 6 輯，上海：上海文藝出版社，1981 年，第 102 頁。

70 名稱據陽翰笙：《風雨五十年》，第 136 頁；楊織如：《壽南北兩 "左聯" 六秩》，《 "左聯" 紀念集：1930-1990》，第 24 頁。陽翰笙還説可能叫文藝研究指導委員會，當是受文藝研究會名稱的影響。文藝研究會，簡稱 "文研"，最初係受左聯指導的平行群眾團體，以青年學生為活動對象，為左聯培養後備人才（與社聯相對的也有 "社研"）。具體何時成立不詳。韓托夫曾回憶，1930 年 "正月"（若為農曆正月，則係 1 月底至 2 月）奉黨的命令於上海中華藝術大學成立上海文藝研究會，由他擔任主席，活動至左聯成立後，無形解散。參見韓托夫：《一個共產黨員眼中的魯迅先生》，《文藝報》1956 年第 19 期，第 28 頁。此上海文藝研究會，或為文藝研究會之萌芽。據説約在 1932 年春，文研併入左聯。參見王學文：《關於 "左聯" 的點滴回憶》，《文教資料簡報》1980 年第 4 期，第 37-38 頁。左聯常常決議加強對文研的組織和領導，比如 1932 年 3 月 9 日通過的《關於左聯目前具體工作的決議》，對此多有強調，參見《左聯秘書處消息》第 1 期，1932 年 3 月 15 日。而具體負責領導文研的左聯機關，應該就是學生文藝活動委員會。陽翰笙回憶的 "文藝研究指導委員會" 這一名稱，也約略透露出 "委員會" 之於文研的指導關係。故此，本表同時列入曾參與文藝研究會工作的人員。

71 以下三個研究會是胡風任宣傳部長時在宣傳部下設立。

72 陽翰笙：《風雨五十年》，第 136 頁；樓適夷自述，《中國現代文藝資料叢刊》第 5 輯，第 145 頁。

73 王任叔：《自傳》，《新文學史料》1986 年第 3 期，第 133 頁。係擔任學生文研工作。

74 上二人據《秘書處關於競賽工作的一封信》，《秘書處消息》第 1 期，1932 年 3 月 15 日，轉引自《中國現代文藝資料叢刊》第 5 輯，第 27 頁、第 29 頁。

75 在文研從事文藝大眾化工作，參見劉芳松：《"左聯"回憶片斷》，《"左聯"紀念集：1930-1990》，第 46 頁。

76 據季楚書回憶。根據謝某愛人為靜子（覃曉晴），可知多半為彭柏山。季楚書：《紀念"左聯"，緬懷戰友》，《左聯回憶錄》（上），第 209 頁。

77 金丁：《有關左聯的一些回憶》，《左聯回憶錄》（上），第 191-192 頁。金丁似僅間接參與了文研的工作。

78 夏征農：《參加"左聯"前後》，《"左聯"紀念集：1930-1990》，第 70-71 頁。夏征農似亦只是間接參與。

79 上三人據胡風：《胡風回憶錄》，第 22 頁。韓起是負責人及任白戈，參見任白戈：《我在"左聯"工作的時候》，《左聯回憶錄》（上），第 371 頁。但歐陽山說任白戈是負責人，參見歐陽山：《訪問歐陽山談話記錄 —— 關於左聯的一些情況》，《魯迅及三十代文藝問題》，第 40 頁。

80 任白戈：《我在"左聯"工作的時候》，《左聯回憶錄》（上），第 371 頁。

81 上五人據徐懋庸：《徐懋庸回憶錄》，第 191 頁。時間均在 1934 年。

82 上三人據胡風：《胡風回憶錄》，第 22 頁。穆木天和任鈞是負責人，參見歐陽山：《訪問歐陽山談話記錄——關於左聯的一些情況》，《魯迅及三十年代文藝問題》，第 40 頁。

83 上二人據白曙：《訪問白曙談話記錄 —— 關於左聯》，《魯迅及三十年代文藝問題》，第 45 頁。

84 上二人以及盧森堡、蒲風、柳倩，參見王蕾嘉：《我是怎樣參加"左聯"的》，《文教資料簡報》1980 年第 4 期，第 40 頁。據其時蒲風出版《茫茫夜》，可知在 1934 年 4 月前後。

85 歐陽山：《訪問歐陽山談話記錄 —— 關於左聯的一些情況》，《魯迅及三十年代文藝問題》，第 43 頁。

86 歐陽山：《訪問歐陽山談話記錄 —— 關於左聯的一些情況》，《魯迅及三十年代文藝問題》，第 40 頁，歐陽山是負責人及沙汀、艾蕪、草明、何家槐、楊騷，亦參見此文；周揚：《訪問周揚談話記錄——關於兩個口號論爭問題》，《魯迅及三十年代文藝問題》，第 87 頁。

87 上三人據胡風：《胡風回憶錄》，第 22 頁。歐陽山、沙汀、草明，另參見草明：《"左聯"回憶片斷》，《左聯回憶錄》（上），第 369 頁。

88 上四人據草明：《"左聯"回憶片斷》，《左聯回憶錄》（上），第 369 頁。

89 楊剛以及沙汀、葉紫、歐陽山、草明、楊騷、楊潮，參見沙汀自述，《中國現代文藝資料叢刊》第 5 輯，第 138 頁。

90 多數人都回憶是滬東區，周鋼鳴、白曙則回憶為滬東北區。據王堯山回憶，滬東區委包括楊樹浦、虹口和閘北，以及暨南大學和復旦大學。王堯山：《憶在"左聯"工作的前後》，《左聯回憶錄》（上），第 310 頁。另外還包括光華大學，參見莊啓東：《我參加"左聯"時期文學活動的回憶片斷》，《左聯回憶錄》（上），第 407 頁。虹口歸滬東區委管，另參見齊速：《我和上海左聯的一段關係》，《左聯回憶錄》（上），第 413 頁。

91 據王堯山回憶，滬西區委包括普陀、長寧、西郊和南京路。王堯山：《憶在"左聯"工作的前後》，《左聯回憶錄》（上），第 310 頁。

92 據王堯山回憶，法南區委包括法租界和南市。王堯山：《憶在"左聯"工作的前後》，《左聯回憶錄》（上），第 311 頁。

93 上二人據白曙：《難忘的往事》，《左聯回憶錄》（上），第 279 頁。

94 汪俞：《"左聯"生活雜記》，《"左聯"紀念集：1930-1990》，第 112 頁。汪俞記憶中為東北區委。

95 周鋼鳴：《訪問周鋼鳴談話記錄——關於左聯的有關情況》，《魯迅及三十年代文藝問題》，第 48 頁。

96 莊啓東 1934 年下半年參加該區委，周鋼鳴是組織委員，莊啓東是宣傳委員。周文常來指導。莊啓東：《我參加"左聯"時期文學活動的回憶片斷》，《左聯回憶錄》（上），第 405 頁。

97 齊速：《我和上海左聯的一段關係》，《左聯回憶錄》（上），第 418 頁、第 423 頁。

98 風斯（劉芳松）回憶其與艾蕪均在楊樹浦區委。但左聯楊樹浦區委存在的資料未見它例。參照王堯山對各區範圍的説明，此區應該即是滬東區。參見劉芳松回信，《對〈左聯成員名單〉（未定稿）的回聲》，《左聯回憶錄》（下），第 826 頁。

99 上六人據周鋼鳴：《訪問周鋼鳴談話記錄——關於左聯的有關情況》，《魯迅及三十年代文藝問題》，第 51 頁。胡風回憶周鋼鳴在左聯的虹口區委搞大眾化，此處從周鋼鳴本人回憶。胡風：《胡風回憶錄》，第 22 頁。

100 上三人均為"負責人"，未必是書記。參見王堯山：《憶在"左聯"工作的前後》，《左聯回憶錄》（上），第 307 頁。王堯山所回憶的各區委成員均為 1934 年下半年之後的情形。

101 王堯山：《憶在"左聯"工作的前後》，《左聯回憶錄》（上），第 307 頁。

102 周鋼鳴：《訪問周鋼鳴談話記錄——關於左聯的有關情況》，《魯迅及三十年代文藝問題》，第 51 頁。

103 上四人據王堯山：《憶在"左聯"工作的前後》，《左聯回憶錄》（上），第 311 頁。四人也均為"負責人"。

104 據王玉清回信，《對〈左聯成員名單〉（未定稿）的回聲》，《左聯回憶錄》（下），第 834 頁。何家槐和齊速均為滬東區委領導人，但或許在 1934 年曾兼法南區委領導。齊速曾回憶，當 1934 年時，本來説不能管法南區的何家槐告訴他法租界夜校也歸他管了。齊速：《我和上海左聯的一段關係》，《左聯回憶錄》（上），第 414-416 頁。

105 黃新波：《訪問黃新波談話記錄——關於左聯的一些活動》，《魯迅及三十年代文藝問題》，第 52 頁。

106 胡風：《胡風回憶錄》，第 22 頁。

107 周鋼鳴：《訪問周鋼鳴談話記錄——關於左聯的有關情況》，《魯迅及三十年代文藝問題》，第 51 頁。據其説，齊速後來也調至滬東北區委。

108 白曙：《難忘的往事》，《左聯回憶錄》（上），第 279 頁。上二人曾負責，但不知是否為書記。據齊速稱，周鋼鳴曾為滬東區委書記（1934 年春夏之交），但與莊啓東的回憶其為組織委員有衝突，據齊速的回憶推斷，周鋼鳴若曾為書記，也當在 1934 年秋之後了。齊速：《我和上海左聯的一段關係》，《左聯回憶錄》（上），第 417 頁。

109 王堯山：《憶在"左聯"工作的前後》，《左聯回憶錄》（上），第 310 頁。據王堯山回憶，何家槐、周鋼鳴、譚林通"負責"滬東區委。

110 莊啓東：《我參加"左聯"時期文學活動的回憶片斷》，《左聯回憶錄》（上），第 405-409 頁。莊啓東的回憶為閘北區委，但根據其回憶內容可知，與周鋼鳴回憶的滬東北區委，其實都是滬東區委。

結語

左聯研究看似中國現代文學研究的重鎮，成果纍纍，其實許多研究仍然被習焉不察的偏見壟斷，未能超越史料內蘊的價值判斷和邏輯，從而落入陷阱。

最突出的一個問題或是："左翼"對於左聯意味著什麼？馮雪峰曾回憶說，中國左翼作家聯盟的名字是由李立三所起，李立三委託潘漢年請其邀魯迅加入，這個名稱的用否也取決於魯迅的意見——

我即去同魯迅商談。魯迅完全同意成立這樣一個革命文學團體；同時他說"左翼"二字還是用好，比較明確，旗幟可以鮮明一些。[1]

如此來看，"左翼作家聯盟"應該是個革命性十足的名稱，若再聯想到左聯的激進政治化取向，似乎更可以佐證之。其實則大不然。左聯使用"左翼"的字眼，不僅不是"旗幟可以鮮明一些"，反而是故意使旗幟晦暗一些。[2]就在此前剛剛發生的激烈的"革命文學"論爭中，革命文學作家的一個根本訴求，就是把革命和左翼的文學都上升為無產階級文學。如李初梨所說："革命文學，不要〔是〕誰的主張，更不是誰的獨斷，由歷史的內在的發展——連絡，它應當而且必然地是無產階級文學。"[3]而在中共其時的政治宣傳活動中，批判各種非正統馬克思主義的左翼思潮，是遠遠重要於批判右翼思潮的任務。論及左聯的成立，一般都會指出國際共產主義思潮的影響來，常舉的兩個例子，一是 1925 年成立的"拉普"，一是 1928 年成立的"納普"，二者均被視為左聯的先驅。不過，"拉普"全稱是"俄國無產階級作家聯合會"，

1　馮夏熊整理：《馮雪峰談左聯》，《新文學史料》1980 年第 1 期，第 4 頁。

2　馮乃超曾回憶："最初我們原是想組織無產階級文學同盟，後來覺得不適合中國實際，改為組織左翼作家聯盟，我們同魯迅商量，魯迅認為可以。"參見馮乃超：《訪問馮乃超談話記錄——關於三十年代初期文學運動的點滴回憶》，《魯迅及三十年代文藝問題》，第 22 頁。這便直接揭示了"左聯"在籌建伊始，存在一個主動模糊政治立場的過程。倘若馮雪峰的回憶屬實，則可見中共聯合魯迅建立統一組織的底線是連"左翼"二字都不可用。

3　李初梨：《怎樣地建設革命文學》，《文化批判》第 2 號，1928 年 2 月 15 日，第 13 頁。

而“納普”全稱是“全日本無產者藝術聯盟”，均與“左翼”無涉。左聯的產生，誇張點說，是當時日漸激進化的共產主義文化界的一個反常現象。但也正因此，決定了其自身的魅力，並給研究提供了更寬闊的空間。

顯然，在馮雪峰看來，“左翼”是一個具有濃鬱共產主義革命意味的詞。但這種理解，其實刨除了“左翼”不僅在理論中，而且也在歷史語境中，都更加豐富的內涵。這種歷史敘事的生成，恰是以後來逐漸形成並居主導地位的“左翼”認知去規範歷史的結果。也正因此，反而往往看不清政治家謀創左聯時的複雜考量及所處的特殊情境。[1]激進的政治家在當時必然能意識到“左翼”一詞的曖昧性，為何還要給左聯披上這麼一件曖昧的外衣，是更加值得思索的問題。

當然，只需要看到左聯竟然尊奉剛被批判為“封建餘孽”的魯迅為領袖，就足以意識到其身份的曖昧性了。因此自然衍生了無數的思索。各種陰謀論（如對魯迅先打後拉以圖利用之）、“政治正確”論（如魯迅變成了更成熟的馬克思主義者）等等，比比皆是。當然，也有深入歷史脈絡的解釋，夏衍的解釋也許是有代表性的：

也許有的同志會問：既然當時在上海的黨中央是李立三同志的“左”傾路線佔統治地位，為什麼反而會提出反對關門主義、宗派主義、教條主義，提出黨的文藝工作者與魯迅以及其他非黨文藝工作者聯合呢？我覺得，無論在立三路線還是王明路線統治時期，事情決不象某些人想的那樣，尤其不象“四人幫”所編造的那樣，似乎整個黨成了鐵板一塊……當時在臨時中央工作的和在上海領導文化工作的，除了李立三同志外，還

---

1 馮雪峰所言雖自稱係轉述，但包含的“左翼”即等於鮮明革命性的邏輯，相信是其附加於魯迅的話語上的。魯迅很清楚左翼形態的複雜性，在左聯成立大會上曾説：“並且在現在，不帶點廣義的社會主義的思想的作家或藝術家……是差不多沒有了。”參見《對於左翼作家聯盟的意見——三月二日在左翼作家聯盟成立大會講》，《魯迅全集》第 4 卷，第 238 頁。雖然後來在使用中，魯迅常把左翼理解成共產主義派，但對左翼複雜性的認識催生了他對“由左而右”的警惕。

有周恩來、陳雲、李富春、王稼祥、李維漢等同志，和一九三一年到上海的瞿秋白同志。[1]

　　依照這種說法，左聯的誕生源自黨內的“健康”力量。而本書第二章已經詳細論述了，要求團結魯迅、策劃成立左聯的其實正是李立三，其他若干位常被提及的領導，即便對此曾有所貢獻，也完全不能與之相提並論。然而，周恩來要求團結魯迅的論述仍然佔據著研究界的主流。最根本的原因，可能還是在於以未經反思的方式理解並使用既存知識。李立三和“左翼”，於是便有了相似的命運。對於左翼文學研究來說，這一問題或許更為突出。相關回憶資料，由於種種原因，常常經過了當事人有意識或無意識地依照既成圖譜的形塑，想還原歷史現場困難重重。比如，團結魯迅便是一個絕對政治正確的條律，30 年代的左翼文學家，幾乎多數都因為被指違背了這一條律，而受到嚴厲處罰。這一意識形態的有力規訓在意識領域產生了積極的回應。我們不難發現，當進行歷史回憶時，固然無法否認當年曾參與進攻魯迅，然而這其中仍然存在著充足的彈性。最突出的一方面或許是，可以讓“悔悟”來得更早一些。於是，回憶的軌跡出現了不約而同的交疊。因此便有了今天在各種研究資料中約定俗成的記錄：1929 年上半年，高層命令停止論爭，革命文學家本身也已經開始正視魯迅的價值，雙方關係緩和；1929 年 9-10 月，領導組織革命文學家開會，籌劃團結魯迅、建立左聯。時間無不言之鑿鑿，然而並不符合歷史的實際。[2]

　　左聯一方面有著身份的曖昧性，一方面又有著行為的激進性，這種矛盾是如何統一於一身的呢？只有進入歷史的細節，驅除那些習焉不察的偏見，才有可能有所發現。僅就左聯的籌建而言，固然，“立三路線”是革命激進主義的代名詞，但自 1929 年以來，中共對“合法主義”的包容性大大增強，對

1　夏衍：《“左聯”成立前後》，《左聯回憶錄》（上），第 38 頁。

2　對照馮雪峰和革命文學家的相關回憶，會發現有意味的差異。

小資產階級的評價也明顯改善。比如 1929 年 6 月通過的中央政治局工作報告便如此反思："中央還缺乏實際的去領導小資產階級下層群眾的反帝運動……過去往往有小商人，僱主，店員，職員，學生甚至工農群眾自發的反帝運動，黨幾乎沒有一次（這次上海的五卅示威與張案後援會除外）能夠領導這些運動。"[1] 而在稍早前通過的中央通告中，更明確寫道："黨不但要注意非黨的工人群眾團體中的工作，並要利用任何機會不拘任何形式創造非黨的工人組織，同時要盡量利用多少有點公開性和合法形式的群眾組織。"[2] 其實，左聯的籌建，和李立三個人的思想志趣有直接關係，但在根本上即源於中共政策的這種調整。但也正因此，1929 年底，中共便被遠東局嚴厲指控犯了右傾錯誤。至於"立三路線"在 1930 年最終演化為革命高潮的理論，一則源於共產國際倒逼的壓力，二則源於革命形勢趨向"樂觀"。[3] 不再絕對排斥"合法"運動，是自由大同盟和左聯等成立的根本前提。但隨著革命"高潮"的發展，"合法"與"非法"兩種路線難免產生激烈鬥爭。其結果可想而知：

自由大同盟應該如何領導民眾去爭取自由，當然是工作路線中的一個先決問題。對於這一問題的解決……表現著兩個不同的傾向。一個主張運用和平的方式，完全站在統治階級的法律範圍來公開活動，另一個則提議用鬥爭的方法，公開地以群眾力量向支配階級作爭取自由的企圖。兩方雖然發表了熱烈的辯論，可是最後的勝利，則歸於第二個主張，因為後者不僅在數目上佔大多數，而且是完全合於目前的需要。毫無疑義地合法運動的方法，是會要墮入和緩甚至消滅革命鬥爭的泥坑，是極端錯誤的。[4]

1　《關於中央政治局工作報告的決議》，《中共中央文件選集》第 5 冊，第 172 頁。

2　《中央通告第三十七號——中央對國際二月八日訓令的決議》，《中共中央文件選集》第 5 冊，第 140 頁。

3　參見楊奎松：《"中間地帶"的革命——國際大背景下看中共成功之道》，太原：山西人民出版社，2010 年，第 212-218 頁。

4　危堅：《中國自由大同盟成立的經過》，《自由運動》第 1 期，1930 年 7 月 10 日。

而左聯，此後也一直沿著這條激進化的"鬥爭"路線狂奔，以致變成"第二黨"。左聯在最初的"左翼"設計，主動從共產主義的立場上退步，雖然退步的幅度不大，仍然給左聯注入了更新鮮和異質的活力。左聯之所以能夠在極端惡劣的環境下堅持不輟，並有所成就，和其所擁有的並非僅為政黨式文學家，有著直接的關係。而"左翼"的概念本身，確也有著更廣闊的包容性。即便信奉共產主義理想的文人，也未必都能承認無產階級旗幟在當下環境中的適用性。茅盾便提到，左聯自身，不斷在進行文學大眾化的嘗試，努力培養工人作家，然而一個也沒有培養成功。[1] 這便既足以使人對無產階級的旗幟產生疑問，更會令人質疑執旗者的動機和真誠性。"革命文學"論爭，便是前車之鑒。

當然，在左聯內部，多種力量仍然發生著撕扯。但社團一經創建，畢竟培養了集體的認同，更何況大敵當前。許多矛盾，得以在某種程度上被消解，並未形諸公開的論爭。[2] 左聯，也因此取得令文壇矚目的成就。

1　參見茅盾：《我走過的道路》（上），第 443 頁。

2　比如茅盾曾回憶，他對左聯也有許多意見（當時自然未發表），並和魯迅談過，而"魯迅大概出於對黨的尊重，只是笑一笑說：所以我總是聲明不會做他們這種工作的，我還是寫我的文章"。茅盾：《我走過的道路》（上），第 444 頁。所謂"兩個口號"論爭，則基本在左聯解散之後了。

附錄一

中國左翼文學運動大事年表
（1927-1931）[1]

1927 年

4-9 月

4 月　鄭伯奇由廣州回到上海。

5 月　王獨清由廣州回到上海；沈端先由日本回到上海。

7 月　成仿吾由廣州回到上海；潘漢年由武漢經九江回到上海。

8 月　"八七"會議確立了以瞿秋白為首的新中央；郁達夫聲明脫離創造社；
　　　沈雁冰由武漢經九江回到上海。

9 月　蔣光慈由武漢經蕪湖回到上海；沈雁冰開始在《小說月報》第 18 卷第
　　　9 期刊載《幻滅》，啓用筆名"茅盾"，至次月《小說月報》第 10 期載完。

10 月

3 日　魯迅攜許廣平抵上海。

19 日 中共外圍組織濟難會負責人王弼，於興華酒樓做東宴請魯迅、郁達

1　本表採納了學界不少考證成果，為避繁瑣，對史實較清晰、基本可定案者多未注出處。對本
　書正文已加考訂或提及者，一般也不出注。另有許多相對次要之史實係筆者根據各種材料推
　斷，為避繁瑣，亦不出注。另外，本表收入與左翼文學運動密切相關的政治和文化事件。

夫，希望幫助濟難會創辦刊物。潘漢年、樓適夷、蔣光慈等黨內人士作陪。濟難會此前不久剛被中共宣傳部門指定了“側重文藝性及在知識分子中的宣傳”的任務。

21 日 魯迅在《民眾》旬刊第 5 期發表《革命文學》。

24 日 中共中央機關報《布爾塞維克》創刊。編委會主任瞿秋白，委員為瞿秋白、羅亦農、鄧中夏、王若飛、鄭超麟。

30 日 李富春任中共江蘇省委宣傳部長。

下旬 郭沫若南昌起義失敗後，經香港轉移至上海。

本月 李一氓經南昌起義返回上海。

本月 成仿吾赴日本為創造社招募新力量，最初計劃發展戲劇運動，後被朱鏡我、李初梨、彭康、李鐵聲等說服，放棄原計劃，決意回國從事文化和意識形態批判，提倡無產階級文學。

本月 朱鏡我和馮乃超由日本來到上海。洪靈菲和戴平萬經由潮汕地區來到上海。

11 月

9 日 創造社的鄭伯奇偕段可情和蔣光慈，拜訪魯迅，希望與魯迅合作出版新刊物。魯迅表示同意，並認為不必另創新刊，恢復《創造周報》即可。

9 日 至本月 10 日，中共臨時中央政治局擴大會議在上海召開，瞿秋白“盲動主義”系統形成，“八七”會議以來對知識分子的輕視進一步發展，武裝暴動獲得全面推行。

下旬 錢杏邨由武漢經蕪湖來到上海。孟超、楊邨人也在此前或稍後來到上海。

本月 陽翰笙經南昌起義返回上海。陽翰笙和李一氓均係中共黨員，二人到上海後，經周恩來指示、由郭沫若介紹加入了創造社。不久之後，中共在創造社設置了一個黨小組。

本月 李初梨、彭康、李鐵聲從日本來到上海。後期創造社新成員，反對聯合魯迅恢復《創造周報》，獲得成仿吾、郭沫若等元老支持，舊議遂廢。

12 月

17 日 《語絲》第 4 卷第 1 期出版，此期開始移至上海編輯發行，魯迅主編。

本月 蔣光慈、錢杏邨、楊邨人、孟超等一批共同參加過大革命的黨員文
人，決定創辦文學刊物，提倡革命文學，刊物取名"太陽"。

1928 年

1 月

1 日 《太陽月刊》創刊發行。太陽社正式成立，最初較鬆散，一兩個月後，
受到創造社攻擊才形成明確的社團意識。間有蕪湖等地流亡至上海的
革命家暫時加入。太陽社成員大概都是中共黨員，中共在其中設立了
兩個黨小組。出版機關為春野書店。

10 日 茅盾於《小說月報》第 19 卷第 1 期發表《動搖》，至本年 3 月 10 日第
3 期載完。

15 日 創造社新刊物《文化批判》創刊發行，提倡無產階級文學和意識形態
批判理論，倡導唯物辯證法和階級意識，對文壇展開批判。

本月 林伯修（杜國庠）經南昌起義輾轉來到上海，在太陽社活動。次月在
蔣光慈、錢杏邨介紹下入黨。

2 月

1 日 成仿吾於《創造月刊》第 1 卷第 9 期，發表《從文學革命到革命文學》，

提倡無產階級文學。

15 日　李初梨於《文化批判》第 2 期，發表《怎樣地建設革命文學》，提倡文學宣傳論和無產階級文學。《文化批判》第 2 期還發起了對太陽社的批判，太陽社隨後反擊。

24 日　郭沫若離滬赴日。

本月　李富春任江蘇省委常委、軍委書記，4 月任江蘇省委代理書記。王若飛任江蘇省委宣傳部長，至本年 5 月赴蘇聯參加六大，停止實際工作。

3 月

1 日　成仿吾於《創造月刊》第 1 卷第 10 期，發表《全部的批判之必要——如何才能轉換方向的考察》，提倡 "方向轉換"，並批判太陽社的文學反映論。

1 日　錢杏邨於《太陽月刊》第 1 期發表《死去了的阿 Q 時代》。

10 日　《新月》月刊創刊。

12 日　魯迅於《語絲》周刊第 4 卷第 11 期發表《"醉眼"中的朦朧》，回擊創造社。

15 日　創造社《流沙》半月刊創刊。李一氓、陽翰笙編輯。

15 日　郭沫若於《文化批判》第 3 期發表《留聲機器的回答——文藝青年應取的態度的考察》，號召文藝青年克服既有意識，"無我"，做無產階級的留聲機器。

本月（約）　蔣光慈請求中宣部出面制止創造社的攻擊，被拒絕。

本月（或 2 月）　馮雪峰由北京來到上海。

4 月

1 日　《戰線》創刊，泰東圖書館發行，潘漢年主編。

15 日 《文化批判》第 4 期發表多篇文章，如李初梨《請看我們中國的 Don Quixote 的亂舞》、馮乃超《人道主義者怎樣地防衛著自己？》、彭康《"除掉" 魯迅的 "除掉"》，對魯迅展開猛烈批評。

30 日 瞿秋白由上海動身前往莫斯科。

本月 中共江蘇省委注意到創造社和太陽社之間的論爭，要求兩社召開聯席會議，停止論爭。5 月 1 日，《太陽月刊》發表了近似公開檢討的聲明。創造社則於此前號召，革命的知識分子團結起來。

本月 李維漢、任弼時、羅登賢組成留守中共中央。

本月 李富春任江蘇省委臨時代理書記。11 月，轉為江蘇省委代理書記。

5 月

7 日 魯迅於《語絲》週刊第 4 卷第 19 期發表《我的態度氣量和年紀》。

本月 我們社成立。我們社係中共為協調創造社和太陽社二社論爭，而組織成立的文人社團，以潮汕籍黨員（杜國庠、洪靈菲、戴平萬等）為主，與太陽社、創造社二社均有交集，以減少矛盾、集中文化黨員的力量。辦有《我們》月刊（本月 20 日創刊），創造社和太陽社成員均在上面發表文章。我們社多位主力成員，此前均在太陽社活動，可以說曾是太陽社成員。我們社成立後，其和太陽社的關係，相較創造社，也更為密切。我們社的出版機關為曉山書店。中共在我們社設置了曉山書店支分部（1928 年底時與創造社支分部同屬第四知識分子支部），約於 1929 年初獨立為曉山書店支部。曉山書店支分部和支部，應該都包含太陽社黨員在內。

本月 中共江蘇省委宣傳部在創造社、太陽社、我們社等文學社團中，設立了文化工作黨團，以貫徹黨的意志。文化工作黨團有 5 位委員，潘漢年為黨團書記，其餘委員為潘梓年、孟超、李一氓和萬某。

本月 中共中央派中宣部秘書鄭超麟指導創造社新進成員，兩週一次，直至 7

月中旬。鄭超麟認為，當時中共高層幹部，普遍視後期創造社新進成員為民主派和"同路人"。

6月

10日 梁實秋於《新月》月刊第 1 卷第 4 期發表《文學與革命》。

10日 茅盾於《小說月報》第 19 卷第 6 期發表《追求》，至本年 9 月 10 日第 9 期載完。

18日 至 7 月 11 日，中共六大在莫斯科召開。

20日 魯迅和郁達夫合編的《奔流》月刊創刊，北新書局發行。魯迅翻譯的《蘇俄的文藝政策》自創刊號開始連載，至本年 10 月 30 日第 5 期載完。

本月 柔石由浙江寧海逃亡至上海。

7月

1日 《太陽月刊》第 7 期刊載藏原惟人的論文《到新寫實主義》，林伯修翻譯。

月初 文化黨團組織設立了文化工作者支部。支部成員 21 人，分四組，每組均於 7 月初開了第一次小組會議。設幹事三名：潘漢年（書記）、孟超、李一氓。21 名成員，以創造社、太陽社、我們社黨員為主。上海的黨員文學家，多數被涵蓋在內。支部決定，小組每周開會一次，幹事會每周開會一次，組長聯席會議每兩周開會一次。文化工作者支部很可能不久後即遭解散，主體重編為閘北區第二支部（或其本身即又名第二支部）。

月初 茅盾離滬赴日。

10日 《創造月刊》1 卷 12 期，發表彭康《什麼是"健康"與"尊嚴"——〈新月的態度〉底批評》，批判新月派。

17日 在留守中央政治局常委會議上，應是在聽取了鄭超麟的彙報後，留守中央負責人任弼時指出："創造社有公開活動的作用，要繼續保持聯繫，以後要在革命文學和理論方面多發揮作用。翻譯理論書籍是宣傳工作的重要方面，要有計劃地做下去，最好用'創造社'或其他名義出版，在出版發行上給以幫助；其成員將來是要分化的，少數政治上好的可以秘密吸收入黨。"

8 月

10 日　郭沫若化名杜荃，在《創造月刊》第 2 卷第 1 期發表《文藝戰上的封建餘孽——批評魯迅的〈我的態度氣量和年紀〉》，批評魯迅是封建餘孽，對社會主義是二重性的反革命人物。

15 日　創造社刊物《思想》月刊創刊。計出 5 期。

9 月

月初　經王方仁引介，魯迅與柔石相識。

20 日　《大眾文藝》創刊，郁達夫、夏萊蒂主編，現代書局發行。後期成為左聯機關刊物。

25 日　馮雪峰於《無軌列車》第 2 期發表《革命與智識階級》。

本月　創造社新進成員朱鏡我、馮乃超、李初梨、李鐵聲一起入黨，入黨介紹人為潘漢年。

本月　閘北區第二支部因成員小資產階級色彩嚴重，生活浪漫，住址也常調換，被解散，主體編入新組建的第一支部，其餘散入其他支部。

10 月

1 日　太陽社刊物《時代文藝》創刊，蔣光慈編輯。僅出一期。

1 日　陶希聖於《新生命》第 1 卷第 10 期發表《中國到底是什麼社會？》，
　　　引發中國社會性質論戰。

10 日　茅盾於《小說月報》第 19 卷第 10 期發表《從牯嶺到東京》。

本月　李富春任江蘇省委宣傳部長，至次年 1 月。

本月　中共江蘇省委和中共中央在人事任免問題上發生矛盾（"江蘇問題"），
　　　至次年 1 月江蘇省委被中央改組始解決。

11 月

5 日　創造社刊物《日出》旬刊創刊。計出 5 期。

20 日　李立三任中共中央政治局委員和中央常委，接任蔡和森的中宣部部長
　　　職位。

本月　彭康入黨，入黨介紹人為彭訥、劉大年。

本月（或上月）　閘北區再次重組知識分子支部，計分為五個知識分子支部。
　　　其中創造社支分部所屬為第四知識分子支部。我們社、太陽社所屬為
　　　曉山書店支分部，應該同屬第四知識分子支部。

本月　中共中央指定周恩來、康生、李維漢、李子芬組成巡視委員會，巡視
　　　上海黨的工作。李維漢負責巡視上海區委及下屬黨支部。

12 月

9 日　馮雪峰由柔石陪同，拜訪魯迅，從此開始和魯迅的密切交往。

18 日　在閘北區宣委會議上，閘北區委意圖合併五個知識分子支部，遭到中
　　　央巡視員李維漢反對。李維漢提出，曉山書店和創造社各有近十名支
　　　部成員，應各單獨編為一支。後來，五個知識分子支部中，除了第一知
　　　識分子支部和第四知識分子支部（曉山書店和創造社）被保留，其餘解
　　　散合編為一個支部。不久後，曉山書店和創造社各獨立建立了支部。

30 日　中國著作者協會成立。潘漢年、沈端先、朱鏡我、彭康、馮乃超、鄭
　　　振鐸、錢杏邨、樊仲雲、許德珩、張崧年等 42 人共同發起。成立大會
　　　出席者 90 餘人。鄭振鐸、鄭伯奇、沈端先、李初梨、彭康、周予同、
　　　樊仲雲、潘梓年、章錫琛 9 人當選為執行委員，錢杏邨、馮乃超、王
　　　獨清、孫伏園、潘漢年為監察委員。大會發表《中國著作者協會宣
　　　言》，提出爭取言論和出版自由、提高稿費和版稅的口號。宣言較少意
　　　識形態色彩。

年底　潘東周（潘文育）從蘇聯回到上海，任中宣部秘書，成為李立三助手，
　　　負責中央機關報刊的編輯工作，同時領導文化工作。

1929 年

1 月

1 日　太陽社《海風周報》創刊，錢杏邨主編，泰東圖書局發行。計出 17 期。

10 日　李初梨於《創造月刊》第 2 卷第 6 期，發表《對於所謂 “小資產階級
　　　革命文學” 底抬頭，普羅列搭利亞文學應該怎樣防衛自己？—— 文學
　　　運動底新階段》，批判茅盾的《從牯嶺到東京》。

10 日　國民黨中央宣傳部公佈《宣傳品審查條例》，計 15 條，提出 “宣傳共
　　　產主義及階級鬥爭者” 為反動宣傳品，應 “查禁、查封或究辦之”。

24 日　中共中央改組江蘇省委，羅登賢任省委書記，李維漢任組織部長，澎
　　　湃任農民運動委員會書記，康生任秘書長，徐錫根任職工運動委員會
　　　書記，不久又任命任弼時為宣傳部長。李富春則被分配到中共法南區
　　　委任書記。

2 月

7 日　創造社出版部（門市部）被當局查封，後轉移至江南書局繼續刊行出版物。

3 月

1 日　太陽社《新流月報》創刊，蔣光慈編輯，現代書局發行。計出 4 期。本期開始，刊載蔣光慈長篇小說《麗莎的哀怨》，連載 3 期，未載完。同年 8 月，上海現代書局出版了《麗莎的哀怨》單行本。該小說發表後，遭黨內嚴厲批判。

4 月

18 日　國民黨中央執行委員會秘書處制定《查禁偽裝封面的書刊令》。

本月　閘北區委開始轉換知識分子支部為街道支部。原創造社、太陽社、我們社黨員，大都被編入第三街道支部。做過閘北區第三街道支部書記的黨員，據相關回憶，有洪靈菲、蘇怡、俞懷、黃耀、謝育才、柯柏年等。

5 月

1 日　南國社《南國月刊》創刊，田漢主編。

15 日　茅盾於《文學周報》第 8 卷第 20 期發表《讀〈倪煥之〉》。

15 日　引擎社《引擎》月刊創刊，僅出一期被查禁，該社係孟超、董每戡、金溟若、彭康等左翼文人創辦。

6 月

5 日　國民黨中宣部召開全國宣傳會議第三次會議，通過《確立本黨之文藝政策案》，提出"創造三民主義之文學"，"取締違反三民主義之一切文學作品（如斫喪民族生命，反映封建思想、鼓吹階級鬥爭等文藝作品）"。

25 日　中共六屆二中全會（1929 年 6 月 25-30 日）通過《宣傳工作決議案》。決議案提出了在群眾中普及宣傳工作的必要和具體舉措，並提出反對托派反對派的主張。決議案規定，中宣部應建立以下科委：審查科、翻譯科、材料科、統計科、出版科、編輯委員會、文化工作委員會（文委）。文委的職責是："指導全國高級的社會科學的團體，雜誌，及編輯公開發行的各種刊物書籍"。

7 月

29 日　50 餘人打著"上海市民鏟共除奸團"、"滬西青年滅共社"、"青光社"等招牌，搗毀現代書局、光華書局等書店。

29 日　創造社、太陽社、我們社等多個文化團體發表《非戰宣言》，反對帝國主義以中國為踏板進攻蘇聯。

8 月

25 日　蔣光慈由上海抵達東京，同年 11 月 15 日返回上海。在日期間，多次拜訪藏原惟人。

9 月

本月　馮雪峰在江蘇省委恢復組織關係，編入閘北區第三街道支部。

10 月

15 日 潘漢年在《現代小說》第 3 卷第 1 期發表《文藝通信》，強調普羅文學題材的多樣性。

本月 中共中央宣傳部成立文化工作委員會（文委）。潘漢年任文委書記。吳黎平本月也從莫斯科回國，任職中宣部，負責領導文委。

本月 文委書記潘漢年，要求錢杏邨和蔣光慈參加南國社的活動，爭取田漢。

秋 藝術劇社成立。[1]藝術劇社提出了"普羅列塔利亞戲劇"的口號。鄭伯奇任社長，沈端先和馮乃超負責宣傳，沈葉沉負責導演，許幸之負責美工，成員有馮乃超、陶晶孫、錢杏邨、孟超、楊邨人等。

11 月

7 日 全國總工會在上海召開第五次全國勞動大會，通過全國工人鬥爭綱領和黃色工會問題等 12 個決議案。

15 日 創造社理論刊物《新思潮》月刊創刊。計出 7 期。

15 日 中共中央政治局通過《關於開除陳獨秀黨籍並批准江蘇省委開除彭述之、汪澤楷、馬玉夫、蔡振德四人決議案》。托派反對派骨幹多在閘北區知識分子街道支部活動，自本年下半年至次年上半年，閘北區各知識分子街道支部，展開了與托派反對派的鬥爭，並開除了大批反對派成員黨籍。

26 日 自本月 18 日開始在上海召開的中共江蘇省第二次代表大會結束。大會確定新一屆省委分工，李維漢任省委書記，李富春為宣傳部長兼軍委

---

1 鄭伯奇回憶為 1929 年秋成立。參見鄭伯奇：《鄭伯奇文集》，第 1213、第 1222 頁。相關考證參見劉子凌：《上海藝術劇社的成立與公演考論》，《山東師範大學學報（人文社會科學版）》，2015 年第 3 期。

書記，康生為組織部長，陳雲為農民運動委員會書記。

本月（約） 文委下設"文學小組"，馮乃超負責，潘漢年、馮雪峰、夏衍、錢杏邨、李初梨、孟超、洪靈菲和鄭伯奇等參加。後成為左聯籌建主力。（據吳黎平回憶）

本月 中央負責人、中宣部部長李立三，向吳黎平提出爭取魯迅、建立文化界革命聯合組織的要求。

月底（或次月初） 李立三通知中宣部人員吳黎平、潘漢年，江蘇省委宣傳部長李富春通知陽翰笙，要求停止攻擊魯迅。陽翰笙和潘漢年召集第三街道支部主要成員開會，出席者有沈端先、馮雪峰，創造社方面的馮乃超、李初梨，太陽社和我們社方面的錢杏邨、洪靈菲。決議停止對魯迅的批評，並派馮雪峰、沈端先、馮乃超去與魯迅溝通。[1]

12 月

15 日 陳獨秀、彭述之、尹寬、李季、鄭超麟、高語罕等 81 人發表《我們的政治意見書》，提出反對派的政治主張。

25 日 中共領導的上海市互濟總會成立。互濟會和左聯同屬中共外圍組織，關係密切。

本月 黃理文任中共閘北區委書記，至次年 6 月。

本月 在潘漢年指示下，馮雪峰找魯迅談中共關於成立左聯的意見。至於"中國左翼作家聯盟"的擬定名，"左翼"兩字用與不用，都取決於魯迅。魯迅表示願意加入，並贊同使用"左翼"二字。

本月 梁實秋於《新月》月刊第 2 卷第 6-7 期合刊發表《文學是有階級性的嗎？》、《論魯迅先生的"硬譯"》二文。（刊物標示 1929 年 9 月 10 日

---

1 此次會議成員名單亦不能完全確定，有回憶認為有柔石，但柔石當時並非黨員，不太可能參加黨內會議。包含了黨外人士的類似會議可能也開過幾次，柔石作為聯繫魯迅的中介，應該參加過這類會議。

出版，實際愆期。）

冬　1925 年底由陳望道等創辦的中華藝術大學，因經費和生源困難等原因，由沈端先協助潘漢年接辦，推陳望道任校長，沈端先任教務長兼中國文學科主任，許幸之任西洋畫科主任。大批黨員文人出任該校教師，亦曾請魯迅前去演講。該校成為中共展開文化活動的據點之一。

1930 年

1 月

1 日　《萌芽月刊》創刊。魯迅、馮雪峰等編，光華書局發行。1930 年 3 月第 3 期起，成為左聯機關刊物。計出 6 期（第 6 期改名《新地月刊》）。

10 日　太陽社《拓荒者》月刊創刊，蔣光慈、錢杏邨主編，上接《新流月報》，現代書局發行。1930 年 3 月第 3 期起，成為左聯機關刊物。

本月（約）　中華藝術大學學生黨員韓托夫，奉黨的命令，在校內建立上海文藝研究會，活動至左聯成立後解散。

2 月

月初　時代美術社在中華藝大舉行成立大會，該社由許幸之、沈西苓、王一榴等發起。

10 日　潘漢年於《拓荒者》第 1 卷第 2 期發表《普羅文學運動與自我批判》，提倡無產階級文學陣營內的檢討和自我批判工作，"克服以無產階級文學運動自負的態度"。

10 日　《拓荒者》第 1 卷第 2 期刊載列寧的《論新興文學》（《黨的組織和黨的出版物》），馮雪峰譯。（刊物愆期至本月 25 日之後）

13日 晚，中國自由運動大同盟在愛文義路（今北京路）聖公會的聖彼得堂舉行成立大會[1]，發起人有魯迅、馮雪峰、郁達夫、鄭伯奇、沈端先、潘漢年等 51 人。大會宣言稱："自由是人類的第一生命，不自由，毋寧死！我們處在現在統治之下，竟無絲毫自由之可言！……我們組織自由運動大同盟，堅決為自由而鬥爭。"[2] 發行機關刊物《自由同盟》。陸續在各城市設立了 50 多個分會。1931 年 2 月，中國自由運動大同盟主席龍大道犧牲後，同盟解散。該盟與左聯關係密切，人員也多有交疊。

15日 《文藝研究》季刊創刊，魯迅編輯，大江書舖發行，介紹無產階級文學理論，僅出一期被查禁。

16日 魯迅、鄭伯奇、馮乃超、朱鏡我、陽翰笙、錢杏邨、蔣光慈、戴平萬、洪靈菲、柔石、馮雪峰、沈端先等 12 人[3] 在公啡咖啡館舉行新文學討論會，主題是＂'清算過去'和'確定目前文學運動底任務'＂。"全場認為有將國內左翼作家團結起來，共同運動的必要。"會議成立了中國左翼作家聯盟籌備委員會，上 12 人為籌備委員，決定由馮乃超起草左聯"理論綱領"草案。

24日 馮乃超徵求魯迅對左聯綱領草案和發起人名單的意見。魯迅表示同意，並推薦郁達夫（應還有韓侍桁）為發起人。

本月 李富春調離中共江蘇省委。

本月（約） 李立三約見魯迅，談中共在文化領域的聯合戰線規劃，批評此前黨內文人對魯迅的攻擊。

---

1 13 日主要從魯迅日記衍化論證而來。據鄭伯奇回憶，地址在公共租界漢口路聖公會，應該有誤。參見丁景唐、周國偉：《中國自由運動大同盟成立大會會址在何處？》，上海魯迅紀念館編：《上海魯迅研究》第 13 輯，上海：上海人民美術出版社，2002 年。

2 宣言署為 2 月 15 日，應非大會召開日期，參見丁景唐、周國偉：《中國自由運動大同盟成立大會會址在何處？》。成立大會另有召開於本月 14 日或 16 日兩種說法，參見王錫榮：《魯迅生平疑案》，上海：上海辭書出版社，2002 年，第 182 頁。可信度稍低。

3 此名單係筆者推斷（詳本書第四章第一節），未必精確。

3月

1日　潘漢年、沈端先、戴平萬等提前到中華藝術大學察看左聯成立大會會場。

1日　《大眾文藝》第 2 卷第 3 期發行，為新興文學專號上冊，集中探討文藝大眾化問題。發表沈端先、郭沫若、陶晶孫、馮乃超、鄭伯奇、魯迅、王獨清的討論文章；並發表文藝大眾化問題座談會的討論記錄，該座談會沈端先、馮乃超、許幸之、孟超、鄭伯奇、陶晶孫、蔣光慈、洪靈菲、潘漢年、俞懷、丘韻鐸等 11 位左翼作家出席。同年 5 月 1 日出版的《大眾文藝》第 2 卷第 4 期，為新興文學專號下冊。

1日　魯迅於《萌芽月刊》第 1 卷第 3 期發表《"硬譯"與"文學的階級性"》。

2日　下午，左聯在竇樂安路 233 號（今多倫路 201 弄 2 號）中華藝術大學召開成立大會。到會約 50 人以上（含非盟員）。魯迅、沈端先、錢杏邨 3 人為主席團成員，馮乃超報告籌備經過，鄭伯奇作左聯綱領說明。魯迅發表題為《對於左翼作家聯盟的意見》的演說。潘漢年也發表了演說。大會成立了執委會常務委員會，推選了 7 名常委、2 名候補常委，通過了成立馬克思主義文藝理論研究會、國際文化研究會、文藝大眾化研究會，創辦機關雜誌，與各革命團體建立密切聯繫等 17 項提案。

10日　潘漢年在《拓荒者》第 1 卷第 3 期發表《左翼作家聯盟的意義及其任務》，係在左聯成立大會演說的基礎上完成。[1]

19日　魯迅被國民黨浙江省黨部以"墮落文人"罪名呈請中央政府通緝，暫避內山書店，4 月 1 日返家，6 日再度暫避，4 月 19 日返家。

19日　上海戲劇運動聯合會成立。辛酉劇社、戲劇協社、南國社、藝術劇社、摩登社等社團加盟。藝術劇社和南國社被查封後，改組為中國左翼劇團聯盟。

1　據筆者查考，該期刊物出版當在本月 25 日之後。

4 月

1 日　魯迅於《萌芽月刊》第 1 卷第 4 期發表《對於左翼作家聯盟的意見》，係由馮雪峰根據魯迅左聯成立大會上的演說及平日講話整理而成。

5 日　茅盾從日本回到上海，不久馮乃超即邀其加入左聯。

10 日　《文藝講座》第 1 冊出版，神州國光社發行，馮乃超主編，發表了 19 篇左聯盟員撰寫或翻譯的無產階級文學相關文章。僅出一冊即被查禁。

11 日　《巴爾底山》旬刊創刊。編輯為李一氓、朱鏡我、潘漢年、姚蓬子、周全平，由李一氓負責。魯迅題寫刊頭。巴爾底山意為游擊隊，"基本的隊員"有李一氓、陽翰笙、馮乃超、魯迅、潘漢年、沈端先、馮乃超、彭康、彭芮生、朱鏡我、洪靈菲、姚蓬子、韓侍桁、柔石、柯柏年、吳黎平、潘東周等 30 人。[1] 計出 5 期。

16 日　"普羅詩社"正式成立，22 日，左聯致信祝賀。

28 日　藝術劇社被查封。左聯發表《左翼作家聯盟反對查封藝術劇社宣言》（刊 5 月 10 日《拓荒者》第 4、5 期合刊）。

29 日　左聯在福州路某處[2]召開第一次全體盟員大會。與會者含盟員 30 餘人（約全體盟員三分之二）及南國社代表 3 人。馮乃超主持，首做政治報告，次由常委會秘書周全平做會務報告，批評各研究會工作無效果。大會通過綱領執行檢討、出版周刊機關雜誌、參加蘇維埃代表大會、反對軍閥混戰、反對取消派理論鬥爭等 11 項決議。為了迎接"紅五月"，大會給盟員佈置了較頻繁的舉行飛行集會，貼標語和發傳單的任務。

1　參見《編輯後記》，《巴爾底山》第 1 卷第 1 期，第 10 頁。人名中許多為筆名或化名，有些難以考證出真名。另外，N.C. 和乃超都是馮乃超，雪峰和洛揚都是馮雪峰，黃棘也是魯迅。因此實際不足 30 人。

2　地址依據力竹：《記左聯第一次全體大會》，《巴爾底山》第 1 卷第 4 期，第 9 頁。據説地址可能是"西藏路（今西藏中路）福州路附近爵祿飯店"，具體論證不詳。參見上海師範學院圖書館資料組：《中國左翼作家聯盟組織機構資料彙錄》，《中國現代文藝資料叢刊》第 5 輯，第 92 頁。

本月 左聯馬克思主義文藝理論研究會開始工作，研究部門分為六個，研究內容包括資產階級文學檢討、馬克思主義文藝理論和無產階級文學研究、中國文學的唯物史觀研究、文藝批評研究等。研究會預定課題為文藝大眾化和 20 年來中國文藝運動的發展。

5 月

1 日 《五一特刊》出版，馮乃超編輯，由《文藝講座》、《拓荒者》、《萌芽》、《現代小說》、《新文藝》、《社會科學講座》、《新思潮》、《環球》、《巴爾底山》、《南國月刊》、《藝術月刊》、《大眾文藝》、《新婦女雜誌》等 13 種左翼刊物聯合發行。載有《左翼作家聯盟五一紀念宣言》及多名左聯盟員論文。

1 日 魯迅於《萌芽月刊》第 1 卷第 5 期發表《"喪家的"資本家的乏走狗"》。

1 日 左聯執委周毓英在《洛浦》第 1 卷第 1 期發表《中國普羅文學運動的危機》，表達對左聯接納魯迅的強烈不滿。

7 日 李立三帶潘漢年在西藏路爵祿飯店約見了魯迅，馮雪峰陪同魯迅參與會見。李立三希望魯迅發表宣言，擁護其政治主張，被魯迅婉拒。

中旬 中共中央在上海召開全國紅軍代表會議。

20 日 田漢在《南國月刊》第 2 卷第 1 期發表長篇論文《我們的自己批判》（本年 4 月 4 日完成），標誌著田漢及南國社的方向轉變。

20 日 中國社會科學家聯盟（社聯）成立。籌組者包括多位左聯盟員，出席成立大會的有 30 餘人。成立大會上，潘漢年報告籌備經過，左聯代表田漢和五卅籌備總會、互濟會的代表發言。大會通過"社聯綱領"，鄧初民當選為主席。

20 日 至本月 23 日，中共中央和中華全國總工會中央執行委員會在上海主持召開第一次全國蘇維埃區域代表大會，討論紅軍的組織和蘇區建設等問題。胡也頻、柔石和馮鏗代表左聯出席。

21 日 《巴爾底山》第 1 卷第 5 期發表左聯致復旦大學文學系陳望道、洪深、
葉紹鈞、鄭振鐸、謝六逸、傅東華、馮沅君等七名教授的公開信，
對有人用左聯名義給他們寫警告信的行為，表示係栽贓假冒，並表達
憤慨。

24 日 中華藝術大學被查封，後自行啓封，又被查封。

29 日 左聯第二次全體大會在跑馬地附近金門飯店（今華僑飯店）以南國社
請客的名義召開 [1]，馮乃超主持。會議內容包括：各部各研究會工作報
告、五卅籌備會代表報告、社聯代表發言、柔石做出席蘇維埃區域代
表大會的報告並介紹《土地暫行法》。會議通過全體盟員參加五卅示威
和藝大啓封、並與社聯發生密切關係的決議，並對左聯工作提出多方
面的批評，通過聯盟改組和幹部改選的提案。魯迅在大會上發言。會
後，左聯盟員展開直接行動，佔領了精武體育會。[2]

本月 柔石入黨，入黨介紹人為馮雪峰。

6 月

1 日 左聯黨團書記馮乃超在《新地月刊》（係《萌芽月刊》第 6 期）發表《中
國無產階級文藝運動與左聯成立的意義》，認為左聯 "在中國的地位不
能不是中國無產階級的文學運動的全國性的統一機關。它不是某幾個

1　馬寧回憶說開會地點是在跑馬地附近 "靜安西路津門旅店（現華僑飯店）三樓"，顯然指金
門飯店。參見馬寧：《左聯雜憶》，《左聯回憶錄》（上），第 112 頁。馮乃超則回憶發生在
南京路西的華安大廈六樓，參見馮乃超：《革命文學論爭‧魯迅‧左翼作家聯盟——我的一
些回憶》，《新文學史料》1986 年第 3 期，第 29 頁。而華安大廈正是金門飯店所在地。但
夏衍回憶本次會議的召開地點是虹口乍浦路附近駐滬日本記者俱樂部，據夏衍所言提供會
址的尾崎秀實的兄弟尾崎秀樹敘述，該俱樂部為 "日本人俱樂部"，位於文路（即文監師
路，今塘沽路）69 號。參見（日）尾崎秀樹：《三十年代上海》，第 67 頁。夏衍所說的可
能是召開左聯第三次全體盟員大會的地址。

2　此次會議的地點和內容相關回憶有較大分歧。另外，馬寧在《左聯雜憶》中回憶柔石介紹
的是《中國土地法大綱草案》，實際上蘇維埃區域代表大會通過的是《土地暫行法》。

人或幾個團體的‘拉攏’”。

1日　中國民族主義文藝運動者舉行集會，發表《民族主義文藝運動宣言》，
　　　攻擊無產階級文學。

11日　中共中央政治局會議在上海召開，通過《新的革命高潮與一省或幾省
　　　的首先勝利》的決議。立三路線在黨內佔據統治地位。

22日　社聯舉行首次盟員大會。大會決定加強與上反、互濟會、左聯等組織
　　　的聯繫。

7月

本月　中國左翼美術家聯盟（美聯）成立，總部設在中華藝術大學內，許幸
　　　之任主席。文委委派左聯盟員沈端先參加成立大會。

本月　由國民黨中宣部資助，王平陵、鍾天心、左恭等主持的中國文藝社在
　　　南京成立，提倡三民主義文藝。受國民黨組織部支持的開展文藝社、
　　　線路社、流露社亦成立，提倡民族主義文學。

本月　利用中華藝大被封後的遺留款項，由左聯和社聯聯合舉辦的上海暑期
　　　文藝補習班開學。補習班設在法租界環龍路，由馮雪峰和王學文分別
　　　代表兩個團體負責（王為校長，馮為教務主任），並授課。補習班設
　　　文學、社會科學班，有學生 60 人左右。茅盾、潘梓年、陳望道、戴望
　　　舒、胡也頻等都曾去講課。8 月 6 日，魯迅曾應馮雪峰之邀前去講演，
　　　據說不少學生缺席，引起馮雪峰訓斥。[1] 後因頻繁組織動員學生參加示威
　　　遊行和飛行集會，正常學習秩序被打亂，聽課人漸少，終被暴露，未
　　　等暑期結束即停辦。[2]

1　馮毅之：《北平左聯回憶》，《左聯回憶錄》（下），第 553 頁。

2　重點參見劉芳松：《“左聯”回憶片段》，《“左聯”紀念集：1930-1990》，第 42 頁。

8 月

4 日　左聯執委會召開會議，通過《無產階級文學運動新的情勢及我們的任務》決議案。號召"全體盟員到工廠到農村到戰線到社會的地下層中去"，開展工農兵通信運動；檢討了"作品的內容缺乏現實社會的真實性"的問題，認為是由於"作家們依然沒有和現實社會的鬥爭打成一塊"。

10 日《前鋒周報》第 8 期開始連載葉秋原的《民族主義文藝之理論的基礎》，至同月 24 日第 10 期載完。

上中旬（約）　左聯召開第三次全體盟員大會，會議地址可能是上海文監師路（今塘沽路）69 號駐滬日本記者俱樂部。會議內容包括：參加全國蘇維埃區域第一次代表大會的左聯盟員向大會作報告，大會通報了全國蘇維埃區域代表大會的主要內容和意義，並通過《中國左翼作家聯盟在參加全國蘇維埃區域代表大會的代表報告後的決議案》、以及工農兵通信運動決議案等多項決議案。[1]

15 日《文化鬥爭》周刊創刊，係左聯和社聯聯合創辦，潘漢年主編。

23 日　左翼劇團聯盟舉行成立大會，左聯、美聯、社聯代表到會演說。

26 日　由左聯發起，聯合美聯、左翼劇團聯盟、斧鐮社、社聯、南國社、藝術劇社、文藝研究社等 10 餘個文化團體，召開各團體代表大會，決定與互濟會共同發起"反白色恐怖周"（9 月 1-7 日）。

26 日　瞿秋白由莫斯科經歐洲回到上海。

1　會議內容據《文化鬥爭》第 1 卷第 2 期（1930 年 8 月 22 日發行）所載《中國左翼作家聯盟在參加全國蘇維埃區域代表大會的代表報告後的決議案》。1930 年 8 月 4 日左聯曾召開執委會，通過的綱領性文件的許多內容都與本次大會相關，推斷本次大會應在執委會之後。再根據《文化鬥爭》的編輯情況推斷，或在 8 月 15 日之前。會議地點參見本年 5 月 29 日條注釋。

9月

6日 文總籌委會代表和日本革命文化團體代表在上海舉行聯席會議，決定建立兩國革命文化團體的聯絡機關，並出版機關刊物。後似未能實行。

10日 左聯機關刊物《世界文化》創刊，刊載馮乃超的《"左聯"成立的意義和它的任務》。

17日 柔石、馮雪峰、馮乃超等發起，為魯迅50壽辰舉行祝壽會。參加者有左聯、社聯、美聯、左翼劇團聯盟代表。首由柔石致辭，其後各左翼文化團體代表也發表了致辭。

18日 左聯、社聯、美聯、左翼劇團聯盟等代表20餘人舉行會議，決議成立左翼文化總同盟（文總），"凡為奪取蘇維埃政權而鬥爭之文化團體即可加入"。會議選出5人準備委員會，召集工作由左聯代表承擔。

21日 中國自由運動大同盟在上海召開全國代表大會，各地、各團體（包括左聯）代表60餘人出席。左聯盟員周全平被推舉為大會總主席。

24日 中共六屆三中全會召開，至本月28日結束。在瞿秋白、周恩來領導下，結束了立三路線在中央的統治地位。全會改選了中央政治局，瞿秋白被繼續選為政治局委員，重新成為中央主要領導人之一。

30日 應國民黨中宣部要求，國民黨中央執行委員會秘書處發出密令稱："查上海地方近有中國社會科學家聯盟，左翼作家聯盟，上海青年反帝大同盟，普羅詩社，無產階級文藝俱樂部，中國革命互濟會，革命學生會等反動組織與已經呈請取締之自由運動大同盟，同為共黨在群眾中公開活動之機關，應一律予以取締……轉函國民政府密令淞滬警備司令部及上海市政府會同該市黨部宣傳部嚴密偵察各該反動組織之機關，予以查封，並緝拿其主謀分子，歸案究辦。"

本月（約） 社聯和左聯繼暑期補習班後，開辦現代學藝研究所，地址在愛文義路（今北京西路）。[1] 所長洪深，實際負責人仍是王學文和馮雪峰。開設社會科學和文藝兩個班，共有學生 100 餘人。約 50 天後被當局查封。魯迅曾為該校捐款。左聯和社聯後來在公共租界赫德路又合辦了浦江中學，約 50 天後也被封閉。

10 月

9 日　中共黨員、南國社成員宗輝（謝緯棨）在南京被當局殺害。

10 日《前鋒月刊》創刊，朱應鵬主編，現代書局發行，提倡民族主義文學。

20 日《紅旗日報》刊載報道《沒落的小資產階級蔣光赤被共產黨開除黨籍》。蔣光慈在此前不久被開除黨籍，被開除前，曾寫退黨報告，請錢杏邨轉交黨組織。

本月（約）　潘漢年卸任文委書記，由朱鏡我接任。

本月（約）　文總正式成立。潘漢年可能短期擔任了文總第一任黨團書記，待其卸任後由朱鏡我擔任。也可能文總首任黨團書記就是朱鏡我。

本月　陽翰笙的長篇小說《地泉》由上海平凡書局出版。

11 月

6 日　至本月 15 日，由國際革命文學事務局舉辦的第二次世界革命文學大會在蘇聯哈爾科夫召開，蕭三代表左聯參加，並被選為主席團成員之一。大會決定成立國際革命作家聯盟，左聯作為其中國支部。會議還通過了 "對於中國無產階級文學的決議案"。

8 日　由於各 "反動團體仍秘密活動甚力"，國民黨中央執行委員會秘書處再次致函國民政府文官處，要求查封社聯、左聯等組織。

1　馮雪峰回憶是在英租界威海衛路，參見馮夏熊整理：《馮雪峰談左聯》，《新文學史料》1980 年第 1 期，第 8 頁。

8 日 晚，左聯在狄思威路（今溧陽路）日本人龍岡家召開會議（會址係夏衍從在《上海日報》工作的日本人西里龍夫處借來），胡也頻為會議主席 [1]，到會 20 餘人，魯迅、馮潤璋等出席。胡也頻當選為出席中華蘇維埃工農兵第一次全國代表大會代表。[2]

16 日 下午 6 時，左聯在北四川路橫濱橋附近一所小學召開第 4 次全體大會，鄭伯奇主持，盟員 30 餘人出席，另有日本戰旗社及中准會，文總代表多人參加。會議首先由主席作政治報告，指出目前革命的兩個重要任務，一為 "反對帝國主義國民黨進攻紅軍"，二為 "爭取工農兵蘇維埃政權的建立"。後面的常委報告，則對盟員脫離群眾、不參加組織生活等現象做了嚴重的批評。會議通過 "全體動員參加群眾實際工作"、"擴大工農兵通信運動"、"肅清一切投機和反動分子" 等決議，並當場表決開除了 "投機和反動分子" 郁達夫。[3] 據馮雪峰回憶，只有馮雪峰、柔石等 4 人投了反對票，文委書記朱鏡我事後對此決定表示了不滿。

16 日 中共中央收到共產國際的 "十月來信"（《共產國際執委會給中共中央關於立三路線問題的信》）。來信指出立三路線是反共產國際的政治路線。本月 18 日，中共中央接受共產國際批評，檢討了三中全會對立三路線的調和態度。

12 月

15 日 國民政府頒佈《出版法》。

16 日 蔣介石對中央革命根據地發動第一次軍事圍剿。

---

1 參見（日）尾崎秀樹：《三十年代上海》，第 67-68 頁。

2 據馮潤璋：《我記憶中的左聯》，《左聯回憶錄》（上），第 89 頁；丁玲《一個真實人的一生》，《丁玲全集》第 9 卷，第 72 頁。馮潤璋回憶會址是魯迅借來，當誤。

3 參見《左翼作家聯盟第四次全體大會補誌》，《紅旗日報》第 91 期，1930 年 11 月 22 日。

冬　中國社會科學研究會（社研）成立，係社聯兄弟組織，專門培養青年學習馬克思主義的組織。中共在社研設立黨團。

年底（或說夏）　周揚從日本回到上海，約次年下半年加入左聯。

1931 年

1 月

7 日　中共六屆四中全會在上海召開。王明在共產國際代表米夫策劃支持下，進入政治局，實際掌握了中央領導權。全會撤銷了瞿秋白、羅邁、李立三的政治局委員職務。沈澤民被任命為中宣部部長。

9 日　蕭三給左聯來信，報告第二次世界革命文學大會情況（刊於 1931 年 8 月 20 日《文學導報》第 1 卷第 3 期）。

16 日　左聯在南京路王盛記木器店樓上洛陽書店召開全體中共黨員會議，另有部分社聯、左翼劇團聯盟負責人與會，計 40 人左右，由潘漢年傳達六屆四中全會內容。胡也頻、柔石、馮鏗等對四中全會決議提出非議。[1]

17 日　上午，左聯在永安公司右側隔街的古舊小咖啡館召開會議（錢杏邨說是執委會），到會者有錢杏邨、陽翰笙、胡也頻、馮乃超、柔石等。[2]

17 日　至本月 21 日，林育南等 35 位黨內幹部，由於叛徒告密，分別在東方旅

---

[1]　日期據《上海革命文化大事記（1919.5-1937.7）》，第 290 頁，未詳何據。內容據夏衍：《懶尋舊夢錄》，第 124-125 頁，夏衍回憶開會時間為 17 日下午 2 時至傍晚，似非。

[2]　此條時間有爭議，此據阿英：《一九三一年一月十七日的早晨》，《阿英全集》第 4 卷，第 537-538 頁；馮乃超：《革命文學論爭・魯迅、左翼作家聯盟——我的一些回憶》，《新文學史料》1986 年第 3 期，第 34 頁。此二例均回憶時間在上午，當為事實。另參見丁玲《一個真實人的一生》和沈從文《記胡也頻》二文相關論述。

社、中山旅社、華德路滬新小學等處被國民黨上海市公安局逮捕。其中包括柔石、李偉森、胡也頻、馮鏗、殷夫五位左聯作家。

27日 羅章龍被開除出黨。中共六屆四中全會後，羅成立"第二中央"、"第二省委"、"第二工會黨團"等組織。

本月 王稼祥出任中央黨報委員會秘書長和《紅旗》、《實話》報總編輯。

本月 中國左翼戲劇家聯盟（劇聯）召開成立大會。選舉產生以田漢為首的執行委員會，劉保羅擔任總務，趙銘彝擔任組織，鄭君里擔任宣傳。左聯、社聯、劇聯人員多有重疊。

年初 青年文學研究會（"青文"）成立。由張士曼、葉紫、王塵無、蘇華主持，周文、鄭育之、王堯山等也曾加入。創辦《紅葉》月刊。該會團結了很多青年職工和知識分子，次年秋冬間解散。與左聯關係密切。[1]

2月

7日 中共幹部林育南、何孟雄及同時作為左聯盟員的李偉森、柔石、胡也頻、殷夫、馮鏗等23人[2]，在龍華淞滬警備司令部內被殺害。《文藝新聞》於3月30日和4月13日刊出《在地獄或人世的作家？》、《嗚呼，死者已矣！——記五作家之死》，公開了5位左翼作家遇難的消息。

10日 黃震遐在《前鋒月刊》第5期發表小說《隴海線上》。

月底 張聞天本月17日從蘇聯回到上海後，接替沈澤民任中宣部部長。

---

1 時間據《中國新文學大系：1927-1937》第19集，上海：上海文藝出版社，1989年，第365頁；另參見王堯山：《憶在"左聯"工作的前後》，《左聯回憶錄》（上），第307頁。此會應該是左聯外圍團體。

2 1931年2月12日的《紅旗日報》，3月12日的《群眾日報》都說是23人。但也有一些資料說是24人。

3 月

4 日　北新、群眾、樂群等書店被查封。

10 日　萬國安在《前鋒月刊》第 6 期發表小說《國門之戰》。

16 日　《文藝新聞》周刊創刊。最初由袁殊主編，後由樓適夷、沈端先、葉以群先後編輯，係左聯的外圍刊物和重要輿論陣地。

3、4 月間　魯迅應史沫特萊之邀，為美國《新群眾》雜誌作文《黑暗中國的文藝界的現狀》。後收入《二心集》（上海合眾書店 1932 年出版）。

4 月

1 日　蔣介石對中央革命根據地發動第二次軍事圍剿。

1 日　《讀書雜誌》創刊，王禮錫、陸晶清、胡秋原先後主編，神州國光社出版。

9 日　中共中央作出決議《目前的政治形勢及黨的緊急任務》，要求黨組織發動群眾在 "五卅" 當天於大城市舉行遊行示威和飛行集會。

10 日　黃震遐在《前鋒月刊》第 7 期發表詩劇《黃人之血》。

19 日　左聯將魯迅和史沫特萊起草、茅盾修改的《為紀念被中國當權的政黨 —— 國民黨屠殺的大批中國作家而發出的呼籲書和宣言》，寄給多位國外知名文學家，引起世界性關注。此文於同年 6 月在美國《新群眾》第 7 卷第 1 期發表，題為《中國作家致全世界的呼籲書》。

20 日　左聯常委會決議開除周全平。

25 日　左聯機關刊物《前哨》創刊（實際愆期）。創刊號為《紀念戰死者專號》，發表魯迅《中國無產階級革命文學和前驅的血》，發表被難烈士（左聯五烈士和宗輝）傳略和遺著。第 2 期改名《文學導報》。

28 日　葉靈鳳被左聯開除。

下旬　政治失意的瞿秋白和茅盾多次交流《子夜》的創作問題。

5 月

2 日 周毓英被左聯開除。

3 日 數十名革命青年作家（多半應是左聯盟員）佯裝顧客進入發行民族主義文學刊物的出版社書店，撕毀其中的民族主義刊物，散發"打倒民族主義文學宣言"傳單，高呼口號而去。

月初 左聯黨團書記馮雪峰在茅盾家見到瞿秋白，瞿秋白對魯迅《中國無產階級革命文學和前驅的血》一文高度讚揚。

春夏 瞿秋白受中共中央委託，一度代管文委工作，開始涉足左翼文壇的管理。

6 月

本月 馮雪峰委託友人謝旦如安排瞿秋白避難，與瞿秋白交流密切。

7 月

1 日 蔣介石對中央革命根據地發動第三次軍事圍剿。

20 日 魯迅為社會科學研究會演講，題為《上海文藝之一瞥》，提出實現"作家的無產階級化"。後連載於 1931 年 7 月 28 日、8 月 3 日的《文藝新聞》第 20、21 期。

8 月

5 日 《文學導報》第 1 卷第 2 期刊登魯迅等翻譯的 5 名國外作家的抗議信：《世界無產階級革命作家對於中國白色恐怖及帝國主義干涉的抗議》。

5 日　茅盾在《文學導報》第 1 卷第 2 期發表《"五四運動"的檢討 —— 馬克思主義文藝理論研究會報告》。此文係左聯馬克思主義文藝理論研究會的研究成果。

17 日　魯迅邀內山嘉吉（內山完造之弟）舉辦暑期木刻講習會，講習會持續 6 天。

20 日　《文學導報》第 1 卷第 3 期發表《革命作家國際聯盟為國民黨屠殺中國革命作家宣言》，阿衛巴赫、法捷耶夫、巴比塞、辛克萊等 28 位作家簽名。

31 日　蔣光慈病逝於上海。

9 月

1 日　左聯發表《啓事》，刊於 9 月 13 日出版的《文學導報》第 1 卷第 4 期，指出有人在 8 月 11 日以左聯名義給《文藝新聞》、《小說月報》、《中學生》、《東方雜誌》等編輯部寫恐嚇信，暴力威脅登載蘇聯相關內容，係惡意栽贓，明確指出這是民族主義文藝派的詭計。

1 日　《新時代》月刊創刊，曾今可主編，新時代書局發行。主要撰稿人有張資平、曾今可、毛一波、陳穆如、丁丁、邵冠華、徐霞村等。

13 日　《文學導報》第 1 卷第 4 期發表瞿秋白《青年的九月》和茅盾《"民族主義文藝"的現形》，批判民族主義文藝。

18 日　"九一八"事變爆發。

20 日　湖風書局開業，宣俠父籌資創辦、周廉卿任經理。刊行左聯刊物和左聯盟員作品多種，後成為左聯和文總的活動據點。1933 年 3 月被查封。

20 日　《北斗》月刊創刊。丁玲主編，湖風書局發行。計出 7 期。

28 日　茅盾在《文學導報》第 1 卷第 5 期發表《〈黃人之血〉及其他》，魯迅在《文藝新聞》第 29 期發表《答文藝新聞社問》，均認為日本進攻中國是帝國主義進攻蘇聯的第一步、中國軍閥只能充當進攻蘇聯的工具。瞿秋白在同期《文學導報》發表文藝大眾化作品《東洋人出兵（亂來腔）》。

下旬 因王明將赴莫斯科任職，由博古、陳雲、張聞天、康生、盧福坦等人組成了中共臨時中央政治局，博古逐漸掌握最高權力。

10 月

7 日 國民政府頒佈《出版法施行細則》。

15 日 左聯執委會發佈《告無產階級作家革命家及一切愛好文藝的青年》，刊於 10 月 23 日出版的《文學導報》第 1 卷第 6-7 期合刊。[1] 公告指出，日本佔領東三省，目的是為了剿滅中國蘇維埃革命、進攻社會主義蘇聯，號召民眾只有打倒"自己民族的政府"，保衛蘇聯，才能打倒帝國主義。而革命文藝，必須宣傳"只有蘇聯是我們的祖國"，鼓舞鬥爭情緒。

17 日 左聯執委會舉行會議，決議對中國無產階級文學運動過去的理論和作品展開充分誠實的自我批評，以求得盟員更加團結一致。

23 日 魯迅於《文學導報》第 1 卷第 6-7 期合刊發表《"民族主義文學"的任務和運命》（實際出版愆期至本月 29 日之後）。[2]

25 日 左聯秘書處發佈通告，對盟員提出下述四項必須切實履行的要求：一、對中國過去的無產階級文學運動展開自我批評，並提交書面意見（以貫徹實行本月 17 日執委會決議）；二、對大眾文藝和文學大眾化問題展開討論，並提交書面意見；三、依照正當組織路線，對聯盟目前的工作路線充分發表意見，並以書面形式提交；四、依照正當組織路線，對聯盟已出機關報展開切實討論和批評，並提交書面意見。

本月 文總刊物《九·一八》周刊創刊，文總、左聯、社聯、劇聯等團體供

---

1 據該刊內文推斷，出版當在 10 月 29 日之後。

2 該刊出版日期參見前注。

稿。第 2 期改名《公道》，發行 3 期後，又改名《中國與世界》。計出 17 期。

本月　左聯與美術研究會聯合編輯出版了根據瞿秋白作品改編的連環圖畫《東洋人出兵》。

本月　茅盾辭左聯秘書處書記一職。

11 月

7 日　至本月 20 日，中華蘇維埃第一次全國代表大會在瑞金召開，宣告中華蘇維埃共和國臨時中央政府成立。

15 日《文學導報》第 1 卷第 8 期刊登《中國無產階級革命文學的新任務——一九三一年十一月中國左翼作家聯盟執行委員會的決議》。決議由馮雪峰起草，強調了左聯在世界階級矛盾趨於尖銳的情況下，應該加緊革命宣傳和鬥爭，既要加強與反動文藝的鬥爭，又要響應勞苦大眾的文化需求，組織工農兵貧民通信員運動、壁報運動，組織工農兵大眾的文藝研究會和讀書班等組織。決議特別強調了文學大眾化問題的重要意義，要求在創作、批評、組織問題上，貫徹大眾化的方針。對創作的題材、方法、形式，決議也做了規定：在題材上，反對小資產階級的程式化內容；在方法上，依據無產階級世界觀和唯物的辯證法，反對觀念論和浪漫主義；在形式上，要求簡明易解，排除知識分子句法，創造新的表現形式。決議強調，必須加強對反動思想、小資產階級意識的理論鬥爭和批評，同志之間也需要加強互相批評。在組織紀律方面，強調左聯是政治鬥爭的團體，應該整飭紀律、嚴密組織。決議並且認為，目前左聯還沒有工農分子，這是組織上最大的弱點。

30 日　蔣介石發表 "攘外必先安內" 的演說。

12月

3日 中國左翼世界語者聯盟（語聯）成立。語聯加入了普羅世界語者國際組織，創辦世界語月刊《世界》。

11日 魯迅主編、馮雪峰協助編輯的左聯機關刊物《十字街頭》創刊，出3期被禁。

15日 蔣介石辭去國民政府主席兼行政院院長職務。

19日 夏丏尊、周建人、胡愈之、傅東華、葉紹鈞、郁達夫、鄧初民、丁玲、樓適夷、姚蓬子、沈起予、穆木天等30餘人，發起成立文化界反帝抗日聯盟（"文反"）。大會推舉執行委員9人，候補執行委員2人，計胡愈之、傅東華、周建人、夏丏尊、丁玲、姚蓬子、樓適夷、沈起予、袁殊、鄧初民、錢嘯秋等11人。

25日 《文化評論》創刊，胡秋原主編。同時批判民族主義文藝和無產階級文藝，宣揚藝術自由論。

28日 文反召開第一次執委會，推舉傅東華、胡愈之、姚蓬子組成常務委員會，推舉樓適夷、郁達夫、丁玲、夏丏尊、葉紹鈞五人負責出版機關雜誌。

附錄二

20 世紀 30 年代初期左翼與右翼的國家形象書寫之爭

　　1927 年初，伴隨著國民革命統一戰線的破裂，被大革命聚攏在一起、本有著相似目標的中國知識分子，也被徹底撕裂了。當革命落潮之後，之前作為政治團體有機分子的知識分子，多數都因政治環境的劇變而失去了政治角色。他們不能再依靠政治而生存，於是只能重拾文人的"本分"，賣文為生。而此前經受的革命思潮洗禮，也使他們很難再創作個人主義情調的作品，於是，文壇成為了新的戰場。意識形態方面的分歧，在文壇有了淋漓盡致的展現。普羅左翼、自由派、保守派、無政府派，國家主義派、民族主義派，等等，戰成一片。民族主義派的文學理論家葉秋原在 1930 年即有如此的觀察：

　　到了民國十七年，正是中國革命的轉變，一般作家們，許多都從實際的革命工作的陣線上退下來，而形成了中國文藝界從來未有之興盛。這時，真是書肆林立，作家輩出，文藝界充滿了活躍突進的生氣，老作家，少作家，新作家，舊作家，都一起動筆來，於是，一場混戰在這時便開始了，造成了文學革命運動之後最值得令人注意的一個時期。[1]

　　這一場大論爭，爭論的內容和參與者雖然多有變化，但廣義來講，大

1　李錦軒（葉秋原）：《最近中國文藝界的檢討》，《前鋒周報》第 3 期，1930 年 7 月 6 日，第 19-20 頁。

致從 1928 年前後，一直延續到 1937 年抗日戰爭全面爆發。其間中國一直面臨著日益加重的民族危機，先後經歷了如 1929 年的中東路事件、1931 年的九一八事變、1932 年的一·二八事變等嚴峻事件，但這些危機大體都沒有能夠消弭文人之間的分歧，相反，有時還大大加劇了分歧。本文所擬考察的，便是 20 世紀 30 年代初期，在民族危機面前，左翼文人與右翼文人對國家形象書寫的歧異，及由此導致的激烈論爭。

一、無產階級文學與民族主義文學的興起與基本理論分歧

在大革命之後的文壇上，最早揭起主義的旗幟、領風騷於一時的是無產階級文學派。也正是由於無產階級文學派的四處出擊，才大大攪動了文壇，掀起了一場激烈異常的 "革命文學" 論爭。無產階級文學不同於大革命時期熱鬧非凡的革命文學，它以明確的馬克思主義革命理論為指導，以唯物史觀、唯物論的辯證法、階級意識理論等為理論支撐，以無產階級文學為旗幟。它們不願意被混同於舊的 "革命文學"，而號稱 "新興的革命文學"，即無產階級文學。李初梨曾論說道：

那麼，新興的革命文學，在歷史運動上的必然性是什麼？

革命文學，不要〔是〕誰的主張，更不是誰的獨斷，有歷史的內在的發展——連絡，它應當而且必然地是無產階級文學。[1]

無產階級文學在論爭中產生了巨大影響力，吸引了大量對革命陷入迷惘的文人。他們意識到，在現實革命中被挫敗的理想，完全可以以另一種方式實現；而人生的苦悶、人世的不公，完全來源於帝國主義、資產階級和封建

1　李初梨：《怎樣地建設革命文學》，《文化批判》第 2 期，1928 年 2 月 15 日，第 13 頁。

勢力的壓迫。無產階級文學背後的階級革命理論，被奉為引導人類走向光明未來的唯一正確理論。知名的文學家郭沫若，便屢次撰文呼籲，青年們應該去除自我的個性，做這一革命理論的“留聲機器”。而革命聖地蘇俄的蒸蒸日上、工農地位的抬頭，更給這一種理論的真理性提供了最有力的證明。許多已經成名的文人，甚至包括剛被無產階級文學家猛烈批判的魯迅，紛紛“轉向”，加入了這一陣營。於是在 1930 年 3 月 2 日，中共籌劃成立了中國左翼作家聯盟。左聯以新銳無產階級文學家為主體，同時吸納了魯迅、郁達夫、田漢、蔣光慈等知名作家。其成立，大大增強了左翼文學陣營的實力與聲勢。

　　左聯的成立，予其對手以強烈刺激。對手中做出最強烈反應的，應該是民族主義文學家。多半出於與左聯相抗衡的意圖，1930 年 6 月 1 日，民族主義文學家在上海聚會成立了前鋒社，並發表了《民族主義文藝運動宣言》。6 月 22 日，該社發行機關刊物《前鋒周報》，宣言便在該報第 2、3 期連載發佈。該社領袖人物為范爭波和朱應鵬，其中范爭波是國民黨上海市黨部執行委員和上海警備司令部的偵緝處長兼軍法處長，朱應鵬是《申報》資深編輯，同時也是國民黨上海市黨部監察委員會委員。前鋒社若干成員，如黃震遐、李翼之、方光明等，也就職或曾就職於國民政府黨政軍部門。該社無疑有鮮明的官方色彩，但活躍於前鋒社中的多數人物，如傅彥長、汪倜然、葉秋原、陳穆如、陳抱一、李金髮等，都沒有官方背景。前鋒社中最活躍的，是一群尚在大學或剛出大學校門的文學青年，多係草野社成員，也沒有明顯的官方背景。傳言常謂前鋒社後台是國民黨上海市社會局局長、CC 系的潘公展，且接受官方津貼，但至今也都無法證實。[1] 因此，前鋒社固然與官方在人事和宣傳基調上都頗有關聯，但也不能過高估計其官方性質。和三民主義文學派相比，其非官方性質尤其突出，包容性也更強。前鋒社的主要刊物相繼有《前鋒周報》、《前鋒月刊》和《現代文學評論》。《現代文學評論》中激進

1　參見倪偉：《“民族”想像與國家統制 —— 1928-1948 年南京政府的文藝政策及文學運動》，第 53-55 頁。

的民族主義論說便很少，甚至有許多左聯作家為之撰稿。

前鋒社一成立，便把鬥爭鋒芒頻繁對準左聯。《前鋒周報》的編者如此講述前鋒社成立的動機：

> 回顧我們中國的文壇，紛歧錯雜的現象，是使我們最痛心的。封建思想，頹廢思想，出世思想，仍是烏煙瘴氣的彌漫著；而所謂左翼作家大聯盟，更是甘心出賣民族，秉承者〔著〕蘇俄的文化委員會的指揮〈，〉受懷著陰謀想攫取文藝為蘇俄犧牲中國的工具。致使偉大作品之無從產生，正確理論之被抹殺，作家之被包圍，被排斥；青年之受迷蒙，受欺騙；一切都失了正確的出路：在蘇俄陰謀的圈套下亂轉。這些，無一不斷送我們的文藝，犧牲我們的民族。在這現象下，我們實在不忍再坐視了，而危急的環境也絕對不容我們再坐視了。因此，便齊集於民族主義文藝運動的旗幟下，而負起突破中國文壇當前的危機的任務；同時，更進一層，完成民族主義文藝的使命。[1]

可見，他們一開始便把左聯看作蘇俄侵略中國的一種工具，看作民族主義運動的最大對手。而《民族主義文藝運動宣言》，也把無產階級文藝理論視作和封建殘餘思想並處兩個極端的有害思想。民族主義文藝思想的核心，約略而言，就是要把民族主義樹立為中國文藝創作的"中心意識"，以挽救中國新文藝的衰頹和病態，進而"促進民族的向上發展的意志，創造民族的新生命"。[2]

而左聯也不示弱，1930 年 8 月 4 日左聯執行委員會通過新決議，徑直把民族主義文學派稱為"文學上的法西斯蒂組織"。[3] 1931 年 4 月底 5 月初，左聯

---

1 編者：《編輯室談話》，《前鋒周報》第 10 期，1930 年 8 月 24 日。

2 參見《民族主義文藝運動宣言》，《前鋒周報》第 2 期、第 3 期，1930 年 6 月 29 日、1930 年 7 月 6 日。

3 《無產階級文學運動新的情勢及我們的任務》，《文化鬥爭》第 1 期，1930 年 8 月 15 日。

先後開除了活躍成員葉靈鳳和周毓英，重要的理由便是他們都參與了民族主義文藝運動。[1] 其後，瞿秋白、茅盾、魯迅等紛紛撰寫論文，大力批判民族主義文學思潮。尤其是當《前鋒月刊》連續推出了《隴海線上》、《黃人之血》、《國門之戰》等 “力作” 之後，左翼對民族主義文學運動的批判達到一個高潮。年輕的左翼作家不僅動口討伐，而且動手出擊。據親左翼的媒體報道，1931 年的 5 月 3 日，突然有數十名青年佯裝顧客進入發行民族主義文學刊物的出版社書店，將其中售賣的民族主義刊物 “恣情撕毀”，散發 “打倒民族主義文學宣言” 傳單，“高呼口號揚長而去”。[2] 從行事風格來看，應該是左聯的組織行為。

那麼，左翼文學為何被右翼民族主義者看作是蘇俄侵略中國的工具呢？主要是因為左翼文學推崇蘇俄革命，以蘇聯為全世界無產階級的祖國，而把中國政府看作帝國主義的傀儡，資產階級和封建勢力的代言人。在更深的層面，這也是由左翼文學家的理論基礎馬克思主義所決定的。依據馬克思主義，國家是統治階級意志的體現，在無產階級革命取得勝利後，階級會被消滅，國家也必將消失。所以國家政權是無產階級的對立面，無產階級因此也沒有 “祖國”。全世界無產階級的根本利益一致，並形成一個共同體，這個共同體的意義遠超國家，因而本國工人應該和他國工人團結在一起，推翻本民族及世界各國的國家政權。但在蘇俄革命成功後，國家並未如預言那樣地消失，無產階級專政的理論為社會主義國家的建立提供了理論支持。[3] 社會主義國家雖然建立了，國家作為統治階級意志的性質並未改變，只不過唯獨在蘇聯，它成了無產階級意志的體現 —— 而且是全世界無產階級意志的體現。

1　《開除周全平，葉靈鳳，周毓英的通告》，《前哨‧文學導報》第 2 期，1931 年 8 月 5 日。

2　《民族主義文學運動在四馬路一瞬之風波》，《文藝新聞》第 9 期，1931 年 5 月 11 日。民族主義刊物《開展》月刊，則徑稱這批青年為 “普羅作家”，云 “撕毀《前鋒月刊》一百餘冊，《開展》月刊四十餘冊，打碎玻璃兩塊，高呼口號而倉惶離去”。轉引自倪偉：《“民族” 想像與國家統制 —— 1928-1948 年南京政府的文藝政策及文學運動》，第 58 頁，注 1。

3　參見（德）亨利希‧庫諾：《馬克思的歷史、社會和國家學說 —— 馬克思的社會學的基本要點》第十二章相關論述，袁志英譯，上海：上海譯文出版社，2006 年。

在這種理論設計中，全世界無產階級是一體化的，全世界的資產階級也是一體化的，而國家總是僅僅代表了某一階級的意志。具體到現實政治的博弈中來，這一理論若被教條化理解，難免與事實抵牾。

但由於受資本主義世界嚴重的經濟危機影響，在 20 世紀 30 年代的中國乃至世界左翼知識界，普遍存在的認識是，資產階級的統治離崩潰已經不遠，兩大階級的決鬥迫在眉睫，世界無產階級革命高潮即將實現；而各帝國主義國家，正打算結成統一戰線，武裝進攻蘇聯，扼殺無產階級革命。在世界範圍內，無產階級運動都不斷趨向活躍，知識分子則大批左轉，30 年代因此常被稱作"紅色三十年代"。當此之際，如果中國和蘇聯之間產生了衝突，則難免被中國左翼文人理解為，中國政府正充當帝國主義的工具，對世界無產階級的祖國實行侵犯。這時候，到底何者才是自己的"祖國"，便會發生嚴重的認知錯位。而這種錯位實實在在地發生了，導火索即是中蘇之間的中東路事件。

二、中東路事件書寫所折射出的國家認知歧異

中東路，即"中國東方鐵路"，是俄國政府於 1897-1903 年間，在中國領土上修建的一條鐵路，以哈爾濱為中心，西至滿洲里，東至綏芬河，南經長春、瀋陽直達旅順口，呈"丁"字形。19 世紀末期，俄國謀劃在中國境內修築鐵路，以便與其境內的西伯利亞大鐵路打通，進一步滲透並控制中國東北地區。1896 年，俄國政府與清政府簽署《中俄密約》，以"共同防日"為名，獲得清政府的修路授權。不久成立了具體負責的中國東省鐵路公司，清政府入股 500 萬兩庫平銀，約定 80 年後獲得鐵路及沿線一切產業的所有權。俄國則在鐵路沿線享有行政權、警察權、採礦權和貿易減免稅釐等特權。該公司名義上兩國合辦，但"在實際操作中，俄國大權獨攬，把中東鐵路沿線地區

變成了自己的勢力範圍"。[1] 1905 年，因為俄國在日俄戰爭中落敗，中東鐵路的南滿支線被日本佔據。1917 年俄國十月革命後，中東鐵路一度變為各列強與中國共管。而新成立的蘇俄政府，也發表第一次對華宣言，宣稱放棄沙皇政府在中國攫取的特權。但是，"隨著反對外國武裝干涉戰爭的勝利，蘇俄外交中民族利己主義傾向佔了上風"。[2] 中蘇之間談判的結果是，雖然名義上中東路由"中蘇共管"，實際上中方的立法監督權喪失，財權、人事權完全落入蘇方手中。[3] "據統計，1929 年中東路盈利 1682.3 萬盧布，全部為蘇方所有，並非中蘇分享。"[4] 這便埋下了中東路事件發生的禍根。1929 年 5 月 27 日，張學良以宣傳赤化為由，下令搜查哈爾濱蘇聯總領事館，逮捕了正在開會的俄國人 59 名，封閉了中東鐵路職工聯合會。7 月 10 日，張學良強行接收了中東鐵路電報局。但張學良依據錯誤的情報，以為蘇聯無力進犯，即便開戰也非對手，更進一步接管了整條中東鐵路，將包括中東路管理局局長在內的蘇方高級職員全部驅逐出境。然而蘇聯的實力遠超張學良想像。8 月 6 日，蘇聯組建特別遠東軍，從東西兩個方面對中國東北發起進攻，中國軍隊遭到慘敗。張學良開始謀求恢復和談，並於 12 月 22 日簽訂了《中蘇伯力會議議定書》。議定恢復中東鐵路至 1929 年 7 月 10 日前中蘇合辦的原狀，恢復中東路與蘇聯境內的鐵路聯運、恢復被免職或自動辭職的蘇方人員、恢復蘇聯在東北各地的領事館、貿易和商業機構。伯力協定雖然未獲南京中央政府承認，但獲得了實施。以上過程，便是所謂中東路事件。

對於中東路事件的認知，左翼和右翼之間產生了截然對立的分歧。右翼斥責蘇聯為入侵中國的"赤色帝國主義"，而左翼，則鮮明地打出了"武裝

1　石岩：《淺析中東鐵路的歷史變遷》，郭俊勝主編：《中東路與中東路事件》，瀋陽：遼寧人民出版社，2010 年，第 362 頁。

2　石岩：《淺析中東鐵路的歷史變遷》，《中東路與中東路事件》，第 363 頁。

3　譚譯、王連捷：《中東路事件與中共內部兩個口號的爭議》，《中東路與中東路事件》，第 284 頁。

4　譚譯、王連捷：《中東路事件與中共內部兩個口號的爭議》，《中東路與中東路事件》，第 285 頁。

保衛蘇聯"的口號。1929 年 7 月 12 日,中共中央發佈《中國共產黨為反對帝國主義進攻蘇聯宣言》,從宣言的名稱即可看出,中共把中蘇之間的衝突定性為帝國主義對蘇聯的進攻:"帝國主義現在嗾使他的走狗——中國國民黨——很兇蠻的進攻社會主義國家的蘇聯!"[1] 所謂中東路問題,不過是國民黨"在帝國主義指使之下,代帝國主義以奪取蘇聯在中東路的權利"。而蘇聯之所以仍佔據中東路,在宣言看來,也並非不義之舉,"唯一的原因是因為中東路是進攻蘇聯之一個有力的軍事根據地。⋯⋯若現在將中東路交給'中國'政府,事實上是等於交給了日本帝國主義。"[2] 值得注意的是,其中給"中國"特別加上了引號,亦即不承認目前的政府能代表中國。那麼蘇聯是一個怎樣的國家呢?它並無一己的私利,"他的任務是要幫助全世界被壓迫勞苦群眾的革命運動,以完成世界革命。⋯⋯蘇聯與被壓迫勞苦群眾的聯合一致,便是帝國主義的末日。"因此,"蘇聯的勝利,也就是中國革命的勝利!中國革命的勝利,也就是蘇聯的勝利!⋯⋯帝國主義向蘇聯的進攻,也就是向中國革命的進攻。"[3]7 月 24 日,中共中央發出第四十二號通告,提出了"武裝保衛蘇聯"的口號:"準備著武裝起來保護蘇聯,是我們動員蘇聯〔群眾〕的中心口號",並提出將帝國主義的戰爭轉變為國內的革命戰爭的策略,號召廣大群眾進行"直接革命行動"。[4]12 月 8 日的中央通告詳細指示了"武裝保護蘇聯的實際策略",並強調,"帝國主義進攻蘇聯的戰爭,將是人類歷史上未曾

1 《中國共產黨為反對帝國主義進攻蘇聯宣言》,《布爾塞維克》第 2 卷第 8 期,1929 年 8 月 1 日,第 5 頁。

2 《中國共產黨為反對帝國主義進攻蘇聯宣言》,《布爾塞維克》第 2 卷第 8 期,1929 年 8 月 1 日,第 6 頁。

3 《中國共產黨為反對帝國主義進攻蘇聯宣言》,《布爾塞維克》第 2 卷第 8 期,1929 年 8 月 1 日,第 8 頁。

4 《動員廣大群眾反對進攻蘇聯——中央通告第四十二號》,《紅旗》第 34 期,1929 年 7 月 27 日。據宣言其他版本及文意,引文中的 "蘇聯" 當為 "群眾" 之誤。

有的殘酷的階級戰爭，必然引起世界革命的大爆發"。[1]

在以上的論說中，"中國"就如一個並不存在之物，存在的只有一個完全代表異國利益的"中國"政府。左翼文學家馬寧以中東路事件為題材，創作了一篇短篇小說，名為《西伯利亞》，頗能代表一般左翼文人的認知。其開頭尤富暗示的意味，摘引如下：

中東路事件發生後，有一個晚上，一位中國哨兵和一位俄國哨兵衝突。起初是槍尾刀 —— 刺刀 —— 相見，這是中國兵老毛的老手法，但是在這個晚上他卻遇了一位俄國的勝手，正當他把刺刀直刺去時，那媽媽的俄國兵卻把身體一俯，一跳，只一跳，就同大風一樣，把老毛擁抱著了。於是一場惡鬥。……老毛忽然得了勝利，就把俄國兵騎在屁股下；但不料俄國兵卻把兩腳一抽，好像彈弓一樣，老毛成了剪羽，就從一尺高的光景而落在二尺遠的雪堆中，好像不動了。俄國兵於是把自己的槍拾起來，擦擦鼻孔，走過去問道：

—— 朋友，對不住，起來吧！

雪堆裏動了一下，一個微小的聲音藉狂風的力直吹入俄國哨兵的耳朵：

—— 利害，利害，波爾雪維克兵，我給你打敗了，唉唉，……[2]

以上情節可注意者有以下幾方面。第一，作者暗示中國哨兵先動手，而且使用的是致命的刺刀。第二，俄國兵不僅是一個"勝手"，而且富有人道情懷。他直接抱住老毛搏鬥，表示不願傷害中國兵的性命，當擊敗老毛之後，又主動表示歉意。第三，藉中國兵之口，讚揚蘇聯兵士厲害，表示自己並非對手。其中以兩國士兵的舉動象徵兩國政府的意味是顯而易見的，而作者馬寧，完全站在蘇聯兵士的立場上。更有意思的是，作者給中國士兵起的名字

1　《中央通告第六十號 —— 執行武裝保護蘇聯的實際策略》，《中共中央文件選集》第 5 冊，第 562 頁。

2　馬寧：《西伯利亞》，《拓荒者》第 4-5 期，1930 年 5 月 10 日，第 1464-1465 頁。

"老毛"，高度近似於中國人對俄國人的歧視性稱呼（"老毛子"）。此一稱呼，被作者稍作改造反贈給了自己的同胞。這不僅體現出作者的情感傾向所在，也折射出作者的國家認同並非"中國"，而恰是蘇聯。老毛被擊敗後，便被俄國士兵邀請到俄方戰壕做客。俄方以美酒美食款待他，還送給了他一件羊毛衫、一雙長統皮靴，更對他進行了革命教育。老毛因此被俄國兵培養出了階級革命的意識，認識到中國方面所進行戰爭的非正義性——該殺的原來不是俄國兵，"只有一種人要殺：就是壓迫老百姓壓迫士兵的，壓迫工農的土豪劣紳，軍閥軍長，因為他們都是人類和平的搗亂鬼！"[1] 因此，中國士兵該做的，就是調轉槍頭，和蘇軍一起進攻本國政府："把槍桿向後轉，——見鬼去，叫那些把我們的血肉當飯吞的傢伙。"[2] 老毛回到營地後，便開始對士兵和排長宣傳階級革命理念，並取得成功。

　　左翼作家龔冰廬的話劇《我們重新來開始》也涉及到中東路事件。劇中青年王超，是一位關心時事的青年，他酷愛讀報，並以此瞭解時政要聞。當看到中東路事件發生後，他說道："我們要幹一下了！重重壓迫下的中國，該揚眉吐氣一次了！"而另一位主要依靠社會科學著作瞭解現實的青年李文驥，立即指出中俄大戰是帝國主義撲滅第三國際、瓜分中國和俄國的前奏，並告訴王超報紙充滿謠言，指責他是一個夢想家和國家主義者。[3] 在現實的教育及李文驥的影響下，王超的觀念後來發生了轉變，他終於憤激地說道："學校裏能夠教我些什麼呢？社會上所有的事情都是瞞著我們。日本出兵滿洲，說是赤俄佔領了滿洲里！為著搶地盤把民房都燒光了還說赤俄踐踏我國國土，學校和報紙同樣是造謠！"[4] 於是，本來是事實的赤俄佔領滿洲里，在意識獲得提升的王超那裏，變成了實質為"日本出兵滿洲"；本來也是事實的赤

1　馬寧：《西伯利亞》，《拓荒者》第 4-5 期，1930 年 5 月 10 日，第 1476 頁。

2　馬寧：《西伯利亞》，《拓荒者》第 4-5 期，1930 年 5 月 10 日，第 1479 頁。

3　龔冰廬：《我們重新來開始》，《拓荒者》第 2 期，1930 年 2 月 10 日（實際愆期至 25 日之後），第 614-619 頁。

4　龔冰廬：《我們重新來開始》，《拓荒者》第 4-5 期，1930 年 5 月 10 日，第 1528 頁。

俄燒毀中國民房，變成了帝國主義搶奪中國地盤。依據左翼的敘事，在推翻掉既存的國家政權之前，"中國" 幾乎沒有存身之地，中國的形象，只能存在於蘇聯的暗影之中。

而右翼民族主義作家，針對中東路事件創作出了影響甚大的作品——萬國安的《國門之戰》。萬國安的生平資料極度匱乏，研究者對其所知極少，但他在 1931 到 1935 年，創作頗豐，影響也極大。目前可查到的創作有短篇小說四部，長篇小說三部，最著名的便是其長篇紀實小說《國門之戰》。現在知道的僅是，萬國安係奉天人，曾在奉軍中任下級軍官，參與多次戰役，後在中央軍校教導團服役。[1]《國門之戰》發表於《前鋒月刊》第 6 期，由另一位更著名的民族主義文學家黃震遐作序。在序言中，黃震遐特別褒揚了該作對民族意識的張揚。雖然戰爭以中國失敗告終，但該作對中國士兵的英勇作戰給予了詳盡描寫，因此黃震遐特別向對國家實力缺乏信心的國民呼籲："中國人，信仰你祖國的武力吧！"[2]

《國門之戰》以紀實筆調寫成，而且敘寫的是作者個人的親身經歷。至於其中的許多關鍵情節是否有虛構的成分，問世後便成為評論者關注的焦點。大體來說，左翼陣營皆曰該小說 "假"（如茅盾便稱其為 "謊言謊話的結晶"[3]），而右翼陣營則強調該小說 "真"。[4] 小說中的 "我"，是抗擊蘇軍的主力十五旅梁忠甲旅長手下的連長，一直堅守在抗擊蘇軍的第一線。當時許多中國下級軍官娶白俄少女為妻，萬連長也娶了一名美貌的俄國少女流波，但流波似乎不是白俄，其父母反而在蘇聯加入了共產黨（流波告訴萬連長是非自願的）。當中蘇開戰後，萬連長發現流波的行為頗多異常，一番偵查，終於和

1　冷川：《萬國安與〈國門之戰〉》，《廣播電視大學學報（哲學社會科學版）》，2010 年第 2 期。

2　黃震遐：《黃震遐的序》，《前鋒月刊》第 6 期，1931 年 3 月 10 日，第 6 頁。

3　石崩（當為石萌，下徑改）：《〈黃人之血〉及其他》，《前哨·文學導報》第 5 期，1931 年 9 月 28 日，第 15 頁。

4　參見冷川：《萬國安與〈國門之戰〉》，《廣播電視大學學報（哲學社會科學版）》，2010 年第 2 期。

上級一起，設計摧毀了流波所在的間諜團夥。萬連長親手擊斃了自己的妻子。作者雖然是軍人，也屢次強調軍人應該以服從命令為天職，但對萬連長殺妻前後的情感波動頗多刻畫。這既豐富了小說的內容，也給人更真實的感覺。而萬連長最初也並非意在擊斃妻子，而是看見妻子舉槍，無奈之下才偏轉了槍口。殺死妻子後，萬連長產生了幻覺，"心中有點害怕和難過"，直到一個民族主義的聲音在內心響起："你勝利了！你的祖國勝利了！"他才振作起了精神。[1]這一傳奇性事件在小說中所佔分量不大，但卻是左翼作家認為小說虛假的關鍵證據。由於作者的生平資料過於稀少，尚難判斷這一事件是否為事實或有事實依據，但從現實邏輯性的角度考慮，倒也未必沒有現實可能性。[2]黃震遐在序言中，也特別為該事件的真實性做了證明。真假暫且不論，作者宣揚民族主義的意圖是明確的。後來面對戰友的調侃和追問，萬連長又如此聲明："你們不要問了，這也沒有什麼希奇，總而言之：就是：她為她的祖國，我為我的祖國，我們應盡的責任。並且我要不打死她，她就把我打死。"[3]這其實是為妻子和自己的"脫罪"，但在字面上，有力地宣揚了民族主義。

另外，這部小說對中國軍人在裝備和人數均遠遜蘇軍的情況下作戰成績的描寫，有較明顯的誇張之嫌。這顯然也服從於宣揚民族主義、鼓舞民族士氣的需要。小說雖然還描寫了其他幾次捕獲間諜的事件，但紀實性都遠遠超過傳奇性。而且，小說也並非完全站在政府一邊，而對高官不顧兵士安危有很多尖銳嘲諷，甚至對馮庸及其義勇軍的許多不切實際行動也有辛辣嘲諷，更是把日本視作如同蘇聯一樣的帝國主義入侵者，絕無好感。所以，作者宣揚的重心，幾乎完全在一線浴血奮戰的官兵，並非地方或中央政府，更非其他帝國主義國家。在作者的民族主義論述中，國家與政府顯然並未被完全混淆，國家雖由政府組織保護，但不同於具體的政府；它有抽象性，但更多附

1　萬國安：《國門之戰》，《前鋒月刊》第 6 期，1931 年 3 月 10 日，第 86 頁。

2　當然，其中也有一些很不合常理的描寫，比如包括流波在內的四名俄國女間諜，明知屋外有一排士兵潛伏，還自投羅網進入。但就故事的大致輪廓而言，仍存在真實的可能。

3　萬國安：《國門之戰》，《前鋒月刊》第 6 期，1931 年 3 月 10 日，第 94 頁。

著於國土、國民這些具體的內容上，而非過分地附著於當局。這大概可以解釋，為什麼萬國安的作品契合有官方背景的民族主義文藝理論，而且名著一時，但其本人似乎並未被民國政府文宣部門吸納，政府也並沒有把他當人才來培養和宣傳。今天萬國安的生平資料在台海兩岸都幾乎完全湮滅，其實便折射出其尷尬的處境。而其時左翼文人的國家理解，則完全與政府脫離關係，變成一個抽象性十足的理念，它只依附於無產階級革命的前途，甚至只對蘇聯產生認同，理想高蹈美妙，但過分脫離現實。

三、《黃人之血》的民族國家構建規劃與左翼的批判

　　民族主義文藝作家，最知名的應該是黃震遐。黃震遐的生平，今日所知也十分有限。他生於 1907 年，卒於 1974 年，廣東南海人，晚年曾用筆名東方赫。世家出身，父母早逝，年少離家，據說曾入伍，後至上海流浪苦讀，開始在《雅典月刊》、《真美善》等雜誌上發表作品。1930 年 5 月，投筆從戎，加入中央軍校教導團，參加了中原大戰。此後開始了民族主義文學的創作，一舉成名。抗戰後，奔赴西北地區從事政治和文化工作，撰寫軍事紀實性和評論性文章。1949 年後移居香港，進行軍事和國際關係問題評論和研究。[1] 黃震遐在 30 年代的民族主義文藝作品，主要有長篇小說《隴海線上》、《大上海的毀滅》和長篇詩劇《黃人之血》。兩部小說都是紀實作品，詩劇則係依託史實的虛構。《隴海線上》敘寫中原大戰，《大上海的毀滅》記述一・二八事變，《黃人之血》以蒙古軍西征古羅斯國的基輔[2] 為主線，敘述黃種蒙古聯合軍的

1　參見房芳：《1930-1937：新文學中民族主義話語的建構》，南開大學博士學位論文，2010年，第 77 頁；李維生：《常住不滅永存不朽的黃震遐》，《天帝教教訊》第 85 期，1991年 2 月 25 日。

2　基輔在《黃人之血》中譯為計掊甫，其時為俄羅斯、白俄羅斯、烏克蘭等民族所成立國家古羅斯（或稱基輔羅斯）的首都，蒙古軍久攻始克。

"偉跡"及失敗。三部作品都對民族主義做了有力宣揚,也都招來左翼文學家的尖銳批判。其中《黃人之血》涉及蒙、漢、女真、契丹這四大民族的團結與矛盾,雖然時間設定為蒙元時期,但作者的意圖顯然是給當下的中國以警示,希望以民族團結來實現中華民族的復興。但也因為對該劇的"諷喻"理解不同,招來左翼的嚴厲批判。

　　《黃人之血》以蒙古遠征軍中四位虛構的將領為主角,分別為蒙古韃靼人哈馬貝、女真人白魯大、契丹人羅英和漢人宋大西,哈馬貝為統帥,其他三名將領都率領自己的族人參與了蒙古西征。他們四人性格不同,哈馬貝殘酷堅毅,白魯大勇猛兇狠,但也時常感傷多愁。羅英既有游牧民族的勇敢,又受漢族禮教影響,常陷入情感的矛盾。宋大西雖也英勇,但更多漢人柔弱善感的氣質,"外表賽過勇士,心裏已如失望的小羊"。[1] 顯然,個人性格完全是民族性格的象徵。四人最初團結一心,一路所向披靡,征服了歐羅巴大片土地:"只要帳前飄著探馬赤軍光榮的大旗,／他們彼此之間便永無一絲一毫的猜忌。"[2] 後來因為蒙古統治者獨斷專行:"唉,韃靼人的淫威是無盡無邊;／只有他們自己是貴,別人都賤!"[3] 民族裂隙逐漸產生,遠征軍潰敗而去,宋大西、羅英也和哈馬貝、白魯大分裂為兩個陣營。在潰敗途中,為羅英所愛、但被蒙古統治者奪去的基輔華蘭地娜郡主,偶然落入羅英手中,但因為羅英殺死了她的情人,她便設計把羅英和宋大西的軍隊引到蒙古兵陣前,導致他們被蒙古兵追殺,而追殺二人的將領正是哈馬貝和白魯大。宋、羅的軍隊激戰至只剩下 92 人和十幾匹馬。這時,歐羅巴的 6000 名勇士追殺而來,在白人面前,四人捐棄前嫌,最後一次攜手作戰,最終全部戰死,把"黃人之血"撒到了戰場上。

　　據作者自述,該作的要點在於宣傳民族間的"友誼"和"團結的力量"。[4]

1　黃震遐:《黃人之血》,《前鋒月刊》第 7 期,1931 年 4 月 10 日,第 18 頁。

2　黃震遐:《黃人之血》,《前鋒月刊》第 7 期,1931 年 4 月 10 日,第 59 頁。

3　黃震遐:《黃人之血》,《前鋒月刊》第 7 期,1931 年 4 月 10 日,第 130-131 頁。

4　黃震遐:《黃人之血》,《前鋒月刊》第 7 期,1931 年 4 月 10 日,第 3 頁。

自然，指的是黃種民族之間的 "友誼" 和 "團結"，凡參與了蒙古西征的民族都會被包括在內，而尤以蒙、漢、女真、契丹為主，卻不會包括日本的民族。和萬國安一樣，作者對日本也絕無好感，這從其對一・二八事變的書寫中便可瞭然。即便作者坦承，其創作表露了大亞細亞主義的傾向，其 "黃人" 也無包括日本人的可能。而且，在作者看來，"'大亞細亞主義' 就是 '帝國主義'，我們如果拿它當偶像來拜，又豈非病狂？"[1] 作者對自己作品中大亞細亞主義傾向的辯解是，大亞細亞主義既植根於確鑿的歷史事實，也植根於西方人自己對亞細亞的認知。所以，作者對等同於帝國主義的大亞細亞主義，立場上是反對的。但在作品中，對蒙古西征軍在歐洲的暴行有淋漓盡致的描寫，作者的態度卻通常隱匿不見，比如下面一段：

絕望吧，你們這些哀求饒命的手，

快點死吧，何必多皺眉頭？

逃呀，斡羅斯頹靡的王侯；

躲呀，歐羅巴失魂的猛狗；

傾倒呀，莫斯科萬重的高樓；

滾呀，高加索人長著黃毛的頭；

恐怖呀，煎著屍體的沸油；

可怕呀，遍地的腐骸如何兇醜；

死神捉著白姑娘拚命地摟；

美人蠑首變成猙獰的骷髏；

野獸般的生番在故宮裏蠻爭惡鬥；

十字軍戰士的臉上充滿了哀愁；

千年的棺材泄出它兇穢的惡臭；

鐵蹄踐著斷骨駱駝的鳴聲變成怪吼；

1　黃震遐：《黃人之血》，《前鋒月刊》第 7 期，1931 年 4 月 10 日，第 3 頁。

上帝已逃，魔鬼揚起了火鞭復仇；

黃禍來了！黃禍來了！

亞細亞勇士們張大吃人的血口。[1]

文中此類描述幾乎俯拾皆是，從中不僅很難看出作者對"帝國主義"的反對，相反，經常會讓人以為作者是一名"帝國主義"崇拜者。作者強調自己要"盡力地表現出蒙古人的偉跡"[2]，如果大段描寫的屠城和蹂躪白人婦女不算，什麼才是蒙古人的"偉跡"呢？顯然，作者不僅沒有和其所聲稱反對的"帝國主義"劃清界限，反而處處表露出其"黃種"帝國主義的心態。哈馬貝對羅英的誠勉相信完全是作者心跡的表達："須知我們黃族震撼天地的精神，定將永遠永遠地發揚喇"。[3]又如作者先如此描述黃種士兵意圖擄掠白人少女時的心理活動："到了那時喇，即便她是一朵星！／也只得陪我去做地下的蚯蚓"。[4]緊接著便是一段氣勢磅礴的抒情：

唉，誰不知蒙古西征的大軍！

矛鋒蔽日氣成雲！！

前進呀，黃族的精英，

威風凜凜！！！[5]

作者對黃族的攻伐只表現出了純然的禮讚。不妨再引兩段對黃族"偉跡"的歌頌：

1　黃震遐：《黃人之血》，《前鋒月刊》第 7 期，1931 年 4 月 10 日，第 7 頁。

2　黃震遐：《黃人之血》，《前鋒月刊》第 7 期，1931 年 4 月 10 日，第 3 頁。

3　黃震遐：《黃人之血》，《前鋒月刊》第 7 期，1931 年 4 月 10 日，第 38 頁。

4　黃震遐：《黃人之血》，《前鋒月刊》第 7 期，1931 年 4 月 10 日，第 63 頁。

5　黃震遐：《黃人之血》，《前鋒月刊》第 7 期，1931 年 4 月 10 日，第 63 頁。

> 一剎那便刀光血影，青天白日滿地紅！
> 穢濁的國境裏赤地千里，十室九空；
> 是整團滅亡的火，是一股金色的風！！**1**

　　這裏使用了黨國標誌"青天白日滿地紅"，給人以十足的現實聯想，也許這才是作者寄希望的真正目標所在。而"金色"二字，更是對"黃"高規格的禮讚。又如：

> 一千二百四十二年——
> 全世界颳著黃色之風！
> 一千二百四十二年——
> 蒙古的兵威已將歐亞打通！
> 一千二百四十二年——
> 黃族是世界的主人翁！
> 一千二百四十二年——
> 沒有鷹，沒有獅子，只有亞細亞的龍！**2**

　　作者的民族自豪感躍然紙上，而這種自豪感與帝國主義心態處處雜糅在一起。更關鍵的問題還在於，作者作為一名漢族人，怎麼對待在歷史上正是自己民族征服者甚至壓迫者的蒙古軍呢？誠然，在已然"共和"的語境下，重新掀起民族仇恨是極其失當的，但歷史劇還是必須處理劇中人物的情感問題，作者該如何展示自己的歷史思考呢？他多次提及"中華民族"，但這個全新的現代概念，該如何處理其所涵納的各民族之間的歷史關係呢？其實不難發現作者的苦心，他有意通過強調民族團結來實現"中華民族"的復興。為了達成目標，作者對歷史做了塑造和修飾。於是，他讓漢人宋大西屢次歌

1　黃震遐：《黃人之血》，《前鋒月刊》第 7 期，1931 年 4 月 10 日，第 71 頁。

2　黃震遐：《黃人之血》，《前鋒月刊》第 7 期，1931 年 4 月 10 日，第 134 頁。

頌蒙古人的神威[1]，而這種在歷史上有損節操的行為，即便在當時，也難免引起一般讀者的反感。自然，作者也曾描寫宋大西的亡國之思，比如當他見到同為亡國人的海中人時，便格外願意和他交流，自稱"亡國的老兵"，和他"同病相憐，一見傾心"。[2] 但在更多的時候，宋大西的漢民族意識都處於隱匿狀態，總是欲顯而又隱，難以安放。只是在最後，當黃人聯盟破裂後，在敗亡的途中，其漢民族意識才得以勃發：

看呀，在這大沙漠的南面，
雄偉的長城，一直拖到瀚海之邊！
沙漠的野心，我們已受了欺騙。
大宋的山河喲，韃靼人兇蠻的血劍！
六載的風塵，忘了故國的哀怨，
江南的綠野，神聖的揚子江邊，
到處是哭聲，到處是屠夫的鬼臉；
現在，我們卒於醒了，醒了——
漢族的男兒，點起你胸中復仇的火焰！[3]

當蒙古兵戰勝之時，宋大西與之一心屠戮歐羅巴；當蒙古兵戰敗之後，宋大西興起了為漢民族復仇之意，豈不太勢利？其漢民族意識又有何寶貴的價值？而到最後，當先面對哈馬貝與白魯大的追殺，後面對歐羅巴軍隊，自知難逃一死的時候，宋大西和羅英（羅英雖非漢人，也是大宋子民）又懷念起了與哈馬貝、白魯大的友誼："他年，他日，過了一萬歲——/ 我們仍是弟

1　比如他和哈馬貝、羅英、白魯大兩次合唱："萬歲喲，馬上的韃靼！/ 永久喲，神武的大元！"黃震遐：《黃人之血》，《前鋒月刊》第 7 期，1931 年 4 月 10 日，第 39 頁、第164 頁。

2　黃震遐：《黃人之血》，《前鋒月刊》第 7 期，1931 年 4 月 10 日，第 30 頁。

3　黃震遐：《黃人之血》，《前鋒月刊》第 7 期，1931 年 4 月 10 日，第 137-138 頁。

兄嗬，一群亞細亞的鬼！"[1] 作者力圖構建一種團結合作的民族關係，但以其所表現的這種低賤的漢民族主義為要素（甚至難免為主體），又如何能構建出團結向上的"中華民族"？自然，作者努力把西征軍中各民族的關係處理為平等合作的關係（直到最後這種關係才破裂，並因此導致了西征失敗），但這種處理偏離歷史事實太遠，也很難具有正面的建構作用。

黃震遐有意和無意中對蒙古族"偉跡"的歌頌，無疑會喚起深受清末革命思想影響的魯迅等人的民族恥辱記憶。魯迅便諷刺道，黃震遐難道不知——"趙家末葉的中國，是蒙古人的淫掠場？……黃詩人所描寫的'斡羅斯'那'死神捉著白姑娘拚命地摟……'那些妙文，其實就是那時出現於中國的情形。"[2] 但包括魯迅在內的左翼陣營對黃震遐的批判並不著力於此，而是透過紙背看到了《黃人之血》惡毒的影射和宣傳意圖：企圖以日本代替蒙古族，再次團結黃色人種，進攻蘇聯。

民族主義文學是魯迅在 20 世紀 30 年代重點批判的對象之一，黃震遐更是被魯迅多次提及。對民族主義文學，魯迅視作"寵犬派文學"之一種，如同發出惡臭的腐屍，鬥狠不足、腐朽有餘，為帝國主義和流氓政治服務。對於《黃人之血》，魯迅徑直指出，其中"所征的歐洲，其實專在斡羅斯（俄羅斯）——這是作者的目標"。[3] 而消滅"現在無產者專政的第一個國度"，也正是民族主義文學的目標。[4] 魯迅論斷的主要依據，便是《黃人之血》中漢民族在黃種各民族之間的地位：

　　但究竟因為是殖民地順民的"民族主義文學"，所以我們的詩人所奉為首領的，是蒙古人拔都，不是中華人趙構，張開"吃人的血口"的是"亞細亞勇士們"，不是中國勇士們，所希望的是拔都的統馭之下的"友

1　黃震遐：《黃人之血》，《前鋒月刊》第 7 期，1931 年 4 月 10 日，第 162 頁。

2　魯迅：《"民族主義文學"的任務和運命》，《魯迅全集》第 4 卷，第 327 頁。

3　魯迅：《"民族主義文學"的任務和運命》，《魯迅全集》第 4 卷，第 322 頁。

4　魯迅：《"民族主義文學"的任務和運命》，《魯迅全集》第 4 卷，第 323 頁。

誼"，不是各民族間的平等的友愛——這就是露骨的所謂"民族主義文學"的特色，但也是青年軍人的作者的悲哀。[1]

魯迅敏銳地看出了《黃人之血》在表面的民族團結背後隱藏的民族壓迫關係，而漢民族的被壓迫地位被順利地移植到了當時的半殖民語境中，於是，蒙古的身份很順利地被置換為了東亞唯一的帝國主義國家——日本，何況日本也正以大亞細亞主義作為侵略中國的理論依據。黃震遐嘆息的民族不團結，又被魯迅譏刺為民族主義作家對日本不能真正做到"日支親善"的哀嘆。[2]若認同蒙古先征服漢民族、再團結西征，為何不能認同日本人先入侵東三省，再"日支親善"、攜手西征呢？——

現在日本"東征"了東三省，正是"民族主義文學家"理想中的"西征"的第一步，"亞細亞勇士們張大吃人的血口"的開場。不過先得在中國咬一口。因為那時成吉思皇帝也像對於"斡羅斯"一樣，先使中國人變成奴才，然後趕他打仗，並非用了"友誼"，送束帖來敦請的。所以，這瀋陽事件，不但和"民族主義文學"毫無衝突，而且還實現了他們的理想境，倘若不明這精義，要去硬送頭顱，使"亞細亞勇士"減少，那實在是很可惜的。[3]

魯迅無疑指出了《黃人之血》中致命的邏輯缺陷。但以為《黃人之血》意在諷喻日本與中國親善團結，從而進攻蘇聯，暗示民族主義文學家意在引日本以攻俄，則缺乏依據，甚至正與事實相反。當時的民族主義文學家，幾乎都把日本視作和蘇聯一樣危險的敵人，也沒有人會認為，日本侵華的更深層目的在於消滅蘇聯的無產階級專政。歷史事實也已經證明，日本的目標不

1　魯迅：《"民族主義文學"的任務和運命》，《魯迅全集》第 4 卷，第 323 頁。

2　魯迅：《"民族主義文學"的任務和運命》，《魯迅全集》第 4 卷，第 324 頁。

3　魯迅：《"民族主義文學"的任務和運命》，《魯迅全集》第 4 卷，第 327 頁。

過是在中國攫取更多利益乃至吞併中國，即便與蘇聯明爭暗鬥、且打著反對共產主義的旗幟，也根本無意也無力藉中國為踏板顛覆蘇聯政權。[1]

　　茅盾的看法與魯迅相同，他聯想到了中東路事件，指出："進攻俄羅斯是國民黨念念不忘的夢想。……現在'詩人'黃震遐用元朝蒙古人西征俄羅斯的史事來作詩劇《黃人之血》也就是'過屠門而大嚼'的意思。"當然，在積極的一方面，茅盾也指出，《黃人之血》是"企圖喚起'西征'俄羅斯的意識，以便再作第二次的進攻蘇聯。"[2] 而進攻的領導者，便是日本，依據亦同於魯迅："宋大西很馴服地在哈馬貞〔貝〕指揮之下'西征'，就明言了中國軍閥也將很馴順地在軍事力量更高的黃色人日本帝國主義指揮之下而西征蘇俄。"[3]

　　自然，左翼之所以能夠從《黃人之血》中做出具有極強跳躍性的推斷，除了該作所隱含的民族壓迫的邏輯具有現實的引導作用外，還因為左翼文人的思維中具有一個明確的判斷，即帝國主義國家首要且統一的目標，就是推翻蘇聯。如魯迅在日本入侵東三省後便指出："這在一面，是日本帝國主義在'膺懲'他的僕役——中國軍閥，也就是'膺懲'中國民眾，因為中國民眾又是軍閥的奴隸；在另一面，是進攻蘇聯的開頭，是要使世界的勞苦群眾，永受奴隸的苦楚的方針的第一步。"[4] 帝國主義意圖進攻蘇聯的判斷來源於階級革命理論的推導，但更主要地來自於第三國際和蘇聯的宣傳。其實，帝國主義國家在當時不但不統一，也已經沒有國家積極籌劃推翻蘇聯了。[5] 因為擁

1　參見王維禮：《中日戰爭 15 年及其他——王維禮學術論文選集》，北京：中央文獻出版社，2000 年，第 7-8 頁。

2　石萌：《〈黃人之血〉及其他》，《前哨·文學導報》第 1 卷第 5 期，1931 年 9 月 28 日，第 13 頁。

3　石萌：《〈黃人之血〉及其他》，《前哨·文學導報》第 1 卷第 5 期，1931 年 9 月 28 日，第 14 頁。

4　魯迅：《答文藝新聞社問——日本佔領東三省的意義》，《魯迅全集》第 4 卷，第 318 頁。

5　可參見（蘇）安·安·葛羅米柯、（蘇）鮑·尼·波諾馬廖夫主編：《蘇聯對外政策史》（上）第九章，韓正文等譯，北京：中國人民大學出版社，1988 年。該著明顯站在蘇聯官方立場上，但從中也可看出蘇聯的國際處境其時正在快速改善。

有這樣一個前提判斷，中國的國家利益在左翼文人的眼中，便顯得無關緊要了。因為中國在這樣一種國際秩序中，完全缺乏自主性，難逃被帝國主義當作進攻蘇聯踏板的命運。而唯一可能給中國以希望的中國革命，在很大程度上也依賴於是否能首先保衛好蘇聯。

四、結語

　　20 世紀 30 年代初期的中國知識界，處於高度的分裂狀態，其中最引人注目的，便是普羅左翼和民族主義右翼的對立。二者均有自己的組織和理論體系，也都有支持自己的政治勢力，其對立不僅是學理性的，更與現實的政治形勢變遷密不可分，而文藝是他們展開鬥爭的有力武器。左翼和右翼都認為，中國是半殖民地國家，如何書寫中國的形象，進而促進民族獨立或民族革命的勝利，便是二者書寫的重心所在。但二者的國家和民族書寫，難以避免地產生了尖銳的衝突。左翼的中國形象書寫，把中國的希望寄託於世界無產階級革命的勝利，對現政權採取完全否定的態度，在中蘇之間的衝突中，國家認同幾乎完全落在號稱世界無產階級祖國的蘇聯上。其利在於犀利的現實批判性，其弊則在於忽略了蘇聯仍有著自己獨特的民族利益。而右翼的中國形象書寫，植根於落後民族的自強意識，雖然並未把國家與政府混為一談，也在一定程度上張揚了民族精神，但也並未能找到有效的民族自強途徑。右翼通過歷史書寫所企圖構建的中華民族大團結，又建築在一種虛構的、壓迫性的民族關係之上，從而難以產生積極意義，也因此被左翼激烈批判。但左翼批判的主要基點又是對蘇聯民族利益的優先考慮，其實仍然被一種民族壓迫關係支配，從而未能更進一步，提供更有建構意義的內容。

參考文獻

（一）基本報刊

1. 《太陽月刊》（1928.1-1928.7）

2. 《文化批判》（1928.1-1928.5）

3. 《我們》（1928.5-1928.8）

4. 《海風周報》（1929.1-1929.5）

5. 《新流月報》（1929.3-1929.12）

6. 《引擎》（1929.5）

7. 《新思潮》（1929.11-1930.7）

8. 《萌芽》（1930.1-1930.6）（第 6 期更名《新地月刊》）

9. 《拓荒者》（1930.1-1930.5）

10. 《文藝研究》（1930.2）

11. 《藝術》（1930.3）

12. 《文藝講座》（1930.4.10）

13. 《巴爾底山》（1930.4-1930.5）

14. 《五一特刊》（1930.5）

15. 《前鋒周報》（1930.6-1931.5）

16. 《文化鬥爭》（1930.8）

17. 《紅旗日報》（1930.8-1931.3）

18. 《世界文化》（1930.9）

19. 《前鋒月刊》（1930.10-1931.4）

20. 《文藝新聞》（1931.3-1932.6）

21. 《前哨‧文學導報》（1931.3-1931.11）

22. 《讀書雜誌》（1931.4-1933.11）

23.《北斗》(1931.9-1932.7)

24.《十字街頭》(1931.12-1932.1)

25.《秘書處消息》(1932.3.15)

26.《文學》(1932.4)

27.《現代》(1932.5-1935.5)

28.《文學月報》(1932.6-1932.12)

29.《文化月報》(1932.11-1933.1)(第 2 期更名《世界文化》)

30.《現代文化》(1933.1-2)

31.《藝術新聞》(1933.2-3)

32.《文學新地》(1934.9)

(二)作家文集、回憶錄

1. 阿英:《阿英全集》(並附卷),合肥:安徽教育出版社,2003-2006。

2. 艾蕪:《病中隨想錄》,上海:上海書店出版社,1996。

3. 成仿吾:《成仿吾文集》,濟南:山東大學出版社,1985。

4. 丁玲:《丁玲全集》,石家莊:河北人民出版社,2001。

5. 馮乃超:《馮乃超文集》,廣州:中山大學出版社,1986-1991。

6. 馮潤璋:《馮潤璋文存》,西安:陝西人民出版社,1992。

7. 馮雪峰:《馮雪峰全集》,北京:人民文學出版社,1981-1985。

8. 郭沫若:《郭沫若全集‧文學編》,北京:人民文學出版社,1982-1992。

9. 胡風:《胡風全集》(並補遺),武漢:湖北人民出版社,1999-2004。

10. 蔣光慈:《蔣光慈文集》,上海:上海文藝出版社,1982-1988。

11. 李維漢:《回憶與研究》(上),北京:中共黨史資料出版社,1986。

12. 李一氓:《李一氓回憶錄》,北京:人民出版社,2001。

13. 魯迅：《魯迅全集》，北京：人民文學出版社，2005。

14. 茅盾：《茅盾全集》（並附集、補遺），北京：人民文學出版社，1984-2004。

15. 瞿秋白：《瞿秋白文集·文學篇》，北京：人民文學出版社，1985-1989。

16. 瞿秋白：《瞿秋白文集·政治理論篇》，北京：人民出版社，1987-1996。

17. 沈鵬年：《行雲流水記往（二記）》，上海：上海三聯書店，2011。

18. 徐懋庸：《徐懋庸回憶錄》，北京：人民文學出版社，1982。

19. 許滌新：《風狂霜峭錄》，北京：生活·讀書·新知三聯書店，1989。

20. 許廣平：《魯迅回憶錄》，武漢：長江文藝出版社，2010。

21. 許杰：《許杰散文選集》，上海：上海文藝出版社，1989。

22. 許壽裳：《許壽裳文集》，上海：百家出版社，2003。

23. 陽翰笙：《風雨五十年》，北京：人民文學出版社，1986。

24. 郁達夫：《郁達夫全集》，杭州：浙江大學出版社，2007。

25. 鄭伯奇：《鄭伯奇文集》，北京：人民文學出版社，1988。

26. 鄭超麟：《鄭超麟回憶錄》，北京：東方出版社，2004。

27. 周揚：《周揚文集》，北京：人民文學出版社，1984-1994。

28. 朱鏡我：《朱鏡我文集》，北京：海洋出版社，2007。

（三）史料、研究資料合輯

1. 陳瘦竹主編：《左翼文藝運動史料》，南京：南京大學學報編輯部，1980。

2. 丁景唐，瞿光熙編：《左聯五烈士研究資料編目》，上海：上海文藝出版社，1981。

3. 方銘編：《蔣光慈研究資料》，銀川：寧夏人民出版社，1983。

4. 會林，陳堅，紹武編：《夏衍研究資料》，北京：中國戲劇出版社，
    1983。

5. 吉明學，孫露茜編：《三十年代"文藝自由論辯"資料》，上海：上海
    文藝出版社，1990。

6. 李偉江編：《馮乃超研究資料》，西安：陝西人民出版社，1992。

7. 南京師範學院學報編輯部，南京師範學院中文系資料室編：《文教資
    料簡報》，1980（4）。

8. 潘光武編：《陽翰笙研究資料》，北京：知識產權出版社，2010。

9. 饒鴻競等編：《創造社資料》，福州：福建人民出版社，1985。

10. 上海魯迅紀念館，人民文學出版社編：《樓適夷同志紀念集》，北京：
    人民文學出版社，2005。

11. 上海師大中文系魯迅著作注釋組編：《魯迅及三十年代文藝問題》，
    1977。

12. 史若平編：《成仿吾研究資料》，長沙：湖南文藝出版社，1988。

13. 王延晞，王利編：《鄭伯奇研究資料》，濟南：山東大學出版社，
    1996。

14. 文振庭編：《文藝大眾化問題討論資料》，上海：上海文藝出版社，
    1987。

15. 西安交通大學編：《彭康紀念文集》，西安：西安交通大學出版社，
    2009。

16. 袁良駿編：《丁玲研究資料》，天津：天津人民出版社，1982。

17. 張大明，馬良春編：《三十年代左翼文藝資料選編》，成都：四川人民
    出版社，1980。

18. 張靜廬輯注：《中國現代出版史料》，北京：中華書局，1954-1959。

19. 中共上海市委黨史資料徵集委員會主編：《中共上海黨史大事記
    （1919.5-1949.5）》，上海：知識出版社，1989。

20. 中共上海市委黨史資料徵集委員會，中共上海市委黨史研究室，中共上海市委宣傳部黨史資料徵集委員會編：《上海革命文化大事記（1919.5-1937.7）》，上海：上海書店出版社，1995。

21. 中共中央黨史研究室：《共產國際，聯共（布）與中國革命檔案資料叢書》（第 6-17 卷）（1921-1937），北京：中共黨史出版社，2002-2007。

22. 中共中央組織部，中共中央黨史研究室，中央檔案館：《中國共產黨組織史資料》（第 2 卷），北京：中共黨史出版社，2000。

23. 中國社會科學院文學研究所《左聯回憶錄》編輯組編：《左聯回憶錄》，北京：中國社會科學出版社，1982。

24. 中央檔案館編：《中共中央文件選集》（第 5-11 冊），北京：中共中央黨校出版社，1989-1991。

25. 中央檔案館，廣東省檔案館編：《廣東革命歷史文件彙集（中共廣東省委文件）》一九二八年（1-6），1982 年 11 月。

26. 中央檔案館，廣東省檔案館編：《廣東革命歷史文件彙集（中共廣東省委文件）》一九二九年（1-3），1982 年 11 月。

27. 中央檔案館，江蘇省檔案館編：《江蘇革命歷史文件彙集（上海各區委文件）》（1928 年 3 月 -1929 年 4 月），1989 年 9 月。

28. 中央檔案館，江蘇省檔案館編：《江蘇革命歷史文件彙集（上海市委文件）》（1927 年 3 月 -1934 年 11 月），1988 年 4 月。

29. 中央檔案館，江蘇省檔案館編：《江蘇革命歷史文件彙集（省委文件）》（1927 年 6 月 -12 月），1984 年 4 月。

30. 中央檔案館，江蘇省檔案館編：《江蘇革命歷史文件彙集（省委文件）》（1929 年 3 月 -5 月），1984 年 11 月。

31. 中央檔案館，江蘇省檔案館編：《江蘇革命歷史文件彙集（省委文件）》（1928 年 2 月 -1929 年 2 月），1985 年 4 月。

32. 中央檔案館，江蘇省檔案館編：《江蘇革命歷史文件彙集（省委文件）》（1927 年 9 月 -1934 年 8 月），1987 年 5 月。

（四）研究專著、論文集

1. 艾曉明：《中國左翼文學思潮探源》，長沙：湖南文藝出版社，1991。

2. 曹清華：《中國左翼文學史稿（1921-1936）》，北京：中國社會科學出版社，2008。

3. （日）長堀祐造：《魯迅與托洛茨基——〈文學與革命〉在中國》，王俊文譯，台北：人間出版社，2015。

4. 陳敬之：《三十年代文壇與左翼作家聯盟》，台北：成文出版社，1980。

5. 陳瘦竹主編：《左聯時期文學論文集》，南京：南京大學學報編輯部，1980。

6. 程凱：《革命的張力——"大革命"前後新文學知識分子的歷史處境與思想訴求（1924-1930）》，北京：北京大學出版社，2014。

7. 方全林編：《紀念中國左翼作家聯盟成立 70 周年文集》，上海：上海文藝出版社，2000。

8. 郭德宏編：《王明年譜》，北京：社會科學文獻出版社，2014。

9. 孔海珠：《左翼·上海（1934-1936）》，上海：上海文藝出版社，2003。

10. 孔海珠：《"文總"與左翼文化運動》，上海：上海人民出版社，2016。

11. 李偉江：《魯迅粵港時期史實考述》，長沙：岳麓書社，2007。

12. 劉小清：《紅色狂飆——左聯實錄》，北京：人民文學出版社，2004。

13. 劉小中，丁言模編著：《瞿秋白年譜詳編》，北京：中央文獻出版社，2008。

14. 南京大學中文系編：《左聯時期無產階級革命文學》，南京：江蘇文藝出版社，1960。

15. 倪墨炎：《魯迅的社會活動》，上海：上海人民出版社，2006。

16. 倪偉：《"民族"想像與國家統制——1928-1948 年南京政府的文藝政

策及文學運動》，上海：上海教育出版社，2003。

17. 汕頭大學文學院新國學研究中心主編：《中國左翼文學國際學術研討會論文集》，汕頭：汕頭大學出版社，2006。

18. 上海魯迅紀念館編：《紀念與研究（第 2 輯）紀念左聯成立 50 周年特刊》，上海：上海魯迅紀念館，1980。

19. 上海魯迅紀念館，人民文學出版社編：《樓適夷同志紀念集》，北京：人民文學出版社，2005。

20. 上海社會科學院文學研究所編：《三十年代在上海的 "左聯" 作家》，上海：上海社會科學院出版社，1988。

21. 上海市閘北區志編纂委員會編：《閘北區志》，上海：上海社會科學院出版社，1998。

22. 上海文藝出版社編：《中國現代文藝資料叢刊（第 5 輯）"左聯" 成立五十周年紀念特輯》，上海：上海文藝出版社，1980。

23. 宋彬玉等：《創造社 16 家評傳》，重慶：重慶出版社，1998。

24. 譚桂林，吳康編：《魯迅與 "左聯"：中國魯迅研究會理事會 2010 年年會論文集》，長沙：湖南師範大學出版社，2011。

25. 唐純良：《李立三全傳》，合肥：安徽人民出版社，1999。

26. （日）丸山升：《魯迅‧革命‧歷史——丸山升現代中國文學論集》，王俊文譯，北京：北京大學出版社，2005。

27. 汪紀明：《文學與政治之間：文學社團視野中的左聯及其成員》，北京：中國社會科學出版社，2012。

28. 王風，白井重範編：《左翼文學的時代——日本 "中國三十年代文學研究會" 論文選》，北京：北京大學出版社，2011。

29. 王宏志：《魯迅與 "左聯"》，北京：新星出版社，2006。

30. 王慕民：《朱鏡我評傳》，寧波：寧波出版社，1998。

31. 王錫榮：《魯迅生平疑案》，上海：上海辭書出版社，2002。

32. 王錫榮：《"左聯" 與左翼文學運動》，上海：上海人民出版社，2016。

33. 王曉嵐：《中國共產黨報刊發行史》，北京：中國社會科學出版社，2009。

34. 王增如、李向東編：《丁玲年譜長編》（上），天津：天津人民出版社，2006。

35. （日）尾崎秀樹：《三十年代上海》，賴育芳譯，南京：譯林出版社，1992。

36. 吳騰凰，徐航：《蔣光慈評傳》，北京：團結出版社，2006。

37. 夏衍：《懶尋舊夢錄》，北京：生活・讀書・新知三聯書店，2000。

38. 咸立強：《尋求歸宿的流浪者——創造社研究》，上海：東方出版中心，2006。

39. 楊奎松：《中國近代通史（第8卷）內戰與危機（1927-1937）》，南京：江蘇人民出版社，2007。

40. 楊奎松：《“中間地帶”的革命——國際大背景下看中共成功之道》，太原：山西人民出版社，2010。

41. 楊勝剛：《中國共產黨的政治實踐與左翼文學》，北京：當代中國出版社，2016。

42. 姚辛編著：《左聯詞典》，北京：光明日報出版社，1994。

43. 姚辛編著：《左聯畫史》，北京：光明日報出版社，1999。

44. 姚辛：《左聯史》，北京：光明日報出版社，2005。

45. 尹騏：《潘漢年傳》，北京：中國人民公安大學出版社，1996。

46. 張大明：《不滅的火種：左翼文學論》，成都：四川文藝出版社，1992。

47. 張大明編：《情鍾大眾——周文紀念暨學術討論會論文集》，北京：中國文聯出版公司，1996。

48. 張大偉：《“左聯”文學的組織與傳播》，呼和浩特：內蒙古人民出版社，2008。

49. 張小紅：《左聯五烈士傳略》，上海：上海人民出版社，2001。

50. 張小紅：《左聯與中國共產黨》，上海：上海人民出版社，2006。

51. 趙新順：《太陽社研究》，北京：中國社會科學出版社，2010。

52. 鄭擇魁，黃昌勇，彭耀春：《左聯五烈士評傳》，重慶：重慶出版社，1995。

53. 周國全，郭德宏：《王明傳》，合肥：安徽人民出版社，1998。

54. 周行之：《魯迅與"左聯"》，台北：文史哲出版社，1991。

55. 朱崇科：《廣州魯迅》，北京：中國社會科學出版社，2014。

56. 朱正：《〈魯迅回憶錄〉正誤》，北京：人民文學出版社，2006。

57. 中共上海市委黨史研究室編：《潘漢年在上海》，上海：上海人民出版社，1995。

58. 中共上海市委黨史研究室：《中國共產黨上海史（1920-1949）》（上），上海：上海人民出版社，1999。

59. 中共中央文獻研究室編：《任弼時年譜（1904-1950）》，北京：中央文獻出版社，2004。

60. 中國左翼作家聯盟成立 80 周年組委會編：《紀念中國左翼作家聯盟成立 80 周年文集》，香港：香港東方藝術中心出版社，2010。

61. 中國左翼作家聯盟成立大會會址紀念館編：《左聯論文集》，上海：百家出版社，1991。

62. 中國左翼作家聯盟成立大會會址紀念館，上海魯迅紀念館編：《"左聯"紀念集：1930-1990》，上海：百家出版社，1990。

63. 中國左翼作家聯盟成立大會會址紀念館，上海魯迅紀念館編：《左聯研究資料集》，1991。

64. 朱曉進：《政治文化與中國二十世紀三十年代文學》，北京：人民文學出版社，2006。

65. 左文：《非常傳媒——左聯期刊研究》，北京：北京出版社，2010。

（五）單篇論文

1. 曹清華：《"左聯"成立與左翼身份建構——一個歷史事件的解剖》，《文藝理論研究》，2005（3）。

2. 草明：《"左聯"回憶片斷》，《中國現代文學研究叢刊》，1980（2）。

3. 陳漱渝整理：《馮乃超同志談後期創造社、左聯和魯迅》，《魯迅研究月刊》，1983（8）。

4. 陳漱渝：《關於左聯評價的幾個問題》，《文藝理論與批評》，2000（4）。

5. 陳子善：《關於潘漢年在左聯成立大會上的講話》，《中國現代文學研究叢刊》，1990（2）。

6. 程中原：《"左聯"第四次全體大會史料考釋》，《中國現代文學研究叢刊》，1983（2）。

7. 丁景唐：《一九三〇年"左聯"成立前後史料散記——為紀念"左聯"成立五十周年而作》，《學術月刊》，1980（3）。

8. 丁景唐：《為〈中國大百科全書·中國文學〉中的三個詞條正誤》，《中國現代文學研究叢刊》，1991（3）。

9. 杜運通，杜興梅：《我們社：一個獨立而富有特色的文學社團》，《新文學史料》，2007（1）。

10. 段從學：《關於〈我們月刊〉和我們社》，《新文學史料》，2002（1）。

11. 馮日乾：《歲月深處的薪火：緬懷"左聯"作家馮潤璋》，《文匯報》，2000 年 10 月 6 日。

12. 馮烈，方馨未整理：《馮雪峰外調材料》（上），《新文學史料》，2013（1）。

13. 馮烈，方馨未整理：《馮雪峰外調材料》（下），《新文學史料》，2013（2）。

14. 馮夏熊整理：《馮雪峰談左聯》，《新文學史料》，1980（1）。

15. 何平，朱曉進：《論中國共產黨文藝制度的起源》，《南京師範大學學報（社會科學版）》，2006（4）。

16. 何炎牛：《從"小夥計"到擔任"文委"書記的潘漢年》，《上海黨史》，

1989（8）。

17. 胡喬木：《1935 年至 1937 年間在上海堅持地下鬥爭的文委，文總和江蘇省臨委》，《上海黨史資料通訊》，1987（5）。

18. 林煥平：《從上海到東京 —— 中國左翼作家聯盟活動雜憶》，《文學評論》，1980（2）。

19. 劉華庭：《"左聯" 的出版機構 —— 湖風書局》，《圖書館雜誌》，1983（2）。

20. 劉文軍：《"左聯" 成立前黨對文化工作的領導》，《中共黨史研究》，1991（1）。

21. 劉子凌：《上海藝術劇社的成立與公演考論》，《山東師範大學學報（人文社會科學版）》，2015（3）。

22. 盧芳：《我參加 "左聯" 的前後》，《新文學史料》，1991（3）。

23. 馬蹄疾：《關於 "左聯" 最後一次籌備會若干史實考略》，《遼寧師院學報》，1983（2）。

24. 穆立立：《左聯時期的穆木天、彭慧》，《新文學史料》，2010（3）。

25. 榮太之：《關於 "左聯" 的兩個秘密油印刊物 —— 雜談〈秘書處消息〉、〈文學生活〉》，《山東師院學報》，1978（1）。

26. 陶瀛孫，陶乃煌：《陶晶孫與 "左聯"》，《新文學史料》，1990（3）。

27. 王爾齡：《"左聯" 時期的徐懋庸》，《聊城師範學院學報（哲學社會科學版）》，1987（1）。

28. 吳黎平：《關於三十年代左翼文藝運動的若干問題》，《文學評論》，1978（5）。

29. 吳述橋：《"第三種人" 論爭與 "左聯" 組織理論的轉向 —— 從 "左聯" 的宗派主義，關門主義問題談起》，《中國文學研究》，2010（2）。

30. 吳泰昌記述：《阿英憶左聯》，《新文學史料》，1980（1）。

31. 夏衍：《關於中國左翼作家聯盟 —— 一九六二年五月對〈中國現代文學史〉編寫組的談話》，《中國現代文學研究叢刊》，1980（1）。

32. 夏衍：《一些早該忘卻而未能忘卻的往事》，《文學評論》，1980（1）。

33. 夏衍，周健強：《夏衍談"左聯"後期》，《新文學史料》，1991（4）。

34. 蕭三：《我為左聯在國外作了些什麼？》，《新文學史料》，1980（1）。

35. 閻煥東：《成仿吾晚年談魯迅——一種既往的文化現象或心理現象的回顧》，《魯迅研究月刊》，2009（8）。

36. 陽翰笙：《"左聯"的戰鬥歷程——在紀念"左聯"成立五十周年大會上的發言》，《中國電影年鑒1981》，北京：中國電影出版社，1982。

37. 悠悠：《近十年的"左聯"研究狀況——紀念"左聯"成立70周年》，《上海師範大學學報（社會科學版）》，2000（1）。

38. 于奮：《關於左聯機關刊物〈前哨〉的出版日期》，《學術月刊》，1963（2）。

39. 張大偉：《"左聯"組織結構的構成，缺陷與解體——"左聯"的組織傳播研究》，《文史哲》，2007（4）。

40. 張小紅：《"左聯"成立70周年紀念活動記述》，《中國現代文學研究叢刊》，2000（3）。

41. 趙銘彝：《關於彭柏山參加左聯的經過》，《新文學史料》，1983（4）。

42. 趙順宏：《知識者境況與左翼文學——兼論魯迅與"左聯"的關係》，《文學評論》，2005（2）。

43. 周蔥秀：《魯迅與左聯》，《魯迅研究月刊》，1999（2）。

44. 周國偉：《"左聯"史料考述》，《魯迅研究月刊》，1990（3）。

45. 朱壽桐：《論作為文學社團的中國左翼作家聯盟》，《南京大學學報（哲社版）》，2001（2）。

46. 朱曉進：《論三十年代文學群體的"亞政治文化"特徵——以"左聯"的政治文化性質為例》，《求是學刊》，2000（2）。

（六）連續出版物

1. 上海人民出版社黨史資料叢刊編輯部：《黨史資料叢刊》（第 1-25 輯），1979-1985。

2. 上海文藝出版社編：《中國現代文藝資料叢刊》（第 1-8 輯），1962-1984。

3 中共黨史人物研究會編：《中共黨史人物傳》（第 1-88 卷），1980-2016。

4 中共江蘇省委黨史工作委員會，江蘇省檔案局編：《江蘇黨史資料》（第 1-37 輯），1980-1990。

5. 中國人民政治協商會議全國委員會，文史資料研究委員會編：《革命史資料》（第 1-17 冊），1981-1987。

6. 中央黨史研究室，中央檔案館編：《中共黨史資料》（第 1-112 輯），1982-2009。

7.（日本）左聯研究會刊行：《左聯研究》（第 1-5 輯），1989-1999。

（七）學位論文

1. 劉文軍：《"左聯"成立前中國共產黨對左翼文化運動的領導》，中共中央黨校碩士學位論文，1989。

2. 張廣海：《"革命文學"論爭與階級文學理論的興起》，北京大學博士學位論文，2011。

後記

　　這是我出版的第一本個人學術專著。它的雛形，是我的博士後研究報告。2011 年 7 月，我來到浙江大學人文學院，跟隨吳秀明老師做博士後研究。當時剛在北京大學完成關於"革命文學"論爭的博士學位論文，老師們評價還不錯，於是頗有雄心勃勃、再一舉拿下左聯的氣勢。來浙大報到後，便在寂寞而又潮濕的華家池校區紅七樓單人宿舍，生物鐘顛倒、晝夜不分地下載和閱讀左聯相關刊物，做札記。然而過程並不順利。說實話，20 世紀20-30 年代的共產主義文化刊物，太多枯燥而又拗口的論文——尤其難讀的是譯文。不看吧，不放心，看起來則頭痛，而且還難以理出有價值的線索，轉換為「生產力」。一時產生了嚴重的自我懷疑和矛盾的情緒。於是在做了四五十萬字的札記、早期左聯刊物也差不多讀完了之後，決定轉換思路，思考左聯更實在的層面。也就是，它是如何在特定環境下產生、被政黨構建的，它的組織又呈何種形態、如何運作。如此一來，研究確實有趣了許多，而且面對表述含混、彼此矛盾重重的左聯相關史料，不斷糾正其中的錯訛，大大滿足了我的"惡趣味"。自然，由於自己的怠惰，這本書雖然斷斷續續寫了好幾年，至今也沒有能夠寫得特別好。甚至可以坦率地說，它還沒有真正寫完。讀者也必能發現，這本書主要偏重的還是早期左聯的研究，對於中後期左聯的運作涉及很少。但可以自我寬慰的是，整本書也能自成一個內部彼此關聯的主題了吧。

　　雖沒做詳細統計，但大概可以說，這本書糾正了通行的文學史"常識"，權威當事人回憶，甚至檔案資料中大大小小可能不下百處錯誤。其中有些錯誤已經內化為我們思考左翼文學的前提，若不加以糾正，或將較難更深入地認識左翼文學的內在發展。誠然，如果只糾錯，可能也沒有太大的意義，關鍵還在於能否進而勾畫出確切可信的左聯籌建經過和組織面貌。這些方面做得如何，自然都只能由讀者來說了算。

這本書另一個特點是，較多使用了此前左翼文學研究界基本未見使用的江蘇省革命歷史檔案資料，藉此糾正了眾多早期左翼文人的回憶失誤或偏差，也在很大程度上弄明白了中國共產黨早期文化支部建設的情形。比如創造社和太陽社的黨小組或黨支部問題、閘北區第三街道支部問題、"文化支部"問題，都呈現出了遠較此前清晰的面目。關於左聯的籌建，也因此變得線索更加明朗。

關於本書附錄的"年表"，亦有必要略作說明。左翼文學年表，幾乎多不勝數，為何要再做一份？原因便是本書在許多關鍵節點上，改變了對左翼文學的既往書寫。按時間順序將本書考證成果整理一遍，讀者將能夠更清晰地看出左翼文學的流變過程。讀者可試將本書附表與其他任一相關年表對比，必能發現其中的顯著不同。

這本書作為我的博士後研究報告的延伸，首先要感謝我的博士後導師吳秀明老師的悉心指導。吳老師對我的研究課題，始終熱心關注，從不同角度給予過詳細的研究和寫作建議，讓我受益匪淺。在其他各方面，吳老師也給了我無微不至的關照，讓我得以很快適應全新的生活環境。

還要感謝我的博導陳平原老師和師母夏曉虹老師。我所做的研究，雖然與兩位老師的研究對象重合度很低，但兩位老師在研究方法上給我的啓示，是我能夠完成研究的保證。這並非客套話。史料考證工作，固然直接依賴史料，但在很多時候，需要的是體察當事者心情的能力，如此才可能安全跳過那些懸空的地帶。這種以貼近人情的方式處理歷史細節的功夫，是我從陳、夏老師那裏學到的最寶貴的學術能力。

感謝北京大學的王風老師。王老師一直用他高度的學術敏感力，激發我的思維，幫我拓寬視界，並以無言的行動，在客觀上促使我反思自己職業和科研生活中的不足。在我學術道路的起步階段，王老師費了足夠的心力。

感謝領我進入學術之門的北京師範大學曹衛東老師。在曹老師那裏，我第一次領略到學術研究的豐富性及其之於世道人心的意義。我後來雖然改為從事中國現代文學研究，但這一改變所基於的關懷意識，還是經曹老師之手植下。

感謝浙江大學人文學院和中文系的領導與同事們，他們給我提供了一個和諧並且充滿關愛的工作環境。

本書部分內容曾在《文學評論》、《文藝研究》、《中國現代文學研究叢刊》、《寧波大學學報（人文科學版）》等刊物先行發表，感謝這些刊物的接納。

感謝中央黨校的林雅華師妹，熱心幫我複印資料、聯絡學者。感謝北京師範大學圖書館的肖亞男，不斷幫我尋覓各種稀見的學術資料。

感謝陳潔、徐剛、朱寶元等新老朋友為本書出版提供的巨大幫助。

感謝香港三聯書店出版社接納本書。梁偉基先生和責編劉汝沁女士，均為本書出版付出大量辛勞，謹致謝意。

最後要特別感謝我的父母、岳父母和妻子，他們是我最堅實的後盾和最溫暖的依靠。

關於本書，再多說一句。考證性質的研究，特別依賴史料的增量，尤其現當代文獻史料，浩繁複雜，還存在不少難以接近的檔案材料，想一下子全部掌握並不現實，更何況考辨起來更是費力，所以本書一定存有不少舛誤，敬祈讀者諸君批評指正。

張廣海

2017 年 9 月，於杭州